KB007080

Contents

뱀파이어
선배와
영업 수행
스타트?!

"숫자만 믿고 악행을
도적의 미학에 !
순순히 오랏줄
받아라!"

젊은이들의 흑마법 기피가 심각합니다만, 취직해보니 대우도 좋고 사장도 사역마도 귀여워서 최고입니다!

4

모리타 키세츠 지음 | 47AgDragon 일러스트 | 팀에스비 옮김

S NOVEL

제 1 화

마법사라는 전문직

"목이 따뜻해요~"

세룰리아의 목에는 머플러가 휘감겨 있다. 내가 요전에 선물해 준 것이다. 세룰리아가 너무 추워 보여서 이대로는 안 되겠다고 생각했다.

"주인님 감사해요! 주인님의 선물, 소중히 여길게요!"

"선물이라기보단 생활필수품을 샀다는 느낌인데……."

서큐버스는 평소 옷을 잘 갖춰 입지 않는다. 그러니 겨울 추위에 취약할 수밖에 없다.

"그건 그렇고 겨울은 역시 밤이 되면 춥구나."

일 때문에 우리 집과 왕도 정반대 쪽에 위치한 교외로 나가야 했던 날이었다.

당연히 집에 돌아오는 길은 일단 왕도를 한 번 통과해야 했다.

"주인님은 이 근처에서 길을 전혀 헤매지 않으시네요. 저는 길눈이 별로 밝지 않아서 전혀 모르겠는데. 이 부근은 좀처럼 오지 않으니까요."

"아아, 가게도 얼마 없고 주택가뿐이니까 세룰리아는 올 일이 없을지도 모르겠네. 나는 자주 왔어. 학생 때 송트라는 친구가 이 근처에서 살았거든."

"아, 학우 분이 계셨군요."

"뭐 그렇긴 한데, 4학년 때는 나도 구직활동에 쫓기고 있었고 녀석은 기숙사에 살지도 않고 반도 달랐으니 그다지 만나지 않게 되었지만."

구직활동을 해야 하는 때가 다가오면 생활 리듬이 변하기 마련이다. 놀기만 하던 녀석이 180도 달라져서 성실해지기도 한다. 그래서 사이가 멀어지는 사람도 많다.

그러고 보니 녀석은 어떻게 됐을까. 성적이 별로 좋은 편은 아니었는데.

큰 공원을 가로질러 걷는 것이 집으로 가는 지름길이다.

"어라, 송트! 송트 맞지?!"

벤치에 앉아 있던 사람이 푹 숙이고 있던 고개를 들었다. 역시 송트가 맞았다.

깔끔한 차림은 아니었다. 얼굴도 어딘가 더러운 것 같았다.

"앗……프란츠 아니야?! 오랜만이네……. 요새는 어떻게 지내?"

"나는 흑마법 회사에 취직했어. 송트 너는 어때?"

"음, 그러니까……. 그, 나는 백마법 중소기업에 들어갔는데……,"

"그랬구나. 벌써 퇴근한 거야? 나는 이제 일 마치고 집에 가는 중이야. 아, 이 서큐버스는 내 사역마인 세룰리아야."

세룰리아가 예의 바르게 고개를 꾸벅 숙였다. 그 모습에서 양갓집 규수의 분위기가 풍겼다.

"헤에…… 정말로 흑마법 회사에 취직했구나. 게다가 서큐버스 사역마라니, 대단한데……."

송트는 세룰리아를 쳐다봐도 될지 몰라서 망설이고 있는 것 같았다. 노출이 심하니까 말이지.

"마르크 선생님의 세미나는 너무 엄하지 않았어? 난 요즘도 가끔 꿈에 나온다니까. 크게 혼나기도 했잖아."

"맞아, 그런 일도 있었지. 그건 진짜 잘못 걸리긴 했어······ 나도 모르는 내용이었는데."

오랜만에 만난 친구와 나눌 얘기는 얼마든지 있었다.

하지만 송트는 어쩐지 이 자리가 불편한 모양새였다. 처음 보는 세룰리아가 함께라서 그런 건지는 몰라도, 이대로 이야기가 길어지면 민폐라고 생각한 것일까.

2, 3분 정도가 지나자 송트는 쓴웃음을 지으며 '그럼, 다음에 봐······' 하고 인사했다. 괜히 마음 쓰게 만들었나.

"아아, 나중에 봐."

그날은 그대로 헤어졌다. 아는 사람과 우연히 만나는 일도 있는 거라 생각해서 딱히 신경 쓰진 않았다.

하지만 그 다음날에도 일을 마치고 귀가하는 도중에 똑같은 공원에서 송트와 또 만나게 되었다.

만났다는 표현을 쓰긴 했지만 상대는 고개를 푹 숙이고 있었으니 이쪽을 보지는 못했을 것이다.

어쩐지 어두운 분위기였다.

말을 걸기 어려웠다.

이런 곳에서 이틀 연속으로 마주치는 건 이상하지 않나. 매일 하는 산책이라고 하기에는 시간이 이상했다. 그리고 어딘가 풀이 죽은 것처럼 보이기도 했다.

공원을 가로지르며 세룰리아가 걱정스러운 듯 말을 걸었다.

"주인님, 저분 혹시 뭔가 고민이라도 있는 것은 아닐까요?"

"그럴지도 모르겠어. 그치만 섣불리 말을 걸어도 좋을지 어떨지 조금 미묘하네……."

그리고 또 다음날이 되었다. 왕도 반대편에서 일하는 마지막 날이었다.

돌아가는 길, 또다시 예의 그 공원을 가로질렀다.

역시 송트가 고개를 푹 숙이고 멍하니 앉아 있었다.

이대로 내버려 두면 안 될 것 같았다.

나는 송트의 앞으로 다가갔다.

"어이, 송트! 도대체 무슨 일이야?"

송트가 천천히 고개를 들었다. 수염은 제멋대로 자라 있고 얼굴은 퀭하니 말라빠졌다.

결코 제대로 된 곳에서 일하고 있다고 말할 수 있는 상태가 아니었다.

"아…… 프란츠……. 부끄러운 모습을 보이고 말았네……."

"우선 제일 중요한 것부터 물을게. 송트, 너 제대로 먹고는 다니는 거야?"

"오늘은 아무것도 못 먹었어……"

이거 틀렸군.

"세룰리아, 미안하지만 왕도 시장에서 먹을 것을 좀 사다 주지 않을래? 나는 여기서 송트와 함께 있을 테니까."

"알겠어요!"

세룰리아는 금세 문자 그대로 날아갔다.

세룰리아가 시장에 간 동안 나는 송트에게서 여러 가지 이야기를 들었다.

이틀 전에 백마법 중소기업에 취직하게 되었다고 얘기하긴 했지만 결국 그것은 아르바이트에 불과했다는 것.

그 아르바이트 역시 3주 전에 그만두었고, 그 후로 다른 아르바이트를 전전하고 있다는 것.

머지않아 방세를 지불할 수 없게 되어 이번 달에는 살고 있던 방에서 쫓겨났다는 것.

그래서 어쩔 수 없이 공원에서 생활하고 있다는 것.

잔고도 완전히 바닥났기 때문에 아무것도 먹을 수 없게 되었다는 것.

"도대체 무슨 생각으로……. 이대로라면 굶어 죽기만 기다리고 있는 거잖아……."

앞일을 하나도 생각하지 않는 송트의 모습이 나를 곤혹스럽게 만들었다.

"그러네……. 중간부터 머리가 돌아가지 않게 됐어. 일자리를 찾아봤자 실패할 뿐이고……. 그렇다고 아르바이트를 해 봤자 그게 계속 이어지는 것도 아니고……."

"너한테도 이런저런 사정이 있었겠지. 어쨌든 지금 이대로는 아무것도 안 될 테니까 우선 밥부터 먹고 마음을 추스르자."

세룰리아가 먹을 것이 든 봉투를 끌어안고 돌아왔다.

"빵을 중심으로 사 왔는데 괜찮을까요? 그리고, 목이 마르실 수도 있으니 과일도 조금."

송트가 정말 먹어도 괜찮은지 망설이는 것 같아 먼저 손을 내밀어 주었다.

"너 먹으라고 사 온 거니까 전부 다 먹어야 해! 다 먹고 나면 앞으로 어떻게 할지 생각해 보자고!"

빵을 와구와구 먹는 송트를 보며 생각했다.

이런 곳에서 계속 노숙 생활을 하게 둘 순 없으니 우리집에 데려가야겠군.

"지금 따로 묵고 있는 곳은 없는 거지? 오늘은 우리집으로 가자."

"어, 하지만…… 사역마 씨도 함께 살고 있는 거 아니야……?"

이런 부분에 있어 상식인인 송트는 내 제안을 거절했다.

"너 지금 잘 데도 없잖아. 비바람은 어떻게 피할 건데. 그러잖아도 겨울이라 추워. 얼어 죽을 거라고."

"으, 응. 알았어……"

송트 역시 달리 선택지가 없다는 것을 알고 있었다.

결국 송트도 내 제안을 받아들여 우리와 함께 집으로 향했다.

송트를 데리고 집에 돌아가니 메어리가 깜짝 놀라는 모습을 볼 수 있었다. 예상은 했지만.

"누구야? 조금 더러운 것 같은데……."

"이따 설명해 줄게. 송트, 우선 목욕부터 해."

송트는 겸연쩍은 듯 욕실로 향했다. 그 사이에 메어리에게 사정을 설명했다.

"——그래서 어쩔 수 없으니 우리집으로 데려 온 거야. 하루 이틀 치 숙박비를 준다고 해서 해결될 문제도 아닌 것 같아서."

"사정은 알겠어. 하지만 이해가 가느냐고 물으면 그건 아니야."

화가 난 메어리의 표정을 보면 알 수 있었다.

"그러니까! 지금 소녀가 쓰고 있는 방의 안쪽 방에서 저 사람이 묵는다는 거잖아! 여자애가 자는 방의 안쪽 방에서 모르는 남자가 자는 거라고!"

"아니, 그건 그렇지만…… 나랑 면식이 있는 녀석이고……, 애초에 전설적인 마족인 네가 그렇게 쉽게 당한다는 건 능력상 말도 안 되는 얘기잖아……."

"그건 그렇지만~, 아무리 이 나라를 멸망시킬 수 있을 정도로 강하다 해도 소녀 또한 여자란 말이야."

역시, 레디 취급을 해 주지 않는 것에 대한 분노였군. 메어리의 마음도 알 것 같았다.

"그러면 메어리는 내 방에서 나랑 같이 잘래? 그럼 해결되는 거지?"

메어리의 표정이 갑자기 계산적으로 느껴질 만큼 즐거운 것으로 변했다.

"그럼 됐어. 어쩔 수 없네에, 프란츠 침대라면 좁지만 참아 주지 뭐."

"네네. 나를 안는 베개 대용으로 사용해도 좋으니까……."

"굳이 말 안 해도 그렇게 할 거거든! 이걸로 오늘은 쾌면 확정이네!"

메어리의 기분은 단박에 몹시도 좋아졌지만──.

자 그럼, 숙트 문제는 어떻게 해결해야 할까.

거주지 문제는 이 집에서 머무르면 잠시나마 해결된다.

그렇지만 당연히 여기서 계속 살게 할 수도 없다. 지금 조치는 그러니까, 말하자면 긴급 피난인 셈이다.

어딘가에서 일을 해서 돈을 모은 다음 혼자서 살 만한 방을 빌려 자립하게끔 해야 한다.

이거, 생각할수록 절망적으로 어려운 과제다…….

우선은 돈이 없다. 그래서야 방을 빌릴 수가 없다.

머물 방조차 없는 상태로 구직활동을 하는 것은 불가능하다.

'집도 절도 없습니다'라고 말하면 면접에서 떨어질 것은 불 보듯 뻔한 일…….

구직활동을 제대로 하기 위해서라도 거처는 꼭 필요하다. 아무리 좁고 더러운 방이라도 왕도 안에 있는 방이라면 빌리는데 한 달에 은화 세 닢은 필요할 것이다. 계약할 때 필요한 이런저런 비용까지 생각해보면 최소 은화 열 닢, 그 돈이 없다면 아무것도 시작할 수가 없다.

집도 없는 사람이 은화 열 닢을 벌려면 몇 시간이 걸릴지…….

아르바이트 시급이 대체로 동화 여덟 닢에서 아홉 닢이니까……., 하루에 여덟 시간을 일한다고 가정했을 때, 저축할 수 있는 돈은 식비를 제하고 나면 기껏해야 동화 대여섯 닢……. 휴일을 포함해서 한 달은 걸리겠지…….

아무리 친구라지만 송트를 한 달이나 이 집에 묵게 할 수는 없다. 내가 혼자 살고 있다면 몰라도 지금 우리 집에는 여자가 많다. 세룰리아와 메어리가 쓸데없이 신경을 써야 할 것이다.

아니, 그 전에 연말이 올 것이다. 연말에는 나도 본가로 돌아갈 거고…….

앞으로의 일을 생각하며 머리를 싸매고 있자니 세룰리아가 차를 끓여다 주었다.

"저는 그 송트라는 분이 있어도 상관없어요."

"고마워, 세룰리아. 하지만 세룰리아의 그런 다정함이 있으니 더더욱 이대로 있으면 안 되겠다는 생각이 들어."

이래서야 세룰리아의 상냥함에 기대기만 할 뿐이다.

그런 대화를 나누는 동안 송트가 목욕을 마치고 돌아왔다. 씻씻고 나니 개운해졌는지 축 처져 있던 분위기도 꽤 사라져 있었다. 이거라면 왕도에서 헌팅 성공까지는 아니더라도 아르바이트 면접에 다녀올 정도는 될 것이다.

"정말 큰 신세를 졌어……. 덕분에 한숨 돌렸어. 요 며칠간은 살아 있는 것 같지 않았거든……."

송트의 말은 순수한 본심에서 우러나온 것이었다. 지낼 곳도 먹을 것도 없는 사람이 당당한 태도를 보인다니, 오히려 그 편이 무섭다.

"내일부터 당장 아르바이트 자리를 찾아서 여기서 나가도록 할게. 얼마나 고마운지 모르겠다."

졸업하고 아직 일 년도 채 지나지 않았다.

나는 제대로 된 집에서 지내고 있고 급료도 상당한 액수를 받고 있다.

하지만 송트는 제 한 몸 누일 곳조차 잃어버리고 말았다.

일 년 전만 해도 똑같은 학생이었는데 이렇게까지 서로 다른 상황에 놓이게 될 줄이야.

사회인이 된다는 것의 무서움을 다시금 뼈저리게 느꼈다…….

그러니 더욱, 송트에게 조금이라도 평범함을 되찾아주고 싶었다.

"아르바이트 자리는 꼭 찾도록 하고, 지금은 네 얘기를 좀 더 자세히 들려주지 않겠어? 한군데서 진득하게 아르바이트를 못하고 여러 곳을 전전했으니 돈도 다 떨어졌을 테지. 어째서 한 곳에 붙어있지 못한 거야?"

그 이유가 뭐든 금세 때려치워 버리는 성격 때문이라면 따끔하게 한 마디 해 줄 생각이었다. 물론 블랙 아르바이트라면 계속할 필요가 없겠지만. 세상에 즐겁기만 한 아르바이트 같은 건 없으니까, 참고 견뎌야 할 때도 있는 법이다.

"그게, 일단 일손이 필요한 곳에 백마법 일용직으로 등록했는데 금방 끝나버리고……., 다음은 백마법 사업을 돕는 헬퍼로 일했지만 이것도 열흘 만에……. 그리고 나서는 공사 현장에서 백마법 방어 결계를 치는 아르바이트를 했어. 이건 닷새만에 끝났던가……."

아르바이트의 이름이 연달아 튀어나온다. 이것도 저것도 이상할 정도로 기간이 짧잖아!

"어떻게 된 거야? 너 너무 금방 그만두는 거 아니야……?"

송트는 고개를 푹 숙이고 눈길을 피했다.

"그럴 생각은 아니었는데……."

으음……. 생각 이상으로 귀찮은 일이 될지도 모르겠군…….

그야 이렇게 빈번하게 아르바이트를 바꿔대면, 하나를 끝내고 다음 아르바이트를 구할 때까진 수입이 없으니 빈곤해질 만도 하다. 집세를 못 내는 사태가 벌어진 것도 당연했다.

도대체 근본적인 문제가 뭐지?

다음날, 우리가 출근하는 시간에 송트도 아르바이트 자리를 찾으러 왕도로 향했다.

길이 반대방향이기 때문에 송트와 동행하는 일은 없다. 메어리가 금세 내게 불만이라고 해야 할까, 속마음을 털어놓았다.

"그 송트라는 녀석, 아무래도 출세하긴 틀린 것 같아. 운이 없어 보인다고 할까……. 인격에 문제가 있는 인상은 아니었지만."

"무슨 말인지 알 것 같아. 하지만…… 나도 일 년 전에는 비슷한 분위기였어. 그러니까 그 녀석에 대해 그런 식으로 말하면 내 마음도 조금 아프네⋯⋯."

나 역시 구직 활동을 하던 시절에는 메어리가 송트에게 받은 것과 비슷한 인상을 면접관들에게 주고 있었을까⋯⋯.

그렇다면 취직이 좀처럼 되지 않았던 것도 납득할 수 있다.

이 녀석, 아주 어두운 이미지로군. 좋았어 채용하자! ──같은 인식을 가진 회사는 없겠지. 쾌활한 사람 쪽을 뽑을 것이다. 쾌활한 사람이 회사원으로서 더 유능한 거냐 물으면 꼭 그런 건 아니겠지만.

"이 일은 주인님 혼자서 끌어안는다고 어떻게 될 문제가 아니라고 생각해요. 되도록 많은 분과 상담해야 하는 게 아닐까요."

세룰리아의 말이 마음속에 스며들었다.

"그렇네. 그래도 사장님한테는 어쩐지 좀 상담하기 어려워서."

케르케르 사장님은 사람이 너무 좋다.

내가 갈 곳 없는 친구를 맡고 있다고 말하면 고용하자는 얘기를 꺼낼 것 같았다.

안 그래도 사장과의 거리가 가까운 소규모 회사이니 아무리 그래도 무시한다는 선택은 할 수 없겠지.

그렇게 폐를 끼칠 수는 없어⋯⋯.

"그 마음은 이해해요. 하지만⋯⋯ 가령 주인님이 은화 열 닢을 송트 씨에게 빌려준다 해도 그걸로 해결될 것 같지는 않으니까요."

"응……. 애초에 녀석이 그걸 받지도 않을 테고……."

은화 열 닢이 있으면 방을 빌릴 수가 있다.

하지만 은화 열 닢은 상당히 큰 돈이고, 녀석이라면 당연히 거부할 것이다. 내가 송트의 입장이라도 속이 말이 아니겠지.

그렇다고 지금처럼 우리집에서 계속 살게 하는 것도 좀…….

출근했더니 회사 옆에 드래곤 스켈레톤이 세워져 있었다.

그렇다는 건 다크 엘프인 토토토 선배도 있다는 얘기로군.

선배는 역시나 속옷 차림으로 드래곤 스켈레톤 천상호를 씻기고 있다.

"앗, 다들 좋은 아침! 이제 천상호로 달리기 조금 힘든 계절이네~!"

속옷 차림으로 할 말은 아니라고 생각했지만, 천상호를 씻기면 옷이 젖으니 어쩔 수 없는 선택이겠지.

토토토 선배를 본 순간 이미 나는 선배에게 다가가고 있었다.

"잠깐 드릴 말씀이 있는데요……, 선배가 시간 남을 때 언제라도 좋으니 들어주실래요?"

"천상호를 씻기면서 들어도 괜찮다면 지금 들을게. 말해 봐."

나는 송트에게서 들은 이야기를 그대로 전했다.

내가 알게 된 내용 자체에 거짓이 섞여있었다면 어쩔 수 없겠지만, 그렇지 않다면 송트가 겪은 요 일 년 간의 정보가 토토토 선배에게도 그대로 전달되었다는 얘기가 된다.

"아아, 응응. 과연, 그렇구나, 응."

선배는 계속 맞장구만 쳤다. 오히려 제대로 듣고 있는 건지 불안한데……, 이런 얘기는 실례일 테니 가만히 있자.

"프란츠 군, 반대로 내가 물어볼게. 그런 아르바이트가 구체적으로 어떤 건지 떠올릴 수 있겠어?"

"구체적으로요? 백마법을 사용하는 일인 거죠? 결계를 치거나 현장에 나가서 하는 일이라는 것 정도일까요……."

송트가 말했던 내용 중에 사무적인 일은 포함되지 않았다.

마법사 중에도 사무직으로 일하는 사람도 있지만 그런 자리에 아르바이트생은 거의 없다. 자리가 있다 해도 대부분 여자를 채용한다는 인상이 있다.

"참, 그렇지. 내일은 휴일이니까 내가 왕도를 안내해 줄게. 너무 많은 사람이 함께 다니는 것도 좀 그러니까, 세룰리아, 메어리, 프란츠랑 단둘이 가도 괜찮을까?"

나는 당연히 승낙했고, 세룰리아도 '괜찮아요'라고 대답했다. 메어리도 '낮 동안이라면 상관없어'라고 승낙해 주었다.

도대체 선배는 어디를 안내해 줄 생각인 걸까?

"그리고 프란츠 군은 사장님한테 얘기하면 폐를 끼칠 거라고 생각하는 것 같은데, 그건 괜한 걱정이니까."

토토토 선배가 확신에 찬 말투로 말했다.

"그 말씀은, 사장님은 곤란한 사람이라면 그게 누구든 무조건 도와준다는 얘기인가요?"

그래서 말하기 어려운 건데. 이런 부분은 해석의 차이인가.

"그렇지 않아."

하지만 선배는 내 말을 산뜻하게 부정했다.

"그 송트라는 애는 절대로 채용되지 않을 거야. 사장님은 틀림없이 선인(善人)이지만 성인(聖人)은 아니야. 어디까지나 경영자일 뿐이지. 회사에 불이익이 되는 인재는 채용하지 않아. 이곳이 회사인 이상, 이윤을 창출해야 하니까."

선배는 강한 어조로 말을 이었다.

"나도 너도 궁극적으로 실력을 인정받았기 때문에 이 회사에서 일할 수 있게 된 거야. 사장님은 한 사람 한 사람의 특성을 살리기 위해 노력해 주시지만, 그건 실력 있는 사람의 특성이야. 부족한 사람을 성장시키는 교육자가 아니니까 실력이 너무 부족하다고 생각되면 채용하는 일은 없지. 그래서 우리 회사에 직원이 몇 명 없는 거야."

기쁘기도 했지만, 나는 이제 갓 학교를 졸업한 경력 없는 햇병아리니 사장님이 내 실력을 보고 뽑아주신 건 아닐 것 같다는 생각이 들었다.

"네 능력이나 성적에 대해서는 너를 소개해 준 사람이 전해 줬을 거야. 소개 받을 때 네 성적이 나쁘다는 얘기를 들었다면, 사장님은 너를 만나지 않았겠지. 네가 성실한 우등생이라는 사실은 사전에 알고 있었을 걸."

아, 리자가 사장님께 나에 대한 좋은 얘기를 해 줬던 거구나.

리자에게 감사하는 마음이 점점 더 커졌다.

"뭐, 그게 본론은 아니야. 내일 프란츠 군에게 잔뜩 가르쳐 줄게. 참고로 에로한 뜻은 아니니까."

덧붙인 말이 있어 안심했다. 속옷 차림의 선배에게 잔뜩 가르쳐 준다는 얘기를 들으면 묘한 기대감을 품게 되니까…….

"정말로 그런 짓은 하면 안 돼. 약속이야."

메어리가 선배 앞에 서서 거듭 다짐을 받았다.

◇

다음날. 오늘도 송트는 아침부터 아르바이트를 하러 나갔다.

어제 아르바이트를 한군데 구하긴 했지만 그것만으로는 안심이 되지 않아서 또 다른 아르바이트 자리를 찾겠다고 했다.

남에 집에 얹혀사는 입장이니 당연히 눈치도 보이겠지만, 그래도 기특한 마음씨다. 역시 송트는 나쁜 녀석이 아니야. 학창시절 성적이 그다지 뛰어나진 않았지만.

나는 토토토 선배와 왕도에서 만났다.

"선배가 제대로 된 옷을 입고 있어……."

토토토 선배는 엘프의 전통 의상을 어레인지 한 것 같은 옷을 입고 있었다.

꽤 잘 어울린다.

"아니, 프란츠 군. 나를 변태라고 생각하기라도 한 거야?"

선배가 눈을 흘기며 쏘아붙였다. 변태라는 생각까지는 하지 않지만, 최소한 집 안에서는 제가 보는 것도 아랑곳 않고 알몸으로 돌아다니는 성격이라는 건 알고 있습니다…….

"참고로 이건 절대 데이트가 아니니까. 데이트라면 절대로 가지 않을 만한 곳에 들를 거야."

"데이트로는 절대 안 가는 곳이라니 대체 어떤 곳이길래?"

굉장히 센스 없는 가게인가? 러브호텔이나 수상한 가게일 수도 있겠네. 음, 하지만 러브호텔은 오히려 데이트할 때 가는 곳이잖아.

"대충 설명하자면 분위기가 삭막한 곳에 갈 거야."

"삭막한 분위기? 묘지 같은 곳인가요?"

선배의 퀴즈는 제법 어려웠다.

"묘지는 적막하다 못해 청정하다고 할까, 엄숙한 분위기가 흐르잖아? 뭐, 굳이 여기 서서 고민하지 않아도 가 보면 알게 될 거야."

결국 나는 궁금증을 풀지 못한 채 선배 옆에서 나란히 걸었다.

확실히 데이트 같은 분위기는 아니었다. 이제부터 가는 장소의 특성 때문인지, 선배도 다소 긴장하고 있는 것처럼 보이기도 했다. 얼굴에 웃음기가 전혀 없었다.

"나는 옛날에 자주 지나다녀서 아는 곳이지만, 지금 가는 곳은 왕도 안에서도 꽤 특수한 지역이야. 프란츠 군은 한 번도 가본 적 없을지도 몰라. 장소 전체가 막다른 골목처럼 되어 있기도 하고."

"아직도 어떤 곳인지 모르겠어요……."

"거의 다 왔어."

이윽고 나와 선배는 독특한 장소에 도착했다.

낡고 더러운 여관이 양쪽으로 끝없이 늘어선 곳이었다.

숙박료를 보고 나는 충격을 받았다.

"'하룻밤에 동화 두 닢'이라고 쓰여 있어요! 아무리 그래도 이건 너무 싸잖아!"

아주 싼 여관이라도 동화 다섯 닢 정도가 시세라고 생각했는데, 그 가격의 절반 이하였다. 이런 가격으로 어떻게 경영할 수 있는 건지……

"이 근방에는 더 싼 곳도 있어. 동화 한 닢짜리 방도 있으니까."

"그럼 셋방을 빌리는 것보다 더 싼 거 아닌가요……"

톡, 토토토 선배가 내 어깨를 두드렸다.

"정답. 그러니까 이 동네 사람들은 매일 이런 여관에 묵지."

때마침 여관에서 중년으로 보이는 드워프남이 밖으로 나왔다.

"오늘은 휴일인가. 일도 없고……. 한 잔 하고 올까."

남자는 그렇게 중얼거리더니 근처 술집으로 들어갔다.

여기는 술집이 아침부터 영업하는 건가……

조금 더 걷다 보니 터벅터벅 힘없이 걷고 있는 지친 인상의 남자들을 몇 명이나 마주칠 수 있었다.

주변에 보이는 것은 여관 이외에도 싼 선술집이며 '직업 알선' 혹은 '길드 인정 소개소' 같은 간판이 걸린 인력 사무소 같은 가게들.

옆 거리에는 넓은 의미로 서큐버스적인 일을 하는 가게가 처마를 잇대고 늘어서 있다.

하지만 어떤 가게를 봐도 가격이 말도 안 될 정도로 저렴해서 솔직히 무서울 정도다. 바가지를 씌우는 건 아닐지, 병이 옮는 것은 아닐지 걱정되는데⋯⋯. 적어도 저 가격으로 서큐버스와 이런저런 좋은 일을 하는 건 절대 불가능하다.

거리의 중간쯤 왔을까, 토토토 선배가 발길을 돌렸다.

"마지막으로 이 근방에서 가장 큰 인력소에 데려가 줄게. 오늘은 닫혀있겠지만 어떤 분위기인지 대충 알게 될 거야."

그리고 오 분 남짓 걸어 도착한 인력 사무소.

문은 닫혀있었지만 건물 앞에 구인 광고가 몇 개나 붙어 있었다.

- **일용직 철 운반 : 일당 은화 한 닢**
- **토사 운반 : 3일 3일에 은화 두 닢·동화 네 닢 당일지급.**
  아침점심 도시락 제공
- **건물 파괴 시 주변 방어 : 백마법(방어계) 필요 일주일 근무**

구인 광고의 내용을 보니 어떤 종류의 일인지 짐작이 갔다.

"소위 말하는 막노동이군요. 그리고 모두 단기직이네요. 하루 만에 끝나는 일도 많고."

"맞아. 그래서 여기 사람들은 평일이 되면 이런 일을 찾아

하루하루 벌어먹고 사는 거지. 집 대신 싸구려 여관을 매일 이용하면서 말이야."

이런 노동 시스템에 대해서는 딱히 생각해 본 적이 없었다.

"옛날에는 왕도도 건설업이 호황이었기 때문에 많은 노동자가 필요했어. 그래서 지방에서 수많은 사람들을 불러 모았지. 일당도 그럭저럭 받을 수 있었으니 실력에 자신이 있는 사람들이 모여들어 돈을 벌었어. 하지만 이렇게 구한 일은 정규직이 아니기 때문에 늘 불안정해."

"다치기라도 하면 난데없이 일자리를 잃게 되겠네요⋯⋯."

"바로 그거야. 상당한 위험이 따르지. 그런 데다 건설 붐이 지나가고 나면 일자리도 줄어들기 때문에 일을 구하지 못하고 허탕을 치는 사람도 생기게 돼. 좋은 일은 서로 차지하려다 싸움이 나기도 하고⋯⋯ 꽤 큰일이지."

나는 취업 준비생이었기 때문에 이런 세계는 본 적 없었다. 지방에서 올라와 이 구역에서 사는 인생이라⋯⋯, 삼십 년 전에 태어났다면 나도 그랬을지 모른다.

"여기에도 백마법을 사용하는 송트라는 애가 하던 것과 비슷한 일이 있긴 하지만 그건 다른 인력소 쪽이 더 알기 쉬우려나."

토토토 선배에게 다시 이끌려 간 곳은 마법사를 중심으로 한 공식 인력 사무소──통칭 길드. 이곳은 휴일에도 열려 있었다.

아르바이트 구인 공고를 보고, 나는 깨달았다.

"송트가 했다던 일들이 있어요."

전부 지금 당장 백마법사가 필요하니 와 달라는 내용이 적혀 있다. 일용직도 있었지만 능력만 있다면 장기간 일할 수 있다고 호소하는 공고도 많았다.

거꾸로 말하자면 능력 없는 사람은 바로 해고당할지도 모른다는 얘기다.

"구직에 실패한 송트 군은 여기에서 아르바이트를 하기로 했어. 거기까지는 올바른 선택이지. 마법사 구인 공고는 일반적인 육체노동보다 근무기간이 긴 것도 많으니까. 하지만 문제는 송트 군의 경력을 생각해 봤을 때, 어느 것도 장기간 근무할 수 없다는 거야. 게다가 구직 자체만 놓고 보더라도 결국 제대로 된 취업에 실패한 거고."

토토토 선배가 천천히 답을 짜 맞춘다.

나도 이미 답을 알고 있었다.

"송트는 마법사로서 미숙했기 때문에 취업과 실업을 반복하고 있었다는 거로군요."

토토토 선배는 내 옆에서 고개를 깊게 끄덕였다.

"그래 맞아. 아르바이트 자리를 계속 옮겨 다니고 있었다는 건 정착할 수 있을 만큼의 능력이 없었다는 뜻이지. 그리고 다음 아르바이트 자리를 찾지 못하는 기간도 점점 늘어나서 제대로 먹지도 못하게 되었다는 거고."

목구멍이 포도청인데, 일부러 근로 일수가 짧은 일을 찾는 녀석은 없을 것이다.

　송트가 열흘, 일주일, 닷새 등 며칠 만에 일을 그만둘 수밖에 없었던 이유는, 더 이상 필요하지 않으니 그만 나오라는 식으로 해고를 당했기 때문일 가능성이 컸다.

　그리고 그 결과 점점 더 궁핍한 생활을 하게 됐다.

　"이대로 가면 송트라는 애를 써 줄 백마법 회사는 없어지겠지. 젊을 때는 그나마 육체노동 계열 일용직을 할 수 있을지도 모르지만, 별로 추천하고 싶지는 않네."

　그리고 나서 선배는 이런 말도 했다.

　"마법사라는 건 전문직이야. 마법이라는 특별한 힘으로 돈을 버는 직업. 나나 프란츠 군이 하는 일 역시 다른 어떤 누가와도 대체할 수 있는 일이 아니야. 지나가는 사람을 아무나 데리고 와서 천상호를 움직여 보라고 해 봤자 꿈쩍도 안 할 걸."

　마법 학교에 다니면서 그런 감각이 마비되어 있었는지도 모른다.

　"선배, 오늘은 감사했습니다."

　이제 나는 무엇을 해야 할까. 결론은 이미 나왔다.

　친구이기 때문에 내가 해야만 하는 일이 있었다.

◇

　그날 밤, 온 가족이 모여 저녁을 먹고 있을 때 어깨를 축 늘어뜨린 송트가 집에 돌아왔다.

"실은, 또 아르바이트 잘렸어……."

"그렇구나. 뭐, 우선 밥부터 먹어. 배가 고프면 아무것도 시작할 수 없으니까."

머릿속으로 생각을 하는 데에도 힘은 필요하다. 그 힘은 무언가를 먹어야만 얻을 수 있다.

송트는 그야말로 군식구처럼 송구스러워하며 자리에 앉았지만, 배가 고팠던 모양인지 와구와구 빵을 먹어댔다.

"송트 너 말이야, 남쪽이 고향이랬지?"

"응. 부모님은 거기서 일하고 계셔."

"부모님은 두 분 다 건강하셔?"

마침 수프를 입에 넣고 있던 때라 대답이 돌아오는 데에 시간이 조금 걸렸다.

"응, 두 분 다 건재하신데……. 그건 왜?"

"송트, 식사를 마치면 할 말이 있어."

어디서 얘기해야 할지 망설였는데, 결국 송트와 둘이서 바깥을 좀 거닐기로 했다.

우리 집은 왕도 근처이긴 하지만 교외라 불빛이라곤 달빛 정도밖에 없다.

당연히 밤을 걸어 다니는 사람도 없다. 그 편이 더 나았다.

"마법 학교 졸업한 지 일 년밖에 안 됐는데, 정말 많이 변했구나."

"그러네. 액톤이랑은 한 번 만났는데 상사가 너무 엄하기만 하고 무능하다면서 푸념을 늘어놓더라고."

"그 녀석, 꽤 좋은 회사 들어갔다던데 상사운은 어쩔 수 없는 거지 뭐."

공통된 지인에 관한 대화를 나누며 천천히 걸었다.

하지만 송트 역시 이런 이야기를 하기 위해 밖으로 나온 게 아니라는 것 정도는 알고 있을 테지.

"송트, 네가 이제까지 했던 아르바이트, 거의 다 백마법에 관련된 일이었지?"

"응……. 마법학교를 졸업했으니까 배운 것을 써먹을 수 있는 곳에서 일해야겠다 싶어서."

"평범한 구직 활동은 안 하는 거야? 우린 아직 어리고, 마법이랑 관련 없는 분야에서 근무할 수도 있잖아."

송트는 조금 망설이고 나서 대답했다.

"그래도 기왕이면 마법 분야에서 일하고 싶잖아. 마법사니까."

여기서 확실히 말하지 않으면 안 되겠군.

아마 내 표정도 딱딱해졌을 것이다.

"송트, 너는 마법 업계에서 벌어먹고 살 수 있을 만큼의 능력이 없어. 현실을 보라고."

송트에게서 아무런 대답도 돌아오지 않았다.

그렇지 않다고 반박한다거나 웃기는 소리 말라며 화를 낸다거나, 적어도 그런 반응은 없었다.

입을 다물어 버리는 것으로 이 자리를 넘기려 하고 있었다.

계속 아무 말도 하지 않았기에, 미안하지만 나는 송트가 도망쳤다고 판단했다.

나는 거기서 그만둘 수 없었다. 계속 이야기해야만 했다.

"송트 너는 마법 학교에 다닐 때에도 성적이 썩 좋지는 않았잖아. 뭐, 졸업은 했지만…… 그것만으로는 부족했다는 거야. 마법이 필요한 직업에 취직한다는 건 그 나름대로 어려운 일이니까. 네가 정규직이 되지 못한 것도 마법을 사용하는 일만 받았기 때문이잖아?"

마법사를 구하는 업종에서는 당연히 마법사로서 최저한의 능력을 갖추어 둘 것을 요구한다. 그건 신입에게도 마찬가지다.

업무를 해낼 만큼의 능력을 가지지 못했다고 판단하면 채용하지 않는다.

일용직에 가까운, 머릿수만을 요구하는 아르바이트에 채용되었다 하더라도 금세 능력이 부족하다는 사실이 드러나 해고 통보를 받게 된다.

송트는 그러기를 반복하고 있었다.

짧은 기간 일해봤자 기술이 몸에 익는 것도 아니다. 송트의 능력은 졸업 후로 전혀 성장하지 않았다. 이래서는 절대 전문직인 마법 계열 직업에 취직할 수 없다.

"이대로 무리해서라도 마법 쪽 일자리를 찾는 것도 송트

네 인생이니 말리진 않겠어. 하지만 그렇게 하겠다면 우리 집에는 있을 수 없어."

그동안 실패해 왔던 방법을 되풀이할 뿐이라면, 그건 노력이라고 할 수 없다.

그저 자신의 현실을 보는 것이 두려울 뿐, 그저 자신을 바꾸는 것이 두려울 뿐. 그뿐이다.

"응, 알았어."

송트는 달을 바라보며 그렇게 말했다.

"고향으로 돌아갈게. 거기서 일자리를 알아봐야겠어."

"응, 그것도 괜찮지 않을까."

밥을 굶지 않는 환경에서라면 자신을 차분히 돌아보는 시간도 가질 수 있을 것이다.

잘 곳도 먹을 곳도 없던 때보다는 몇십 배나 낫다.

"마법 학교에 다니게 해 주셨으니 이대로는 체면이 서지 않아서 돌아가는 게 부끄러웠는데, 부족한 건 어쩔 수 없는 거지 뭐."

송트가 체념에 가까운 한숨을 내쉬었다.

스스로도 어렴풋이 느꼈었겠지.

"여비는 있어?"

"아르바이트하고 받은 걸로 충분하니까 내일 본가로 돌아갈게. 프란츠, 고마워."

마법 학교 안에 있을 때는 느끼지 못했는데 학교 밖으로 나오고 나서 보니 사회라는 것은 터무니없이 잔혹하구나······.

뭐, 이 세상에 직업은 무수히 많다.

마법에 관련된 직업을 얻지 못했다고 실패한 인생은 아니니까.

어쩌면 몇 년 뒤에 송트가 유명한 제빵사가 되어 있거나, 상인이 되어 돈을 쓸어 담고 있을지도 모른다.

부디 송트가 새로운 길을 제대로 찾을 수 있길.

이튿날 새벽, 송트는 장거리 마차가 있는 왕도 터미널을 향해 떠났다.

"여기 주소는 알고 있으니까 고향에 돌아가면 편지라도 쓸게."

"알았어. 기다릴게."

혼자 생각해보고 결론을 내린 덕분인지 송트는 꽤 개운한 표정이었다.

송트가 떠난 뒤 메어리는 아침식사 자리에서 솔직한 감상을 내뱉었다.

"아~ 연약한 인간이었군~"

"네 입장에서 보면 모든 인간이 다 연약하겠지……."

"그래도 그 인간, 프란츠랑 우연히 만나게 돼서 정말 다행이네."

메어리는 어딘가 먼 곳을 보며 진지하게 말했다.

"그대로 집도 빵도 없이 며칠 더 멍하게 지냈다면 죽었을 가능성이 꽤 높아. 굶어 죽을 때까지는 시간이 걸리지만 그러기 전에 자살해버리는 게 인간이니까."

메어리는 오랜 시간을 살아온 만큼 인생에 좌절한 사람들도 많이 봐 왔을 것이다.

"이대로는 안 된다는 것을 알고 있으면서도 혼자서는 궤도 수정을 할 수 없는 때도 있는 거야. 그럴 때 누군가의 도움을 받을 수 있을지 어떨지는 그야말로 운이라는 얘기지. 살아있는 이상 운이라는 요소도 있는 거니까."

"내가 네크로그란트 흑마법사에 취직할 수 있었던 것 자체가 일종의 운이고 말이지."

"제 의견은 조금 달라요."

세룰리아가 나와 메어리의 컵에 차를 따르며 말했다.

"주인님은 운의 확률을 높이는 쪽으로 노력하고 계셨던 거예요. 절대적인 성공이나 승리는 아니지만, 운을 잘 끌어온 것 역시 주인님의 의지가 있었기 때문이에요. 그러니까, 주인님은 훌륭하신 분이에요."

"고마워. 세룰리아의 주인님에 걸맞은 사람이 되도록 앞으로도 정진할게."

◇

그날도 휴일이었지만, 생각이 있어 회사 쪽으로 발걸음을 옮겼다.

천상호가 세워져 있고 그 안에서 토토토 선배가 식사를

하고 있었다.

역시 아직 있었구나. 주차된 천상호는 방 대신 이용할 수 있다. 기본적으로 드래곤의 뼈이다 보니 천 같은 것을 씌우지 않으면 밖에서 훤히 들여다보이는 게 문제긴 하지만.

"어때? 잘 됐어?"

"그 얘기를 보고드리러 왔어요."

그렇다. 아직 어딘가 떨떠름한 내 속마음을 얘기하러 온 것이다.

우선 어젯밤에 송트에게 너는 백마법과 맞지 않다고 분명히 얘기한 것, 그래서 송트가 고향에 돌아가는 길을 선택했다는 것을 선배에게 전했다.

"잘 됐잖아. 마법 업계에서 먹고 살 거라면서 더 강하게 저항할까 봐 걱정했는데 그건 아니었네. 얕은 상처로 끝나겠다."

이 말을 들으니 알 것 같다. 토토토 선배 역시 인생에서 안 좋은 방향이라고 할까 수렁에 빠진 사람을 많이 봤다는 거겠지.

"그렇죠. 희망하는 직업의 폭을 넓히면 제대로 된 인생을 살아갈 수 있을 거라고는 생각해요. 하지만── 제가 그런 조언을 해준 게 과연 옳았는가, 라는 생각은 아직 남아있어요."

"무슨 얘기야?"

토토토 선배가 가까이 다가왔다.

"제가 한 일은, 달리 말하면 그 녀석이 꿈을 포기하게 만든 것이기도 하니까요. 과연 제게 그럴 권리가 있는 걸까 해서."

물론, 지낼 곳도 없는 상황 속에서 계속 헛된 꿈을 꾸는 게 옳은 건 아니다.

하지만 결국 안정된 생활을 위해서 마법의 길을 버리라고 말했을 뿐이라는 것이 마음에 걸렸다.

"프란츠 군, 그거 다른 의미로 오만이야."

선배는 내 머리를 마구 쓰다듬더니 웃으며 말했다.

이거, 연인 사이에서나 하는 커뮤니케이션이잖아요…….

"자신의 꿈을 포기할 권리는 자기자신에게 밖에 없는 거야. 프란츠 군은 선택지를 제시했을 뿐. 결정한 것은 전부 그 애야. 아니면, 혹시 정신 지배 마법이라도 걸었어?"

토토토 선배의 미소가 나의 고민을 싹 날려주었다.

"만약 진심으로 그 애가 마법을 사랑한다면 고향으로 돌아가서도 짬을 내서 연습할 수 있겠지. 사람의 가능성은 그렇게 금세 바닥날 만큼 적지 않아. 하물며 네가 그 애의 인생 전부를 컨트롤할 수 있을 리가 없지. 좀 더 가볍게 생각해."

내 목을 향해 손을 뻗은 선배가 몸을 꽉 밀착시켰다.

스킨십이라는 것은 알지만, 그게, 저기, 너무 육감적이라…….

마음이 편해지기는 커녕 오히려 어떤 한 부분이 딱딱해지는데……. 이건 생리현상이니까 별로 음란한 것은 아니다. 아니, 역시 음란한 생리현상인 걸까…….

토토토 선배도 금방 눈치챈 것 같다.

"어라, 미안. 프란츠 군 혹시 불끈불끈하게 되어버렸어……?"

"네……. 선배가 너무 매력적이라서요……."

거기까지 들은 선배가 요염하게 웃었다.

"이번에 프란츠 군이 아주 열심히 한 것 같으니까 내가 위로해 줄게. 그런 의미로."

그 표정을 봤더니 단숨에 피가 머리로 몰렸다. 이성을 간단히 파괴시키는 힘이 있다…….

"그런 의미라는 건…… 역시, 그런 의미인 거죠……?"

"답은 몸으로 가르쳐 줄게. 자 얼른, 선배가 해 주시는 서비스라고. 벗어 벗어♪"

──그다음, 엄청나게 제대로 위로받았습니다.

천상호 주변에 천을 씌우고, 그 안에서.

"알고 있어? 이런 걸 바로 드래곤 스켈레톤 섹스라고 한대."

선배가 내 뺨을 쓰다듬으며 고혹적인 표정으로 말했다.

"어, 어떤 의미일까요……."

"드래곤 스켈레톤 안은 완전한 실내가 아니라 반쯤 야외잖아. 어때, 좀 흥분되지 않아?"

"흐, 흥분이라기보다 천이 벗겨져서 선배가 누군가에게 보이진 않을까 조마조마한데요……."

교외지역이라 지나가는 사람은 거의 없을 테고 그런 곳이 아니면 드래곤 스켈레톤을 주차할 수 없다는 것을 알지만, 그래도 신경은 쓰인다……. 이렇게나 건강하게 그을린 피부를 하고 그렇게나 건강하지 못한 발상을 하는 사람이다.

"그러면 프란츠 군, 야한 선배는 싫어?"

"굉장히 좋아합니다."

이 질문에는 아무런 고민 없이 즉답했다. 내가 봐도 난 참 타산적인 놈이다.

"지금 그걸로 프란츠 군 마음속에 남아 있던 고민까지 전부 나온 거 아닐까? 이제 다 털어냈지?"

마지막으로 선배는 내 머리를 살포시 쓰다듬었다.

"네 친구는 혼자선 움직일 수 없는 상태에 빠져버렸었지만, 되도록 그러기 전에 가까이 있는 누군가에게 상담해야 해. 예를 들면, 나라도 괜찮다고."

말을 마친 선배가 늠름하게 웃었다.

이 회사에 들어오길 잘했다.

아, 야한 의미가 아니라.

연말은 성큼 다가왔지만 종무식까지 제대로 일할 수 있을 것 같은 기분이 들었다.

제 2 화

대파란! 송년회 여행!

연말이 코앞으로 다가온 어느 날.

회사에 출근한 나는 케루케루 사장님께 이런 말을 들었다.

"송년회를 하고 싶은데 괜찮을까요?"

"송년회 말씀이신가요? 물론 찬성인데, 괜찮냐는 건 무슨 뜻인가요……?"

흑마법과 관련된 무시무시한 모임이라도 열겠다는 뜻인 걸까……?

케르케르 사장님은 고개를 좌우로 흔들었다. 그리고 그와 동시에 꼬리도 좌우로 흔들었다.

사장으로서 너무 귀여운 행동인 것은 아닐까.

"아뇨 아뇨. 단순히 요즘은 송년회 같은 것을 싫어하는 젊은이가 많다고들 해서 확인했던 거예요. 억지로 강요하고 싶진 않으니까요."

"회사에서 참가하는 사람은 저희 세룰리아와 메어리를 빼면 사장님, 파피스타냐 선배, 토토토 선배 정도인가요?"

"네. 그리고 악어 수인이신 상송스 씨도 달려와 주신다고 했어요."

"그렇다면 당연히 가는 거 아니겠습니까."

나 이외의 전원이 여자라니(사역마 게르게르를 제외하고). 형식적으로는 거의 할렘이나 마찬가지다. 그런 상황을 거절하는 남자가 있다면 보고 싶을 정도다.

"알겠습니다! 그러면 끝내주는 곳으로 예약해 둘게요! 다

함께 신나게 놀자구요!"

케르케르 사장님이 겉모습과 어울리게 어린 티가 남아 있는 미소를 지었다.

이거 의외로 송년회를 제대로 즐기려는 거로군. 기대해 볼 만하겠다.

사장님은 초고급 요릿집에서 내 환영회를 해 준 적이 있다. 또 그런 곳으로 가는 걸지도 몰라!

"아, 그렇지. 또 한 가지 확인해 두고 싶은 게 있는데요, 다음날 돌아오는 일정이 되어도 괜찮을까요? 그러면 휴일에 걸리게 되긴 하는데."

술자리는 원래 만취해도 지장이 없도록 보통 주말에 일정을 잡는다.

그래서 억지로 참석한 술자리로 인해 휴일을 반이나 날려 기분까지 완전히 망쳐버리는 일도 있다고들 한다.

"네. 그 정도는 아무 문제도 없어요."

하지만 이 회사 멤버들과 함께 하면 분명 즐거운 일만 있으리라.

"알겠습니다. 제대로 찾아둘 테니까요!"

사장님, 일할 때보다 더 의욕이 넘치는 것 같은데…….

그리고 다음날.

메어리와 세룰리아와 함께 출근한 나는 사장님께 불려 갔다.

"송년회 장소가 정해졌어요!"

술집인가? 아니, 술집이라고 부르면 안 될 수준의 고급 레스토랑?

"아타미스 온천 호텔 '그랑·바캉스'에서 1박 2일이에요!"

"에……? 1박……?"

전혀 예상치 못했던 정보가 튀어나왔다…….

"아타미스 온천이라면 왕도에서 비교적 가까운 온천 말씀이시죠? 설마 거기서 하루를 지낸다는 말씀이신가요?"

"네! 호텔에 노천 온천도 딸려 있어요. 근처에는 남양(南洋)의 식물들을 모아 꾸린 식물원 등등 여러 가지 레저 시설이 많답니다. 바다가 가까워서 물고기도 맛있어요!"

옆에 있던 세룰리아가 눈을 반짝였다.

"온천! 가슴이 두근거리네요! 본가에 노천탕이 있어서 반갑기도 하고! 어딘지 모르게 야릇한 분위기도 풍기니까요!"

"야릇한 분위기라는 표현은 온천이나 노천탕에게 실례가 되는 것 같기도 하지만 무슨 얘길 하고 싶은 건지는 알겠어……."

목욕탕이라는 곳은 알몸이 되어야 하는 장소이기 때문에 세룰리아에겐 아주 친밀한 장소일 것이다.

그리고 메어리는 어떠냐면, 쿨한 척을 하고 있었다.

"흐응, 뭐. 어디 소녀가 즐거울 수 있도록 있는 힘껏 노력해 봐."

굉장히 도도하게 말하는데, 고향인 마계에서도 엄청나게

호화로운 생활을 영위했었으니 이제 와서 약간 사치를 부리는 것 정도는 아무렇지도 않은 거겠지.

"후후후! 벌써부터 기다려지네요! 송년회 날이 빨리 왔으면 좋겠어요!"

사장님이 또다시 꼬리를 흔들었다. 옆에 있는 사역마 게르게르보다 더 격하게 흔들고 있다.

개의 속성이 평소보다 많이 드러나고 있는걸…….

◇

이렇게 해서 우리 일행은 왕도를 떠나 아타미스 온천으로 향하는 여행길에 올랐다.

이동에는 토토토 선배의 드래곤 스켈레톤인 천상호를 이용했다. 이거라면 금세 도착할 수 있다.

──하지만 문제가 있었다.

사장님도 파피스타냐 선배도, 오랜만에 재회한 상송스 선배도 모두 방한복 스타일이었다.

"겨울에 타는 드래곤 스켈레톤은 추워. 대책은 필수."

털이 복슬복슬한 옷으로 입까지 가린 파피스타냐 선배가 그렇게 말했다.

이 회사에 들어온 지 오래된 만큼 익숙한 모습이다.

한편, 그런 준비를 잊어버린 메어리와 노출을 고집하는 세룰리아는 덜덜 떨고 있다.

"으으……. 어째서 온천을 가는데 이렇게 추워야 하는 거야!"

"메어리 씨 참으세요……. 설국과 비교하면, 이 정도 추위는 아무것도 아니니까……."

"세룰리아, 딱히 설국 같은 곳으로 가려는 게 아니잖아!"

어떻게든 견뎌 줘……. 다행히 나는 버티고 있으니까…….

"주인님, 서로 끌어안고 몸을 녹이는 건 어떨까요……?"

세룰리아가 슬쩍 남심을 건드리는 제안을 해 왔다. 굳이 따지자면 이 추위를 이겨내려는 이유쪽이 좀 더 메인인 것 같기도 하지만.

"음, 저는 사역마니까 주인님에게 온기를 나눠 받는 게 옳지 않을까 하고……."

"그, 그렇구나……. 그러, 그러면 끌어안도록 할까……."

"앗! 치사해! 그런 얘기라면 소녀도 참가할거야!"

메어리가 내 등 뒤로 답싹 매달렸다. 나는 세룰리아와 마주 안았고.

어쩐지 이상한 꼴이로군…….

"어머나, 보란 듯이 저렇게~"

"후배 군은 전체적으로 파렴치해. 하지만 남자란 대부분 그런 것일지도."

케르케르 사장님과 파피스타냐 선배가 우리를 보고 야유했다. 이런 짓을 하고 있으니 어쩔 수 없다.

"난 추우면 졸려진단 말이지……."

상송스 선배는 구석에서 꾸벅꾸벅 졸고 있다.

"무슨 말인지 알겠어. 이 근방을 달리면 풍경이 바뀌질 않아서 졸린다고……."

천상호를 운전하고 있는 토토토 선배가 그렇게 말했다.

듣는 내 쪽이 핏기가 가시는 오싹한 멘트!

"아니, 선배는 절대 주무시면 안 돼요. 안전운전 부탁드립니다!"

"후아~암……. 어라, 본격적으로 멍해지는 것 같은데……."

사장님도 이래서는 안 된다고 생각했는지 운전을 교대했다.

"여기서부턴 제가 할게요! 그리고 도중에 잠시 휴식하도록 하죠!"

조금 위험할 뻔했던 부분도 있었지만 두 시간 정도 걸려서 아타미스 온천에 도착했다.

아타미스 온천 마을에 도착하니 마을 곳곳에서 김이 나고 있었다. 그야말로 온천 지대에 어울리는 풍경이었다.

게다가 고지대에서는 바다가 한눈에 내려다보였다. 식물도 왕도에 있는 것들보다 남국에 가까운 종류가 많았다.

"이야~ 좋네요~. 역시 사원 여행은 아타미스 온천이죠!"

사장이 가장 들떠 있다. 어지간히도 오고 싶었나 보다.

"제가 젊었을 땐 아타미스 온천으로 사원 여행을 오는 게 당연했었는데. 하지만 그런 단체 여행도 이제는 많이 사라져 버렸네요. 가치관이 변해가는 것이니 어쩔 수 없지만, 그래도 가끔 오면 역시 두근두근거려요!"

사장님이 젊었을 적이라니, 몇백 년 전 일인 걸까……?

궁금하긴 하지만 여성의 나이를 자세히 묻는 건 실례가 될 테니 그만두자.

"따뜻하니까 겨울을 보내기에도 좋을 것 같네. 바다도 있고."

악어 수인인 상송스 선배도 이곳에서 고향과 비슷한 느낌을 받은 것인지 즐거워했다.

"맞아요, 날씨가 정말 좋네요! 이 날씨라면 서큐버스의 본연에 충실한 개방적인 차림이 될 수 있으니 반가울 따름이에요!"

세룰리아도 추위를 참을 필요가 없게 되어 들뜬 모습이다.

"그야말로 관광지라는 느낌이네. 그럼, 인간 세계의 온천은 소녀를 어떻게 즐겁게 해 주려나."

메어리는 어떤 집단에서나 꼭 한 명씩은 그러듯, 조금 비뚤어진 발언을 했다. 뭐, 그런 면이 여동생 같다고 하면 여동생 같으려나.

"요즘 메어리가 정말 친동생처럼 느껴진다니까."

내 발언에 메어리가 나를 휙 쳐다본다.

"프, 프란츠…… 여동생이라면 그런 짓…… 절대로 안 하잖아……."

메어리의 얼굴이 새빨갛게 달아오르는 걸 보니 나도 덩달아 쑥스러워졌다…….

"그렇지……. 메어리 네 말이 맞네……."

그런 일을 하는 남매는 없다. 만일 있다면 건전한 관계는 아니다.

"자 여러분, 우선 어디로 갈까요!"

사장님은 관광 지도를 뚫어져라 쳐다보고 있었다.

"사장님, 나는 이 열대 식물원이라는 곳이 좋아."

파피스타냐 선배가 제일 먼저 의견을 냈다. 늘 작은 목소리로 속삭이지만 소극적인 성격은 아니다. 오히려 강하게 밀어붙일 때가 많다.

"좋아요! 맨 처음은 열대 식물원이에요!"

열대 식물원은 그 이름대로 푹푹 찌는 더운 곳이었다.

식물원 전체가 돔 형태의 건물 안에 조성되어 바깥의 찬 공기가 전혀 들어오지 않는 구조로 만들어져 있었다.

안내판에는 녹마법 마법사가 직원으로 일하며 일 년 내내 관리에 힘쓰고 있다고 적혀 있었다.

"그렇구나, 이런 일은 녹마법으로만 할 수 있으니까."

"왕도에는 녹마법을 활용할 일자리가 드무니까요. 하지만 숲이나 산이 많은 지방으로 가면 녹마법을 쓰는 곳이 의외로 많아요. 깊은 산을 헤치고 들어가야 하는 일도 있고 하니, 어떤 의미에서 보면 마법사들 중에서 가장 운동 능력이 필요할지도 모르겠네요."

사장님이 재빨리 설명을 덧붙였다. 어쩐지 학교 선생님 같은걸.

"아, 그러고 보니 왕도에는 삼림도 별로 없네요. 왕도에 있는 마법 학교 중에도 녹마법을 전문으로 다루는 곳은 거의 없고. 오히려 지방 도시의 마법 학교에서 더 성행하고 있어요."

"맞아요 맞아요. 마법도 각각 특기 분야가 있거든요. 저희도 흑마법의 특성을 살려서 열심히 해 보자구요."

사장의 이야기를 들으니 의외로 일다운 일이라는 느낌이 들었다.

그그리고 제일 중요한 식물원 말인데, 파피스타냐 선배와 상송스 선배가 즐겁게 식물을 구경하는 한편——

메어리와 토토토 선배는 그다지 내키지 않는 표정이다.

"그냥 식물이잖아. 이게 뭐가 재밌어? 소녀는 모르겠어."

"그러니까. 그냥 평범한 식물인데. 희귀한 것도 있기는 하지만, 그래서 뭐 어쩌라고. 내 고향에 있는 다크 엘프 식물원이 식물 종류도 더 많아."

그야 예쁜 꽃이 흐드러지게 피어 있는 것도 아니고 그저 녹색으로 꽉 채워진 공간을 걷는 것뿐 아니냐고 하면 그 말이 맞긴 하지만…….

어떤 마음인지 모르는 건 아니지만 그렇게 당당하게 발언해버리면 분위기를 못 읽는 사람이 되어버린다. 나는 겁쟁이이기 때문에 그럭저럭 즐기는 척을 했다.

"자자, 선배도 메어리도 후반으로 가면 즐길거리가 있을지도 모르니까 조금만 더 활기차게요, 활기차게."

"즐길거리? 식물원에 식물 구경 말고 다른 요소 같은 건 없어.”

하지만 마지막에 의외의 것이 있었다.

바로 바나나라는 식물이었다.

왕도의 과일 가게에 가끔 진열돼 있긴 했지만 이렇게 나무에 열려 있는 것을 실제로 본 적은 없었다. 출하량이 적어서 고급품에 속하는 과일이라 먹어본 적도 없는데 무려 직접 시식할 수 있는 코너도 준비되어 있었다. 이 열대 식물원의 메인 코너인 듯했다.

과연 그렇군. 메어리처럼 식물원에 질려버린 어린아이를 위한 것이구나.

“앗, 달콤하고 맛있어요!”

사장님이 먼저 바나나의 껍질을 벗겨 입에 넣었다. 나도 한입 덥석 베어 물었다.

“정말인데! 불쾌하지 않은 단맛이라 딱 좋아요!”

귀족들은 이런 걸 매일 아침 먹고 있겠지.

그러는 동안 미묘한 사건이 있었다.

“함냐함냐…… 좋네요. 핥으면 단맛이 나요.”

세룰리아가 바나나를 먹고 있는데——

몹시 야하다. 엄청나게 야하다.

이유는 명백했다. 세룰리아는 바나나를 베어 먹는 것이 아니라 핥아먹는 방법을 선택했던 것이다. 그 덕분에, 그러니까……안 좋은 상상을 하게 된다…….

인간에게는 위대한 상상력이 깃들어 있으니 어쩔 수 없는 일이다. 내가 나쁜 것이 아니다. 남자라면 누구든 똑같은 생각을 할 것이다……. 내 어딘가가 핥아지는 듯한 기분이 점점…….

"세룰리아, 그 과일은 핥는다고 금방 녹지는 않을 것 같은데……"

"주인님, 그렇다는 건 저도 알아요. 하지만 서큐버스로서 이것은 꼭 핥아야만 한다는 생각이 들어서……."

그런 데에서 수수께끼의 직업의식을 발휘하지 않아도 되잖아!

"후배·군, 저건 그냥 과일을 핥는 것일 뿐이야. 동요하는 건 이상해."

파피스타냐 선배에게 혼났다.

"아니, 그…… 저기…… 죄송합니다……."

설마 식물원에서 이런 기분을 맛보게 될 것이라고는 생각지도 못했다.

세룰리아는 바나나에 몹시 만족해서 기념품으로 구입했다.

열대 식물원을 나선 나는 여러 가지 사정으로 괴로워하고 있다. 구체적으로 말하자면, 세룰리아가 바나나라는 과일을 핥는 모습을 본 탓이다. 인간에게는 상상력이라는 것이 있기 때문에 어쩔 수 없는 일이다.

아직 시간은 한낮이라고……. 불끈거리기엔 너무 이른 시간이야…….

안 돼, 안 된다. 기분을 한차례 리셋해야겠어!

"슬슬 점심 먹을 시간이네. 어디 맛있어 보이는 가게로 들어갈까?"

역시 메어리는 마을 산책보다 먹는 것에 더 흥미가 있는 모양이다.

"아타미스 온천 주변에선 물고기도 잡히니까 건어물도 맛있을 것 같아요."

현지 주민들이 즐겨 찾는 오래된 가게도 있겠지만 그런 곳에 대한 정보는 전혀 없었기에, 전형적인 관광객 지향적인 가게 중에서도 가장 깨끗하고 인기 있을 것 같은 식당으로 들어갔다.

나는 다양한 생선 요리가 메인인 정식을 주문했다. 다른 사람들도 대부분 똑같은 메뉴를 주문했다.

하지만 세룰리아만은 온천의 증기를 이용해 여러 가지 식재료를 쪄낸 정식을 골랐다.

채소가 듬뿍 들어 있어 건강에 좋아 보이는 메뉴다.

생선 요리는 전부 맛있었는데, 특히 말린 생선을 구운 요리는 평범한 생선구이와는 또 다른 맛이 있었다.

"수분이 날아간 만큼 맛이 농축된 것 같아요. 이거 좋은데!"

"오래 보존할 수도 있는데 이렇게나 맛있다니 정말 대단해요. 뼈를 빨아먹어도 맛있어요!"

케르케르 사장님은 개답게 역시 뼈를 좋아하는구나…….

토토토 선배는 '술이 술술 들어가네!'라며 도수 높은 술을 계속 마시고 있다.

대낮부터 그렇게 술을 많이 마셔도 괜찮으려나…….

메어리도 만족한 것 같고, 성공적인 식사였다.

다 함께 먹으니 더 맛있는 것 같다.

"세룰리아의 온천 찜 정식은 어땠어? ──웃,"

말문이 턱 막혔다.

세룰리아는 온천 찜 정식에 들어 있던 온천 달걀이라는 요리를 혀로 할짝거리며 핥고 있었다.

그 모습 역시 엄청나게 야릇하게 느껴지는데…….

"저, 있잖아……. 그건 베어 먹어야 하는 거 아니야……?"

"저도 먹는 방법은 알고 있어요. 하지만 서큐버스인 이상 혀 위에서 이 달걀을 굴리지 않으면 안 될 것 같은 느낌이 들어서……. 본능이 그렇게 하라고 시키고 있어요."

바나나에 이어서 또다시 수수께끼의 본능을 발휘하고 있다. 본능이라면 뭐 어쩔 수 없나. 스스로 제어할 수 없는 것이 본능이니까. 응, 하는 수 없지.

"후배 군, 또 얼굴이 빨개졌어. 그런 반응을 보이는 이유를 모르겠어."

차가운 눈빛을 한 파피스타냐 선배에게 또 한소리 들었다. 이건 불가항력이라구요…….

"자~ 그럼, 다음은 어디로 가 볼까."

마침 식사를 마친 토토토 선배가 관광 지도를 쳐다보며 화제를 전환해 주었다.

"앗, 이 비보관(秘宝館)이라는 거 재밌을 것 같잖아!"

토토토 선배가 손톱으로 지도 위를 가리켰다.

"비보라고 쓰여 있으니까 보석이나 전설의 아이템 같은 게 잔뜩 있겠지! 이거 피가 끓는걸?"

과연. 전설의 아이템인가. 그런 것을 볼 수 있다면 꼭 가 보고 싶다.

"좋아. 나도 보석 보는 거 좋아해. 어렸을 때에 여자애답 게 꾸미질 못했었으니까."

상송스 선배도 황홀한 표정을 짓고 있다. 음, 다음은 비보 관으로 결정이군.

――그러나 비보관에 들어가자마자 우리는 그곳이 전혀 다른 취지를 가진 장소라는 것을 이해할 수 있었다.

그곳은……성(性)과 관련된 여러 가지 물건들이 전시된 박 물관이었던 것이다.

구체적으로 말하기는 좀 꺼려진다. 그것 모양의 온갖 아 이템이 있었다. 거꾸로 묻고 싶다. 어디서 이런 형태의 도 구를 이렇게 많이 생산하는 거지?

"이것은 과거에 흑마법에서 사용했던 아이템이네요. 일 부러 이런 모양으로 만든 거예요. 하지만 너무 노골적인 형 태 때문에 점점 사용하지 않게 되었답니다."

이번에도 사장님이 제대로 해설해 주셨다.

"하긴, 이래서야 쓰기 어려울 만도 하겠어요. 모양이 완전 똑같은걸요…….”

“이것은 인간의 고대 유적에서 출토된 것이라고 하네요. 인간 사회에 마법 체계가 이루어지기 전부터 풍요의 상징으로써 주술적 의미를 담아 만들었던 거예요.”

“그렇구나……. 그야말로 상징으로써. 이렇게 두꺼운 실물은 없겠지만…….”

상송스 선배의 얼굴이 사과처럼 새빨갰다.

“난 이렇게 직설적으로 그러는 건 안 돼…….”

당연한 반응이다. 전원이 남자라면 그런 주제를 섞어가며 말하는 것으로 분위기를 띄울 수 있을지도 모르지만 나를 제외하면 여기 모두 여자다. 경솔한 발언은 성희롱이 된다.

아니 것보다 내 입으로 비보관에 가고 싶다는 얘기를 하지 않아서 다행이다. 그 시점에서 성희롱이 될 뻔했어…….

하지만 다른 반응을 보이는 사람도 있었다.

“흐~응. 이런 건가~ 잘도 이만큼 모았네. 감탄스러워.”

토토토 선배는 아무렇지 않은 모습이다. 극히 평범한 박물관에 있는 것 같은 태도였다.

“이 인형이 취한 자세는 나중에 몸이 아파지니까 그만두는 편이 좋을 텐데~. 아, 그리고 냄새가 나니까 그렇게 좋지도 않아. 생각보다 더 구리다고.”

담담하게 말하고 있어……. 토토토 선배는 왕년에 불량배였으니 그 시절에 이런저런 경험을 해 본 걸까…….

그리고 예상은 했지만 세룰리아가 엄청나게 기뻐하고

있다.

"여긴 정말 최고예요! 인간 세계에 이렇게 지적 호기심을 충족시켜주는 장소가 있었다니!"

가만히 있지를 못하고 아예 날개를 펴서 박물관 내부를 날아다니고 있다.

"인간의 신념과 끝없는 호기심이 절로 느껴져요! 마계에도 이런 시설이 생기지 않으려나? 인간 세계에도 배울 점은 많이 있었던 거예요!"

분명 인간을 칭찬하는 말이겠지만, 솔직히 하나도 기쁘지 않아!

"앗! 이 도자기는 마침 주인님 사이즈랑 딱 맞네요!"

"어이! 이상한 얘기 하지 말아 줘!"

파피스타냐 선배가 은근슬쩍 시선을 옮기는 것이 느껴졌다.

"후배 군, 얼굴은 동안인데, 의외로 남자답네."

"선배, 감상은 말씀 안 하셔도 되니까요!"

이거 완전히 놀림당하고 있어…….

어떻게 보면 이런 게 사이좋은 사람들끼리 하는 여행의 묘미이기도 하지만…….

"세룰리아는 이런 곳을 좋아하는구나…….."

"개인적으로 다시 오고 싶어요! 연간 패스가 있다면 살 거예요! 언니에게도 가르쳐줘야 하구요!"

아이템 전시는 그나마 학술적이라고 볼 수 있는 공간이었지만, 다른 방으로 가니 상상밖의 공간이 펼쳐졌다. 구체적인 행위를 그린 그림이 잔뜩. 세룰리아가 한층 들떴다.

이렇게 활기가 넘치는 세룰리아의 얼굴은 좀처럼 볼 수 없는 것이다.

문제는 이 장소가 로맨틱과는 한참 거리가 먼 곳이라는 점이었다…….

"감동이에요! 눈물이 날 것 같아요…….."

울어 준다면 이 시설을 만든 사람도 정말 기뻐할 거야…….

그리고 나에게도 문제가 생겼다.

이런 곳까지 왔으니 이상한 생각을 품는 것도 당연하잖아…….

설마 호텔에서 모두 같은 방에서 묵는 건 아니겠지…….만약 그렇다면 절대 잠들지 않을 자신이 있다…….

◇

고지대에서 바다를 내려다보거나 온천이 분출하는 곳 등을 견학하는 사이에 저녁 시간이 다가왔다.

"슬슬 호텔로 가 볼까요!"

이번 여행 계획을 세운 케르케르 사장님이 모두를 인솔했다. 오늘은 꼬리가 계속 움직이고 있구나. 게르게르도 '올해 들어 가장 기분이 좋은 것 같다멍'이라고 했다.

건물 안에 들어갈 때를 제외하고 파피스타냐 선배의 사역마 부엉이 모틀리·오르크엔테 5세는 하늘을 선회하고 있다. 일단 따라오고는 있는 것 같다. 상송스 선배의 거북이 사역마는 못 오겠지.

"뭐랄까, 이렇게 보니 사장이 충견같다는 느낌이 드네."

메어리가 실례되는 말을 했다.

"그런 얘기는 하지 마⋯⋯. 사장님이니까⋯⋯."

나 역시 깊이 동감하는 바였지만 일단 메어리의 입단속을 했다.

그리 큰 마을은 아니기에 십 분 정도 걸으니 호텔에 도착할 수 있었다.

호텔 이름은 '그랑·바캉스'. 왕도에 있는 귀족의 저택인가 싶을 정도로 호화로운 건물이었다.

"여기에요! 이야~ 실제로 보니까 생각했던 것 이상으로 좋은데요~"

"비싸 보이는 호텔이네요⋯⋯. 이거 회사 돈으로 내도 괜찮은 건가요⋯⋯?"

사원 여행은 숙박비도 식비도 전부 회사 자금으로 지불한다.

사원으로서는 고마운 이야기지만 경영 쪽은 괜찮은 건지 불안했다.

"걱정할 필요 없어요! 올해는 실적도 좋거든요! 자, 들어가죠!"

호텔 안으로 들어서자, 정장을 입은 남녀가 재빨리 고개를 숙여 우리를 맞았다.

노신사라고 표현해야 할 것 같은 풍채 좋은 남자가 한 발 앞으로 나섰다.

"'그랑·바캉스'의 지배인입니다. 최상층 스위트 룸을 예약해주셔서 감사드립니다."

엑! 그렇게 비싼 방을!

뭐, 사장님은 어떤 방에서 묵어도 괜찮겠지, 사장이니까. 내 방은 조금 더 낮은 등급의 객실일 것이다.

"자, 여러분, 스위트 룸까지 안내해주신다니 함께 가도록 해요."

파피스타냐 선배가 '사장님, 스위트 룸에서 묵는 건 누구 랑 누군데?' 하고 물었다. 당연한 의문이었다. 사장님 혼자 서 묵어도 괜찮을 텐데.

"다함께 같은 방에 묵을 거예요. 굉장히 넓으니까요! 파피스타냐 씨의 부엉이도 들어올 수 있답니다!"

파피스타냐 선배는 기뻐했지만, 나는 당황했다.

"엑! 다 같이 한 방에서요?"

"네. 정말로 넓거든요. 열두 명까지 묵을 수 있다고 호텔 팸플릿에도 쓰여 있었어요."

"아뇨, 면적이 어떻다는 게 아니라 성별이 말이에요. 그……그만큼 넓다면 방도 몇 개나 있는 걸까 해서……."

그렇다면 남자가 있어도 신경 쓰이지 않겠지.

옷 갈아입는 걸 본다거나 하는 사고는 일어나지 않을 것이다.

토토토 선배가 내 어깨를 톡톡 두드렸다.

"라이트스톤 섬에서 모두의 알몸을 본 네가 우리 모두와 같은 방이라는 사실을 신경 쓰는 것도 이상하지 않아?"

"그건, 그러니까…… 완전히 불가항력이라……."

먼 곳이 보이게 되는 마법이 갑자기 발현했던 것은 내 책임능력 밖의 일이었다.

"주인님, 잘 됐네요."

"세룰리아, 그 '잘 됐다'라는 건 어떤 뜻에서?"

"서큐버스로서 야시시한 행운을 연출하는 데에 온 힘을 다할게요!"

"그런 데다 힘 안 써도 돼!"

수수께끼의 사명감을 불태우지 말아줬으면 한다. 나의 회사 내 신용이 걸려 있으니까…….

그런 근심을 안고 향했지만, 막상 스위트룸에 들어가보니 확실히 훌륭한 곳이었다.

우선 방이 많다. 개인실만 해도 네 개는 있으니 열두 명까지 OK라는 것도 납득할 수 있었다. 응접실도 굉장히 넓어서 마치 일류 레스토랑 같았다. 테이블이며 의자 또한 전부 고급품이라는 것을 금방 알 수 있을 정도였다.

경치도 좋았다. 베란다에서 바다가 한눈에 내려다보였다. 파도소리가 바람에 실려왔다.

게다가 그 멋진 풍경을 바라보며 노천탕을 즐길 수 있는 구조로 되어 있었다.

노천탕에는 나무를 상자 모양으로 짜서 만든 타입의 욕조가 있었는데, 꼭대기층이라 다른 사람들에게 보일 걱정도 없어 보였다.

파피스타냐 선배는 노천탕에 들어가고 싶어 온몸이 근질거리는 듯, 입구 앞에서 안절부절못했다.

"사장님, 들어가고 싶어. 빨리 들어가자."

"그래요. 다 함께 들어가요!"

마침 해 질 녘이니 노천탕에서 노을 지는 모습을 바라볼 수 있을 것이다. 이때를 놓칠 수는 없지.

그럼, 나는 호텔 대욕탕이라도 사용해 볼까.

그렇게 생각하고 자리를 벗어나려는데 사장이 내 팔을 잡았다.

"프란츠 씨도 같이 들어가요. 탈의실은 하나뿐이라 옷은 따로 벗어야겠지만, 탕에선 배스타월로 몸을 가리고 있으면 되잖아요?"

사장님이 이렇게 말씀하실 것을 어느 정도 예상하긴 했지만, 이건 이것대로 이러지도 저러지도 못하겠다.

어쩌지. 차라리 혼자 나가서 현자처럼 깊은 생각에 잠겨 대욕탕을 즐기는 것도──

"알겠습니다. 들어갈게요."

──아니지, 지금은 혼욕 노천탕을 즐겨야 할 때다. 그것이 내가 내린 남자로서의 결단이다!

"프란츠, 욕망에 참 솔직하구나."

메어리에게 약간의 비웃음을 샀다. 웃고 싶으면 웃어라.

나는 잽싸게 탈의실로 들어가 옷을 벗고 노천탕에 들어갔다.

"아아, 최고야……."

욕조는 헤엄도 칠 수 있을 만큼 넓었다. 게다가 온천 성분 때문인지 어쩐지 피부가 매끈매끈하다. 몸을 담그는 것만으로도 건강해질 것 같은 기분이 들었다.

"마법사가 건강을 신경 쓰다니 좀 이상한 이야기인 것 같지만."

이대로 물에 잠겨 있으면 딱 좋은 저녁놀을 바라볼 수 있지 않을까.

그리고 세룰리아가 온천으로 들어왔다.

"와~ 정말로 넓네요~"

배스 타월도 두르지 않고.

"엑?! 타월 안 둘러?!"

나는 정색하며 물었다. 아, 정말. 훤히 다 보이잖아…….

"그치만, 주인님은 제 알몸을 몇 번이나 보셨잖아요. 저는 신경 쓰이지 않는데."

"그건 그렇지만……."

"그래, 신경 안 쓰는 멤버는 신경 안 쓴다는 거지."

이 목소리는 토토토 선배다.

역시. 토토토 선배도 배스 타월을 두르지 않고 있잖아! 익숙한 모습!

"내 집에서도 아무것도 안 입는 내가 굳이 목욕탕에서 몸을 가릴 리가 없잖아. 이것이야말로 목욕할 때의 바른 복장이지. 배스 타월을 두른다니 사도(邪道) 중의 사도라고!"

토토토 선배가 그런 사람이라는 것은 이미 알고 있었지만, 그렇다고 해서 역시나 마음이 진정되지는 않는다…….

그냥 바다나 보도록 하자……. 아, 석양이 아름답구나…….

바다를 보는 내 뒤쪽에서 나머지 멤버들의 목소리가 들려왔다.

"아, 딱 좋은 온도잖아. 난 뜨거운 거 잘 못 견디니까 이 정도가 딱 좋아."

"파피스타냐 씨는 미지근한 물에 오랫동안 몸을 담그는 타입이었죠? 저는 먼저 게르게르를 씻겨 둘게요."

"정말 넓네요. 나 헤엄치고 싶어졌어."

"상송스 씨는 수영이 특기니까요."

솔직히 말하자면 바다보다 그 반대쪽 풍경을 보고 싶다.

하지만 마음껏 돌아보는 것은 너무 노골적이겠지. 무슨 일이든 순서가 있는 법이다.

그런 생각을 하고 있으려니, 내 등 뒤에서──

첨벙! 하고 시원한 물보라, 아니 뜨거운 물보라가 일었다.

"후후후~. 뛰어들어버렸지~!"

"메어리, 방 안에 있는 욕조니까 그런 어린애 같은 행동은 하면 안 돼──"

메어리가 내 등에 찰싹 달라붙었다.

배스 타월과는 다른 좀 더 직접적인 감촉이 등을 타고 전해져 왔다.

"오빠 안아줘~"

장난스러운 목소리로 말하는 메어리. 아니, 장난스러운 게 아니라 그냥 장난이겠지.

하지만 당하는 입장에서는 그냥 넘어갈 수 없는 법이다.

"너 말이야⋯⋯. 지금 나는 네가 생각하는 것보다 훨씬 더 곤란한 상황이라고⋯⋯. 그리고, 집에서도 이런 짓은 안 하잖아!"

굳이 말하자면 집에서 생활할 때엔 부끄러움을 타는 편이었다.

"그치만 여긴 노천탕이잖아. 소녀도 이럴 땐 개방적이 된다고."

다들 유일한 남자인 나를 실컷 가지고 놀고 있군⋯⋯.

이럴 때일수록 천천히 심호흡을 하는 거다. 상념에 사로잡히지 마라. 휩쓸리지 마라⋯⋯.

"뭘 혼자 감상에 젖어 있는 거야, 프란츠 군."

"주인님, 정말 꼼짝 않고 계시네요."

맨몸의 토토토 선배와 세룰리아가 내 앞쪽으로 빙 돌아왔다.

젠장! 내 노력이 깨끗하게 짓밟히고 있잖아!

솔직한 본심을 말하자면 서큐버스적인 일이 하고 싶다.

정말로 하고 싶다.

하지만 이렇게 많은 사람들 앞에서 그런 말을 입 밖으로 낼 수는 없다.

"세룰리아, 선배……, 석양이 아름답네요. 왕도에서는 바다에 잠기는 해를 볼 수 없죠. 감동적이에요."

"그런 것 보다, 가슴이 보고 싶은 거 아냐?"

선배, 너무 직접적인데요!

"……희소가치라는 측면에서 보면 여기서 보이는 석양이 훨씬 희귀하기 때문에 저는 석양을 보겠습니다. 토토토 선배의 알몸은 나름대로 많이 봤기 때문에…… 이번에는 패스해도 되지 않을까……. 감사함이 좀 옅어지고 있다고 할까요."

"잠깐! 그거 실례 아니야? 나도 꽤 괜찮은 여자라고! 미모 레벨로는 폭주족 레이디스 중에서도 톱클래스였단 말이야!"

알고 있다고요! 아니, 그러니까 열심히 참고 있는 거 아닙니까!

그리고 그러는 동안에도 메어리는 내 등 뒤에 착 달라붙어 있다. 내 자제심이 시험받고 있었다.

뒤쪽에서 들려오는 목소리는 의외로 평화로운 내용이었다.

"모틀리·오르크엔테 5세, 몸을 너무 털면 안 돼. 물이 튀니까."

"고향 바다도 따뜻했었는데~. 나 느긋하게 누워 있을게요."

"게르게르는 파피스타냐 씨를 너무 쳐다보면 안 돼요. 매너 위반이에요."

"파피스타냐 씨의 흑발이 물에 젖으니 윤기가 돌아서 정말로 아름답다멍."

"어차피 몸은 그다지 성장하지 않았으니까. 안티에이징만으로도 벅차."

"그건 그걸로 좋은 거다멍. 그렇다고 할까, 이 멤버는 전체적으로 가슴이 별로 없다멍. 상송스 씨는 모르겠지만 그래도 뻔하다멍."

게르게르, 그거 모두에게 실례라고.

"흥, 전체 스타일을 보고 평가해 줬으면 좋겠는데. 내 몸은 날씬하잖아?"

"그것도 일리 있다멍. 개인적으로는 살집이 있는 쪽보다 파피스타냐 씨처럼 믿음직스럽지 못한 쪽이 좋다멍."

역시 게르게르는 실례되는 말을 한다니까.

그 후, 사장님이 게르게르를 꼬집었는지 게르게르의 '미안하다멍!'이라는 목소리가 들려왔다. 사장님 앞에서 너무 까불었어.

"그렇지만 확실히 몸매만 놓고 보면 파피스타냐 씨와 상송스 씨는 다른 타입이에요. 저는 저대로 유아 체형이라 또 다르고."

"남자 시선에서 봤을 때 어떤 게 더 좋은지 잘 모르겠어. 경우에 따라서는 육감적인 몸이 될 수 있도록 안티에이징하는 연습도 하고 싶은데."

"그건 저희 여자들끼리 아무리 얘기해 봐야 답이 안 나오겠네요."

좋은 예감, 아니 나쁜 예감이 들었다.

물결이 이는 게 느껴졌다. 어쩐지 다들 가까이 다가오는 것 같은데…….

"프란츠 씨, 뒤를 돌아봐주시겠어요?"

그렇게 말씀하시면 어쩔 수 없이 돌아봐야지.

세 명이 알몸으로 나란히 서 있었다.

"후배 군은 어떤 몸이 좋아?"

파피스타냐 선배가 내게 물었다.

"그, 그래……. 앞으로 있을 단체 미팅을 위해서라도 솔직한 의견을 듣고 싶어……."

상송스 선배까지.

나는 다시 한번 천천히 심호흡을 했다.

그리고 달관한 기분으로 말했다.

"각자 차이가 있지만 다 좋아요. 어디가 얼마큼 뛰어나다던가 그런 시시한 척도는 필요 없어요. 다들 최고입니다."

그 말을 마친 직후 나는 온몸의 피가 머리로 쏠리는 기분에 욕조에서 나왔다.

일 년 치 가슴을 봤어…….

머리에 피가 오른 탓에 식사시간까지 찬바람을 맞으며 열을 식히기로 했다.

이 송년회, 기쁘지만 동시에 괴롭군…….

솔직한 심정으로는 평정심을 유지하기 위해서라도 가능하다면 저녁식사 후에 돈을 챙겨서 서큐버스적인 서비스를 해 주는 가게에 가고 싶다.

어디까지나 평정심을 위해서다. 욕망이라는 존재를 아예 지우는 것은 불가능하다. 적당히 컨트롤해야 한다.

하지만 나를 제외한 나머지는 전부 여자뿐이니 남자의 기분을 이해하기는 어려울 것이다. 내가 여자 사원이라도 '무슨 생각을 하고 있는 거야'라는 마음만 들 것 같다.

지금 있는 곳이 집이라면 세룰리아에게 서큐버스로서의 일을 부탁할 수 있겠지. 하지만 제아무리 방을 따로 쓴다고 해도 다 함께 묵는 호텔이다. 오늘 밤엔 그런 행동을 삼가야만 해.

"주인님, 어쩐지 피곤한 표정이세요. 휴식이라고는 하지만 목욕도 체력을 많이 소모하는군요."

세룰리아가 깃털 부채를 파닥파닥 부쳐 바람을 일으켜주고 있다. 하지만 이 피로는 결코 목욕에서 비롯된 것이 아니다.

"아니…… 어떤 의미에서는 나 자신과의 싸움 같은 거니까 차분히 이겨내도록 할게……."

"이제 곧 맛있는 식사가 올 테니까요. 그걸 먹으면 회복될 거예요."

"그래. 나도 그걸 기대하고 싶어."

부족한 삼대 욕구를 다른 삼대 욕구 해소로 얼버무린다는 작전이라, 나쁘지 않다.

예를 들면 쿨쿨 자고 있을 땐 배가 고프다든가 여자의 알몸이 보고 싶다는 생각은 들지 않는다. 식사를 만끽하는 동안에는 아무 생각 없이 식사에만 집중할 수 있겠지.

"어떤 요리일까! 벌써 기대되는데!"

——식사는 호화로운 메뉴였지만 몹시도 정력에 좋은 음식뿐이었다.

"이 근방은 부추와 비슷한 채소들이 많이 자란다고 해요. 향은 강하지만 익숙해지니 맛있네요."

케르케르 사장님은 개이기 때문에 향이 너무 강한 음식은 불편해하는 것 같다. 그래도 양파나 부추는 먹을 수 있는 모양이다.

"고기도 맛있어. 힘이 생기는 느낌이 들어."

요리는 맛있었다. 하지만 역시 피가 끓어오르는 감각이 든다.

몸이 활활 타는 것 같군…….

"그러고 보니 온천에서 먹는 요리는 대부분 맵다고 하잖아. 온천으로 땀을 흘릴 뿐 아니라 먹을 것으로도 땀을 낸다는 발상이라는 것 같아."

상송스 선배가 설명해 주었지만, 그게 합리적인지는 잘 모르겠다. 다만 땀이 나도 금방 씻을 수 있으니 크게 문제 될 건 없는 건가.

그건 또 그것대로 곤란하군. 머리가 멍해지는데…….

정말로 내 전용 개인실을 하나 달라고 부탁해야 하는 걸까.

방에 틀어박히면 마음도 조금 진정될 것이다.

그전에 한 번 더 탕에 들어가 기분전환을 하도록 할까.

디저트를 다 먹고 나는 재빨리 욕실로 향했다.

이런 것은 먼저 하는 사람이 임자다. 남자는 나뿐이니 뭉그적거리고 있다가는 욕실에 들어갈 타이밍을 놓치고 말 것이다.

그리고 목욕이 끝나면 방에 틀어박히자. 이걸로 일단 극복할 수 있을 거야!

하지만 내가 세운 완벽한 작전은 수포가 되었다.

——어찌 된 영문인지 알몸의 여성이 욕조에 몸을 담그고 있었기 때문이다.

뭐, 욕조에서 다 벗고 있는 건 당연한 일이지만 논점은 그게 아니다.

"누, 누구세요?! 저희 일행이 아니신데?!"

물론 우리 회사 사원은 지금 모인 멤버 이외에도 있지만, 다른 사람이 더 온다는 얘기는 들은 바가 없다.

"아, 그런가. 이 모습을 하는 건 처음일지도 모르겠군."

도대체 누구지? 아무래도 나를 알고 있는 것 같은데…….

"파피스타냐 님의 사역마, 부엉이 모틀리·오르크엔테 5세라고 하오."

"인간이 된 거구나!"

게다가 여자였구나…….

"부엉이 중에서 이 정도 마법을 구사할 수 있는 자는 많소. 숲의 현인이니까 말이오. 그리고 저는 파피스타냐 님의 사역마가 된 후로도 꾸준히 단련했기 때문에 이 마법을 습득한 것이외다. 이것은 사람의 마법과는 다른, 새의 마법이라요."

마법 계통을 뿌리부터 뒤집어엎는 엄청난 얘기를 아무렇지 않게 슬쩍 던진 것 같은 기분이 드는데. 확실히 동물이 인간 모습을 취한다는 전설이나 민담도 많긴 하지.

그건 그렇다 치고, 이거 또 쓸데없는 것을 보고 말았구나.

모틀리·오르크엔테 5세는 미소녀라고 부르기엔 조금 더 나이가 있는 외견이다. 인간 기준으로 서른 전후쯤 될까. 그만큼 기묘한 색기가 흘렀다……. 요염한 유부녀 같은 분위기라는 얘기다…….

그녀는 천천히 욕조에서 일어나 내가 있는 곳으로 다가왔다.

"무, 무슨 용건인지……?"

그리고 아무 말도 없이 내 앞에 무릎을 꿇고 앉아──

이마가 바닥에 닿을 정도로 깊게 고개를 숙였다.

"부디 앞으로도 저의 주인이신 파피스타냐 님을 잘 부탁드리오."

훌륭한 사역마다!

진심으로 주인을 생각하기에 나온 태도이리라.

"알았어. 맹세할게."

"감사하오, 젊은이."

그녀가 자리에서 일어나 내 손을 꽉 잡았다. 그녀 나름대로 친애를 표현하는 행동일 테지.

좋은 의도로 한 일이겠지만 내 입장에서는 홀딱 벗은 여성이 엄청나게 가까이 있는 상태라…….

"인간은 이럴 때 친애의 정을 나타내기 위해 끌어안던가요?"

"그건 절대로 하지 말아 줘……."

선배의 사역마에게 손을 댄다면 당장 해고당해도 이상할 게 없을 것이다.

나는 그 후, 욕조에 몸을 담그지 않고 몇 번이고 머리 위로 물을 뒤집어썼다.

"좋았어. 이번에야말로, 이번에야말로 진정됐어!"

나는 탈의실로 돌아갔다. 냉큼 방에 틀어박히는 거야! 이제 잘 거라고!

그리고 그곳에는 알몸의 상송스 선배와 파피스타냐 선배가 서 있었다.

응, 탈의실이니까 말이지……. 딱 마주치는 일도 있는 거겠지…….

평정심, 평정심…….

두 사람 모두 재빨리 가슴을 가렸다. 그야 당연한 반응이다.

"목욕탕에서는 좀 담대해지는 건지 아무렇지도 않았는데, 탈의실에서 갑자기 마주치니 나도 깜짝 놀라게 되네……."

"불의의 습격……. 타이밍이 잘못됐던 건지도 몰라……."

탈의 바구니에 내 옷이 들어있는 것이 똑똑히 보이기 때문에 내 잘못은 아니라고 생각되지만, 아무튼 사과해야겠지.

"어, 저기……, 죄송합니다……."

"아냐, 괜찮아. 용서할게. 후배 군이 나오는 걸 기다리지 않고 들어가려던 우리에게도 잘못이 있으니까."

금방 이해해 주었다. 파피스타냐 선배는 역시 좋은 사람이다.

"그리고 후배 군이 보는 건 이제 좀 무덤덤해졌어."

어쩐지 억지가 도리를 이기고 있는 것 같은데!

"맞아……. 본다고 줄어드는 것도 아니고……."

상송스 선배, 그건 굳이 따지자면 남자 쪽이 핑계로 사용하는 표현인데요!

"오히려 지금은 남자를 대표해서 이 몸에 대해 어떻게 생각하는지 의견을 듣고 싶은데."

파피스타냐 선배가 내 정면에 서서 배스 타월을 조금씩 내렸다.

"어때? 나 섹시해? 안티에이징 제대로 됐어……?"

선배가 쑥스러운 듯이 쭈뼛거리며 말했다.

그런가, 파피스타냐 선배는 외모에 컴플렉스가 있는 거구나.

"아뇨, 불만의 여지없이 귀엽다고 생각하는데요……."

"후배 군, 나는 귀여운 게 아니라 섹시하냐고 묻고 있는 거야."

내 대답이 마음에 들지 않았는지 선배는 뺨을 부풀리고 삐진 표정을 지었다.

"내 사역마가 가끔 인간 모습으로 변할 때가 있는데……, 굉장히 섹시하단 말이야……."

뭐, 모틀리·오르크엔테 5세는 분명 어른의 색향이 느껴지는 몸을 가지고 있다.

그에 비하면 파피스타냐 선배는 나무판자처럼 굴곡이 없는 몸이긴 하지.

여기서 어중간하게 넘어가려다간 신용을 잃겠어.

"그…… 섹시하냐고 물으신다면 사역마 쪽이 더 수준 높겠네요."

"역시 그런가……."

실망한 표정을 짓는 선배.

"아, 모틀리·오르크엔테 5세의 인간 모습, 본 거구나."

네, 목욕탕에서 딱 만났거든요……. 논점이 너무 벗어났으니까 그냥 넘어가고 싶은데요.

"하지만 선배가 굉장히 귀엽다는 것은 사실입니다! 이렇게 귀여운 선배가 있다니 전 행운아예요! 이 말에는 한 점의 거짓도 없습니다!"

색기라는 것은 여자의 수많은 스테이터스 중 하나에 불과하다.

다리가 빠른 동물이 있으면 하늘을 날 수 있는 동물도, 헤엄이 특기인 동물도 있다. 한 부분만 가지고 우열을 가릴 수는 없는 법이다.

과연 이 말이 파피스타냐 선배에게 닿을 수 있을까.

적어도 상송스 선배는 감탄하는 표정을 짓고 있으니 괜찮은 것 같은데, 파피스타냐 선배는 심경이 표정으로 드러나지 않는 타입이라 알기 힘들다.

"그러면……."

파피스타냐 선배는 가슴에 손을 얹고서 살짝 나를 올려다보며,

"후배 군은 서큐버스 애랑 하는 그런 거, 나랑도 하고 싶어?"

의도는 알겠다. 색기를 귀여움으로 이길 수 있는지, 그것을 묻고 있는 것이다.

하지만 이거, 내 입장에서는 유혹하는 거나 마찬가지라는 게…….

여기서 하고 싶다고 대답하면 어떻게 되는 걸까?

파피스타냐 선배의 눈이 촉촉했다.

제길, 귀엽잖아!

어째서 다들 나를 도발하는 거지!

"적당히 좀 하세요!"

나는 대답할 말을 찾지 못해 그 자리에 주저앉았다.

"다들 남자의 이성을 너무 시험하시는 거 아닌가요…….

슬슬 성이 함락될 것 같다고요⋯⋯. 제발 좀 봐주세요!"

이거야말로 내 진심에서 우러난 말이다.

"여러분 전부 다 귀엽고 예쁜데, 세룰리아는 바나나 먹는 법이 너무 외설적이고, 비보관에는 이상한 물건들로 가득하고, 여자들이랑 같은 방을 써야 하고, 저녁 식사도 정력에 좋은 요리만 나오고, 솔직히 너무 힘들거든요! 있는 힘껏 서큐버스적인 일을 하고 싶다고요! 그걸 필사적으로 참고 있단 말입니다! 이해는 안 해주셔도 되니까 제발 알아는 주세요!"

말했다. 드디어 말해 버렸다.

어떤 눈으로 보든 상관없다. 삼대 욕구다. 없는 게 더 이상한 것이다. 존재하는 것은 존재하는대로 받아들이고 마주 볼 수밖에 없다.

내 행동에 잘못된 것은 없다── 분명 그럴 거다.

물론 나는 눈앞에 있는 두 사람을 향해 말했을 텐데.

효과는 좀 더 광범위했다.

"──이야기는 들었습니다."

탈의실 앞에 사장님이 서 있었다. 마침 목욕을 하러 온 참이었나 보다.

"미안해요. 무의식 중에 프란츠 씨를 너무 자극한 거 같네요."

쓴웃음을 지으며 사장이 그렇게 말했다.

"네⋯⋯. 그러니 오늘은 혼자 다른 방에서 자도록 하겠──"

"서큐버스적인 일, 해도 괜찮아요."

예?

"적어도 저하고라면 말이에요. 세룰리아 씨도 거부하진 않을 거라고 생각하지만, 제가 물어볼게요. 그리고 나서 승낙한 사람이 누구누구인지 전해드릴게요. 뭐, 송년회니까 좀 더 분위기가 뜨거워지는 것도 좋지 않을까요?"

어, 음, 그러니까……. 얘기가 이상한 방향을 향해 초고속으로 흘러가는 것 같은데…….

"사장, 난 상관없어요……. 자신은 없지만……."

상송스 선배가 쭈뼛거리며 손을 들었다.

그리고 파피스타냐 선배도 아무 말 없이 얼굴을 붉게 물들이더니,

"이, 이것도 기회니까 나도 가볍게라면…… 괜찮은데?"

어쩐지 급전개가 되었단 말이지…….

"후후후, 여러분 다들 사이가 좋네요. 그러면 다른 분들에게도 물어보고 올게요."

그 후, 토토토 선배는 '어, 괜찮아, 괜찮아'하고 시원스럽게 OK 했다.

세룰리아는 말할 것도 없이 '여럿이서 하는 것도 좋네요!'하고 흥분했다는 것 같다.

이렇게 된 이상 메어리도 물러날 수 없었던 모양이다.

"소녀만 빼고 다 같이 하는 것도 이상하고……. 어, 어쩔 수 없네……."

그 말은 그러니까, 모두에게 허가를 받았다는 뜻이다.

　"저기, 사장님, 남자는 저밖에 없는데 이 경우엔 어떻게 되는 걸까요……?"

　"한 마디로 말하자면 할렘이라는 거죠. 흑마법 회사니까 일 년에 한 번 정도는 괜찮지 않을까요?"

　그다음 일은 구체적으로 쓸 수 없지만, 한평생 잊을 수 없는 하룻밤이었다는 건 확실하다.

　우선은 사장님에게 '리드해 드릴게요'라는 말을 듣고 사장님과.

　그리고 사장님의 조언을 받으며 파피스타냐 선배와.

　상송스 선배는 생각보다 적극적이었다.

　……그리고 그쯤에서 휴식을 취했었다.

　상당한 체력을 요하는 일이었다. 하지만 남자라면 제아무리 녹초가 되더라도 참가하고 싶을 게 틀림없다.

　"정말, 프란츠는 어쩔 수 없다니까."

　질색하는 메어리와도.

　"그럼, 다음은 나네."

　토토토 선배는 처음부터 끝까지 주도권을 쥐었다.

　그리고 마지막으로는 세룰리아.

　"주인님, 힘드시겠지만 릴렉스 하셔도 되니까요."

　세룰리아와 서큐버스적인 일을 하고 나서, 나는 그대로 잠에 빠져들었다.

　다음날 나는 빈 껍데기 같은 상태가 되었다.

체크아웃 직전까지 그저 멍하니 있었다.

"프란츠 씨, 괜찮으신가요? 역시 한계였을까요?"

사장님이 나를 걱정해 주었다. 그 정도로 넋을 놓고 있었던 거겠지.

"연말에 말도 안 되게 엄청난 일이 기다리고 있었네요……."

"그래도 프란츠 씨는 역시 젊네요. 보통은 중간에 힘이 다했을 텐데."

"아뇨, 거의 한계 직전이라고 봐도 좋을 거예요……."

굉장히 강도 높은 합숙 훈련을 한 것처럼 몸이 너덜너덜한 녹초가 되었다.

송년회 다음날이 휴일이라서 다행이라고, 마음 깊이 생각했다…….

제 3 화

의적 정사원

나와 세룰리아, 메어리 세 명은 그 날 사장님에게 연말연시 겨울 휴가 계획서를 제출했다.

　"네네, 확실히 받았습니다. 지금 바로 체크할게요."

　네크로그란트 흑마법사는 굳이 말할 필요도 없는 대단한 화이트 기업이기 때문에, 연말연시 휴무도 넉넉하게 9일이나 있다. 추가 휴일을 원하는 사람은 휴가를 더 받으면 된다.

　"어머, 세룰리아 씨만 이틀 전부터 휴가네요. 따로 움직이시는 건가 봐요. 의원데요."

　사장이 계획서 세 장을 비교해 보고 말했다.

　"일 년에 한 번은 고향에 돌아가는 편이 좋지 않을까 해서요. 주인님도 꼭 그렇게 해야 한다고 말씀하시고."

　"이번에는 소녀와 프란츠만 프란츠네 집으로 귀성하기로 했지."

　메어리는 평소보다 기분이 좋아 보인다.

　그렇다. 연말연시에는 세룰리아가 고향을 만끽할 수 있도록 배려했다.

　세룰리아는 헌신적인 성격이니까 함께 있어 달라고 말하면 계속 함께 있어 주겠지만, 그래서야 본가에 돌아갈 기회가 없을 테니 말이다.

　새해에는 가족과 함께 보내야 할 것 같아 내가 제안한 것이다.

　그리고…… 세룰리아가 우리집에 오면 변태 아버지가 집적댈 게 뻔하고…….

백 번 양보해서 그 정도로 끝나면 다행이다(물론 그것도 전혀 좋지 않지만).

그리고 어머니가 그 모습을 보면 아버지에게 짜증을 낼게 뻔하다. 결과적으로 집 분위기가 험악해지는 것이다. 흉흉한 분위기의 본가로 귀성하는 건 역시 싫지……. 부모님의 황혼 이혼만은 피하고 싶다!

그러니까 이번에 세룰리아를 고향으로 보내는 것은 일석이조의 작전이란 말씀.

아무리 변태 아버지라도 설마 메어리에게까지 손을 대지는 않…… 아니, 방심은 금물이다. 주의하도록 하자.

"프란츠 씨는 또 마차로 귀성하시는 거죠?"

사장이 물었다. 왜 그런 질문을 하는지는 모르겠지만.

"네. 오래 걸리는 게 단점이긴 하지만 여행이라고 생각하고 즐기면서 가려고요."

"그러면 가는 도중에 있는 오우거라는 마을에서 하루 머무르는 게 어때요? 맑은 물이 흐르는 아름다운 곳이라고 해요."

오우거인가. 수수한 동네지만 관광지이긴 하지.

하지만 그 이유 말고도 사장님이 추천하는 데에는 뭔가 꿍꿍이가 있는 것 같은 느낌이 들었다.

여태까지도 아무렇지 않게 던진 한마디에 숨겨진 의도가 많기도 했고.

"사장님, 또 의외의 만남이라도 준비하신 건 아니시죠?"

"글쎄, 어떨까요~ ♪"

사장님, 정말로 즐거워 보이는구만.

"알겠습니다. 그럼, 오우거에서 하루 묵도록 하죠."

"한가로이 즐기는 여행도 가끔은 좋지 않을까. 소녀도 찬성이야."

후후후, 사장님이 웃었다.

"딱히 누구를 심어두지는 않았어요. 다만 프란츠씨는 '운이 좋은 사람'이니까 어쩌면 니어 미스도 있을지 모른다고 생각했거든요."

도대체 무슨 얘기일까. 하지만 이 이상 묻는 건 너무 멋이 없지.

"잘 모르겠지만 평범하게 귀성 여행을 즐기도록 할게요."

"네, 그걸로 좋으니까요."

집에 돌아온 뒤, 혹여 힌트라도 있을까 싶어 지도를 펼쳐 오우거 주변을 찾아보았지만, 딱히 아무런 힌트도 얻을 수 없었다.

그리고 세룰리아가 귀성하기 전날 밤.

세룰리아는 짐을 꾸리고 있다. 하지만 짐의 양이 적었다.

"리디아 씨는 왕도에서 자아 찾기를 하고 있을 텐데, 고향으로는 돌아가시려나? 혹시 만나면 잘 부탁해."

"이 시기라면 언니도 돌아오지 않을까요? 아, 의외로 고집스러운 부분이 있으니까 또 모르겠네요."

분명 자신을 발견하기 전에는 집으로 돌아가지 않겠다고 말했던 것 같은 기분이 든다.

"또 언니와 함께 즐기고 싶네요."

그 표현에는 나도 깜짝 놀랄 수밖에 없었다.

서큐버스 자매 두 사람 사이에 끼어 보낸 그날 밤은 정말 대단했지……. 리디아 씨도 엘리트 서큐버스라는 느낌이었고…….

"당분간 떨어져 있어야 하니까 오늘 밤은 즐기도록 해요, 주인님!"

그런 얘기를 듣고 제정신을 유지할 남자는 없다.

"알겠어. 그럼, 올해 최고의 세룰리아의 기술을 기대해 볼까."

"네! 녹아내리는 기분을 맛보게 해 드릴게요!"

공약대로 세룰리아는 나를 살살 녹여 주었다. 아무래도 미모는 사흘밖에 안 간다는 말은 거짓말인 게 확실하다.

세룰리아가 고향으로 떠나고 이틀이 지났다.

나와 메어리도 일을 정리하고 본가로 향했다.

"프란츠랑 단둘이~ ♪ 단둘이서~ ♪"

출발하기 전부터 메어리는 몹시 들떠 있다.

메어리가 이렇게 감정을 풍부하게 표현하는 건 좀처럼 볼 수 없는 모습이다.

"단둘이 있다는 걸 너무 기뻐하면 세룰리아가 돌아왔을 때 어색해질 텐데……."

"앗, 소녀와 세룰리아도 사이가 좋다고. 둘이서 쇼핑을 하기도 하고 여자끼리 모이기도 하고. 하지만 그거랑 이건 다른 거지. 천천히, 오래도록 프란츠랑 진한 시간을 보내는 것도 좋으니까 말이야."

뭐, 메어리가 기분이 좋아서 나쁠 일은 아무것도 없으니 여행을 즐기면 되는 걸까.

몇 번 정도 승합 마차를 갈아타며 오우거로 향했다. 조금 이른 새벽에 나가면 오우거 관광 시간을 충분히 벌 수 있을 것이다. 거기서 하룻밤 묵고 다시 여행길에 오르면 그 다음 날에 고향인 라이트스톤에 도착할 수 있겠지.

도중에 지나치던 거리에서 메어리가 어떤 사실을 눈치챘다.

"새해를 맞이하느라 온 거리가 축제 분위기인 와중에, 왠지 한편으로는 날카로운 긴장감이 감돈단 말이지. 어떻게된 걸까."

메어리는 이런 데에서 정말 예리하다. 역시 위대한 마족이다.

"경비원이라고 할까, 경호원 같은 자들도 자주 보이는 것 같고. 좀 뒤숭숭한 분위기야."

"연말연시에는 돈에 얽힌 사건이 늘어나기 때문이야. 그래서 상인들도 날을 세우는 거지."

모처럼이니 한번 제대로 설명해 둘까. 마계와는 세상 돌아가는 시스템이 다를지 모르니까.

"이 왕국에는 연말에 한 번 사용료를 모아서 징수하는 회사가 꽤 있거든. 음식점에 식자재를 납품하는 회사 같은 곳 말이야. 일 년에 한 번까지는 아니더라도 반년이나 분기별로 수금하는 일이 많아."

"과연. 상인들도 식재료를 살 때마다 돈을 내는 건 귀찮겠지. 세목에 한꺼번에 지불하는 회사는 마계에도 많이 있어."

메어리의 태도를 보니 마계도 크게 다르지는 않은 모양이다.

"그래서 연말이란 회사와 상인들간에 돈이 오가는 일이 집중되는 시기이고. 게다가 은행은 연말연시에 영업을 하지 않으니까. 그 말은 즉, 큰 회사라면 신년이 되어 은행에 돈을 맡길 수 있을 때까지 금화를 대량으로 창고에 보관해야 한다는 거지."

"아, 그걸 도둑맞으면 큰일이니 주의를 기울이고 있다는 거구나."

나는 고개를 크게 끄덕였다.

"맞아. 가뜩이나 이 시기에는 직원들도 쉬기 때문에 감시하기도 힘들고 말이지. 금화를 대량으로 도둑맞으면 큰일이니까 임시로 경비원을 고용하는 상인도 많아."

마침 커다란 석조 창고를 지나치는 참이었다.

그 앞에도 얼굴에 커다란 상처가 있는 남자가 팔짱을 끼고 서 있었다.

"굳이 말하자면 저 남자가 더 수상하긴 하지만. 아무리 생각해도 제대로 된 인생을 살고 있는 인상은 아니야. 불량배라는 분위기가 풀풀 풍기는걸."

빈정대는 말투로 메어리가 말했다. 솔직히 그게 정답이라고 생각한다.

"이 세상에는 평범한 회사가 적성에 맞지 않는 녀석도 늘 존재하니까. 어슬렁거리면서 뭘 하고 있는지는 모르겠지만 이래저래 먹고 사는 놈들도 많지. 그런 녀석들이 하는 일 중 하나가 경호원이야."

"흐~응."

어쩐지 메어리가 쏘아보고 있다.

그렇게 이상한 얘기를 한 것 같지는 않은데…….

"프란츠는 사실 그런 방랑자 같은 생활을 동경하고 있는 거 아냐?"

마음속에서 덜컥 크게 내려앉는 소리가 들렸다.

"그, 그런 건…… 조금은 있으려나……."

"역시. 지금 잠깐 눈이 반짝거렸거든. 저렇게 내일을 모르는 인생도 낭만이 있다거나, 멋지다거나, 뭐 그런 생각을 하는 표정이었어. 남자는 역시 그런 부분이 있는 거네. 오빠도 그런 떠돌이 소설을 좋아해서 자주 읽었거든."

"음, 뭐라고 할까……. 직업을 가지고 매월 정해진 급료를 받는 일도 감사한 일이긴 하지만, 리스크가 높은 삶이 특별해 보일 때도 있다고 할까……."

모든 것을 혼자 책임지는 인생은 한 발만 삐끗하면 먹고 살 수 없게 된다.

하지만 한 번뿐인 인생이니 도박 같은 삶을 사는 것도 좋지 않을까.

"물론 메어리의 오빠가 읽었던 소설에 나오는 방랑자는 굉장히 미화되어 있어. 약한 자를 돕고 강한 자를 누르는 녀석은 현실에는 거의 존재하지 않지."

"그런가. 소녀에게는 그냥 생활력이 없는 것으로밖에 보이지 않는데. 애초에, 경호원으로서 엄청나게 우수하고 신용받을 수 있는 사람이라면 경비 회사에서 사원으로 고용할 거 아니야."

꿈도 희망도 없는, 그야말로 정론이었다.

그런 얘기를 마차 안에서 나누고 있는데 문득 다른 승객들이 나누는 이야기가 귀에 들어왔다.

왜냐하면 마침 우리가 들를 마을 이름이 튀어나왔기 때문이다.

"다음은 오우거 부근을 노리는 거 아닐까."

"규모도 딱 좋고 말이지. 거기는 머릿수도 많으니까 큰 곳을 공격하지 않으면 남는 것도 없을 테니까."

상인으로 보이는 두 사람의 대화였다. 동업자를 만나면 정보 교환을 하는 게 상인들의 특성이지.

"있잖아, 오우거라는 마을에서 무슨 사건이라도 일어날 것 같아?"

메어리가 불쑥 이야기에 끼어들었다. 이럴 때 메어리의 어린아이 같은 외모는 상대의 경계심을 불러일으키는 일이 없기 때문에 딱 좋다.

"아가씨, 강도단 '저승 영양'이라고 들어 봤어?"

상인 한 명이 물었다.

메어리가 고개를 가로저었다. 일부러 어린아이 같은 행동을 하고 있군.

"최소 서른 명 이상으로 이루어진 악명 높은 강도단이야. 주로 상인 창고를 습격하는 녀석들인데, 때에 따라서는 사람까지 죽이지. 최근 녀석들이 이 근방에서 활개 치고 있는데, 다음 목표는 오우거라는 마을이 아닐까 싶어서."

"흐응. 그래도 서른 명이나 어슬렁거리면 눈에 띄지 않아?"

"그야, 대낮부터 당당히 강도짓을 하는 녀석은 없으니까. 밤늦게 숨어 들어서 훔치고 일이 끝나면 금세 해산하지. 신출귀몰한 녀석들이라 지역 경찰이나 군대도 애를 먹고 있다니까."

"그렇구나. 소녀는 저녁때면 오빠랑 숙소에 들어가서 자니까 모르겠어."

완전히 내가 오빠라는 설정이군.

"그래. 아가씨 같은 어린애가 만나면 큰일이야. 밤에는 여관방에 틀어박혀 있는 편이 안전하지."

"그렇대, 오빠."

메어리가 내 쪽을 돌아보며 생긋 웃었다.

"밤에는 조심히, 바깥에 돌아다니지 않도록 하자♪"

얼굴에 '재밌을 것 같으니까 밤중에 산책이라도 할까'하고 쓰여 있다.

혹시 케르케르 사장이 귀성길에 오우거에 머물러 보는 게 어떻겠냐고 제안한 이유는 이것 때문일까?

분명 어떤 강도단이라도 메어리를 만난다면 운은 거기서 끝이다. 궤멸을 피할 수는 없을 것이다. 그래서 악이 사라진다면 좋은 일이겠지.

하지만 그런 선행을 시키기 위해 우리를 부추긴 걸까……?

뭐, 어쨌거나 오우거에 가야 한다는 건 틀림없는 사실이다.

뭔가가 있다면 그때 확실해질 테고, 굳이 밝혀지지 않는대도 별 문제는 없다.

이건 단순히 귀성길의 짧은 여행이니까.

◇

아침 일찍 출발한 덕분에 점심때쯤에는 오우거에 도착할 수 있었다.

"유명한 관광지는 아니라고 했는데, 직접 걸어 보니 꽤 운치 있네."

"응, 이렇게 조용한 쪽이 소녀에게도 딱 좋아."

오우거는 물의 마을이라고 불린다.

마을 안에 샘이 몇 군데나 있고, 수로도 정비되어 있다. 그 수로를 이용해서 짐을 옮기는 가게가 늘어서 있어서 상업적으로도 상당히 번영했다는 것을 알 수 있었다.

"너무 넓지도 않고 너무 좁지도 않고. 시가지를 산책하기에 최적의 사이즈일지도 몰라. 그냥 고향으로 돌아가는 것보다 이쪽이 무조건 더 좋다니까. 사장님에게는 감사해야겠어."

본가와 왕도 사이에는 마을이 몇 개나 있다. 천천히 걸어보지 못한 거리가 훨씬 많다.

학생 때는 그런 마을들을 그냥 지나쳤지만, 어느 마을에든 당연히 사람이 살고 저마다의 생활이 존재한다. 그런 모습을 보는 것도 사회인으로서 좋은 경험이 될 것이다.

예를 들어 영업 상대가 오우거 출신이고, 내가 오우거를 관광한 적이 있다면 대화를 수월하게 풀어나갈 수 있으리라. 계약 성립은 일도 아닐지 모른다.

쓸데없는 일은 아무것도 없다.

메어리도 상당히 만족하고 있는 것 같고 말이지.

"음, 지금 소녀들이 하고 있는 게 어른의 짧은 여행 같아서 좋아. 인생의 쓴맛 단맛을 모두 본 두 사람의 여행이라는 느낌. 젊은 치기에 모든 것을 맡긴 어린 녀석들의 여행과는 또 다른 맛이 있어."

겉모습은 어린아이지만 그런 멋들어진 여행이 취향인 걸까…….

학창 시절에도 여행에 열을 올리는 애들은 있었지만 그런 건 뭐랄까, 목적지는 솔직히 어디라도 상관없는 거니까…….들뜰 구실일 뿐이라고 할까…….

그에 비하면 이렇게 거리를 산책하는 쪽이 내 성격에도 맞는 것 같다.

그야말로 정처 없이 느긋하게 걷고 있으려니 어느 집 앞에서 이상한 광경을 목격했다.

엄밀히 말하자면 메어리가 이상하게 생각해 내게 물어 온 것이다.

"있잖아, 저건 뭘 하고 있는 거야?"

집 앞에 주민으로 추정되는 남녀가 서서 기도 비슷한 것을 올리고 있다.

두 사람 앞에는 시커먼 후드가 달린 로브를 뒤집어쓴 인물이 무언가를 외고 있었다.

그 사람은 '지금이야말로 이자들의 악덕을 빼앗아 양식으로 삼아라. 자, 원하는 만큼 탐하라' 같은 내용을 '영창'하고 있다.

'영창'이지만 마법은 아니었다.

"저건 말이지, 연말에 출몰하는 '악덕을 없애는 자'라는 직업이야. 왕도에서는 찾아볼 수 없게 되었지만 이 지역에는 아직 남아있었구나."

"악덕을 없애는 자? 들어본 적 없는 직업인데. 토속신앙 같은 거야?"

현실주의자인 메어리는 저게 미신이라는 것을 금세 알아챘다.

"그래. 흑마법사 분장을 하고 1년 동안 저지른 죄를 흡수해서 깨끗한 몸으로 새해를 맞이할 수 있도록 하는 주술이야. 예전에는 왕국 전역에 저런 주술가가 넘쳤다고 해. 학교에서는 넓은 의미의 예술인이라고 배웠어."

기원은 잘 모르지만 천년 전부터 이런 존재가 있었다는 것 같다.

대개는 돈이 궁한 인간이 생계를 위해 행했다고 한다. 이 시기에만 잠깐 악덕을 없애는 자가 되어 돈을 버는 것이다.

저 영창으로 상대의 악덕을 제거하는 이상한 마법은 발동되지 않을 것이다.

그런 마법이 실재한다 하더라도 일반인은 마법이 걸렸는지조차 모르겠지.

그러니까 진짜 흑마법사가 하고 있을 가능성은 매우 낮다.

진짜가 저런 짓을 한다면 바보 취급을 당할 게 뻔하다는 얘기다.

예전에는 이런 특수한 직업 역시 길드에서 관리했기 때문에 소속도 없는 사람이 멋대로 일하는 것을 금했다는 것 같은데, 지금은 저런 일을 하는 사람 자체가 적기 때문에 오히려 전통 예술처럼 보호가 필요하다고 한다.

"이른바 연말의 풍물시라는 거네, 맞지?"

"응, 정답이야."

그런 얘기를 하고 있는 동안 악덕을 없애는 자는 사라지고 없었다.

악덕을 제거받은 부부로 보이는 남녀는 이걸로 마음 편히 해를 넘길 수 있겠다며 웃고 있다. 이것이 허황된 위안이나 미신일지라도, 마음의 평안을 얻을 수 있다면 나쁜 일은 아니다.

하지만 이걸로 이야기를 끝내지 않는 것이 바로 메어리다.

메어리의 통찰력이 보통이 아니기 때문이다.

"연말에만 검은 로브 차림으로 거리를 얼쩡거린다니, 강도의 사전답사로는 최적이겠네."

메어리가 슬쩍 말했다.

깜짝 놀랄 수밖에 없었다.

"하긴. 당당하게 여러 집을 돌아다닐 수 있겠네. 상인의 저택도 예외는 아닐 테고……."

마차에 타고 있던 상인의 이야기로는 강도단 '저승 영양'은 서른 명도 넘는 인원으로 구성되어 있다고 한다.

그렇게 많은 수의 사람이 일제히 거리를 어슬렁거린다면 대놓고 수상한 광경일 것이다.

정찰이라면 이 시기에 거리를 걸어 다녀도 위화감이 없는 존재를 이용하지 않을까?

"그리고 말이지 프란츠, 소녀는 그 녀석이 검은 로브를 뒤집어썼기 때문에 수상하다던가 하는 조잡한 추리를 하고 있는 게 아니야."

메어리의 표정은 무서울 정도로 진지했다.

"그 검은 로브 입은 녀석, 명백히 위험한 아우라를 뿜고 있었어. 로브를 뒤집어 쓰고 숨기고 있었지만 일반인이 낼 수 없는 아우라가 풀풀 풍겼었다고."

"그럼, 정말로 강도단인 건가……?"

이대로 못 본 척할 수는 없지.

그 강도단은 아무렇지도 않게 사람을 죽이는 놈들이다.

내버려두면 몇 명이 목숨을 잃을지 모른다.

"그럼 일단 경찰에 연락해 둘까."

"그것만으로는 안 돼. 검은 로브 때문에 얼굴도 못 봤는 걸. 그리고——"

메어리가 가리키는 곳에는 또 다른 악덕을 없애는 자가 있었다.

그 사람은 키만 봐도 그렇지만 로브를 뒤집어쓰고 있지 않아서 다른 사람이라는 것을 금세 알 수 있었다.

"——이 마을에는 악덕을 없애는 자가 몇 명이나 어슬렁 거리고 있는 것 같은데, 제아무리 경찰이라도 조금 수상하다는 증언만으로 악덕을 없애는 자를 전부 체포할 수는 없을 거 아냐."

이건 가볍게 밤 산책이나 하는 걸로 지나갈 수 없게 됐군.

케르케르 사장은 나를 보고 '운이 좋다'고 표현했지만, 이래서야 오히려 재수 옴 붙은 거 아닌가. 보통은 이런 거 모르고 지나칠 텐데…….

결국 메어리의 뛰어난 통찰력 덕분에 관광은 뒤로 미루게 되었다.

거리를 산책한 결과, 커다란 창고가 딸린 대상인의 저택이 여럿 있음을 알 수 있었다. 이 거리를 노리는 녀석들이 있어도 이상할 게 없다.

"프란츠는 어떡할래?"

메어리가 아무것도 아니라는 듯 물었다.

"어떡할 거냐니, 무슨 말이야?"

"솔직히 말하면 소녀들은 이 오우거라는 마을과 아무 관계도 없는 일반인이잖아. 이 거리를 위해 팔을 걷어붙일 의무 같은 건 없어. 괜히 신경 쓰지 말고 숙소에서 푹 자도 괜찮아. 그렇게 한다고 해서 소녀가 프란츠를 겁쟁이라고 생각하는 일은 절대로 없을 거야."

분명 메어리의 본심일 것이다.

"강도단이 정말 있어도, 오늘 밤에 사건을 일으킬지는 모르는 거지. 사흘 후에 할지도 몰라. 강도단을 감시하기 위해서 이 마을에 며칠이고 머무르면 고향에 못 가게 될 거야."

과연……. 그러면 문제가 된다…….

아무리 그래도 의심만으로 귀성을 취소할 수는 없다.

"그럼 딱 하루만. 오늘 밤만 감시하는 건 어떨까? 하루 정도는 밤을 새도 어차피 내일 이동하는 마차에서 자면 될 테니까."

"응. 그러면, 이번에 해치울 곳은 여기로 결정인 거네."

메어리가 고개를 끄덕였다.

"그리고, 프란츠는 절대로 무리하면 안 돼. 아니, 프란츠 넌 자도 돼. 상대는 굉장한 솜씨의 강도단이니까, 영창을 외다가 죽을지도 모른다고."

"그, 그렇긴 하네……."

생각해 보면 마법사가 어떻게 할 수 있는 범위를 넘어선 거 아닌가…….

"그래도 남자가 되어서 메어리만 정찰하게 시키는 것도 내키지 않으니까, 나도 함께 갈래……."

"후후후, 프란츠는 역시 남자답네. 그럼, 절대 소녀 곁에서 떨어지면 안 돼."

이거 내가 걸리적거리는 패턴이로군…….

어쩔 수 없지. 메어리가 초 거대 골렘 같은 외양을 하고 있다면 전부 맡겨도 괜찮겠지만 겉모습만은 가련한 여동생인걸. 그런 메어리에게 강도단을 감시하라고 하는 건 조금 잔인하게 느껴진다.

가능하다면 강함과 겉모습은 일치시켜 줬으면 한다. 아, 하지만 집에 거대 골렘 같은 게 있으면 싫은데. 역시 가련한 메어리의 모습 그대로 있는 게 좋겠어…….

"프란츠, 고민이 많은 얼굴이야. 십대는 아직 청춘이라는 거구나."

"고민이 많다는 점에서 보면 틀림없는 얘기네."

그날 밤. 나와 메어리는 밤늦게까지 영업하는 술집에서 시간을 보냈다.

"음, 역시 물이 맛있는 곳은 술도 맛있다니까."

가게 사람이 어린아이가 술을 마셔도 괜찮은 거냐는 표정을 지었지만, 메어리는 엄연히 어른이다. 괜한 걱정이다.

"으으……. 너무 많이 마신 것 같은데……."

"아니 아니, 취해서 움직일 수 없게 되면 곤란하다고! 적당히 마셔!"

내 목소리를 들은 점원이 물을 가져다 주자, 메어리가 벌컥벌컥 잔을 비웠다.

"이야, 술이 물처럼 술술 넘어가니까 꽤 많이 마셨는걸."

"오늘 밤은 특히 신경 좀 써 줘. 메어리가 만취해버리면 그 시점에서 작전 종료니까 말이야."

그리고 열한 시 반쯤, 우리는 가게를 나섰다.

목적지는 창고 같은 것들이 많은 상인 저택 구역이다.

술집이 있는 구역과 비교하면 인적도 드물었다.

밤늦게까지 영업하는 업종이 아니기 때문이다.

"자 그럼, 적당한 곳에 숨도록 할까."

담 안쪽 정원에서 거리를 향해 튀어나온 적당한 나무를 발견하고 메어리가 올라탔다. 이거야 원, 어느 쪽이 도둑인지 모르겠군.

내 점프력은 그렇게 대단하지 않기 때문에 메어리가 나를 잡아끌어 나무 위로 올려 주었다.

"과연 강도단이 나타날까."

낮에는 메어리의 태도에 깜짝 놀랐지만, 강도단이 오늘 활동을 개시할지는 장담할 수 없는 상황이다.

강도단 역시 경찰에 잡히기라도 하면 엄벌을 받을 테니 꽤나 신중하게 일을 진행할 테고 말이다. 거사 당일 중지도 있을 법하다.

"그건 소녀도 모르지. 하지만 이 마을 분위기를 보아하니 무슨 일이 있을 것 같아."

그리고 어두컴컴한 거리에 누군가가 나타났다.

로브에 달린 후드로 얼굴을 가린, 그 악덕을 없애는 자였다! 이거 잭팟일지도 모르겠군.

하지만 아직 저 녀석은 '범죄자'가 아니다. 그냥 지나가는 사람일 뿐. 우리는 그저 당첨이길 기대할 수밖에 없었다.

잠시 뒤, 악덕을 없애는 자가 골목으로 몸을 숨겼다.

역시 기회를 엿보고 있는 것이다. 설마 내가 이런 장면을 목격하게 될 줄이야…….

"갑자기 기척이 늘었어."

메어리가 조용히 말했다. 그리고 그 직후──

난데없이 여기저기서 복면을 쓴 사람들이 종종걸음으로 몰려들었다.

게다가 상점 뒷문으로 보이는 문이 안쪽에서 활짝 열렸다.

"경비원 일 수고했어." "몽땅 훔치자고. 창고 열쇠도 있으니까."

그런 목소리가 들린다.

"아, 동료를 경비원으로 심어둔 거구나……."

"담을 타고 가는 편이 좋겠어. 프란츠는 소녀한테서 떨어지지 않도록 조심해."

우리는 저택을 향해 달렸다.

하지만 우리보다 더 빠르게 열린 문을 향해 달려가는 자가 있었다.

예의 그 악덕을 없애는 자였다.

설마 우리를 눈치챈 건가?

등골이 오싹해지고 한기가 들었다.

악덕을 없애는 자에게서 흘러나오는 살기 때문이라는 것을 금방 알 수 있었다.

내가 알아챌 정도도. 메어리의 눈빛도 금세 험악해졌다.

"프란츠는 섣불리 움직이면 안 돼. 꽤 하는 놈이군……."

메어리가 나서야 할 정도의 강적인가…….

하지만 로브를 뒤집어쓴 그 사람은 메어리에게는 눈길조차 주지 않고── 저택 안으로 들어갔다.

다행이다……. 전투는 피했어…….

강도단의 일원이라면 이상할 것도 없다. 동료와 합류하고 싶을 테니까.

하지만 거기서 이상한 일이 벌어졌다.

"넌 누구냐?!"

강도단으로 보이는 남자가 로브를 향해 목소리를 높인 것이다.

설마 악덕을 없애는 자는 강도단이 아니라는 뜻인가? 그럼 대체 정체가 뭐지?

나와 메어리는 담 위에서 저택에 있는 나무로 점프한 뒤 잠시 상황을 살피기로 했다.

"두목님, 이 녀석, 행색을 보아하니 악덕을 없애는 자네요. 그리 대단한 놈은 아닙니다."

강도단 일원 하나가 말했다.

"그렇군. 뭘 하러 왔는지는 모르겠지만 모습을 들켰으니 어쩔 수 없지. 여기서 죽여라!"

강도단이 악덕을 없애는 자를 둘러쌌다.

그러자 악덕을 없애는 자가 후드가 달린 로브를 휙 벗어 던졌다.

거기에 서 있는 것은 얼굴에 십자 모양 흉터가 있는 포니테일의 여성이었다.

달빛을 받아 얼굴이 빛나고 있었다. 오른쪽 눈이 안대로 가려져 있는 것이 몹시 눈에 띈다.

"숫자만 믿고 악행을 일삼다니. 게다가 아무렇지 않게 사람을 해하기까지. 눈 뜨고 못 봐주겠군. 도적의 미학에 반하는구나!"

그 여성이 익숙한 태도로 말했다.

"두목님, 이거 꽤 예쁜 여자네요! 피부도 뽀얗고! 노출도 엄청난데요!"

음, 겨울에 저런 차림이라니 추울 것 같긴 하네…… 맨살이 너무 많이 보이잖아.

"좋았어, 엉망진창으로 만들어서 데리고 가자고!"

로브의 정체를 알게 된 강도단의 사기가 올랐다.

"메어리, 이거 도와주는 게……."

메어리는 고개를 가로저었다.

"그럴 필요 없을 거야."

그 말 그대로였다.

덤벼들었던 남자들은 그녀가 꺼낸 목검에 순식간에 전부 나가떨어졌다.

"너희 같은 강도가 있으면 도적 전체의 이름이 더럽혀진다. 순순히 오랏줄을 받아라!"

강도단도 그 여성의 모습을 보고 뭔가 짚이는 게 있는 것 같았다.

"설마, 네 녀석 전설의 여도적 '십자 흉터의 레다'인가?!"

"예전에는 그렇게 불렸었지. 너희 같은 절대악에게서만 훔쳤고."

어쩐지 도둑 업계의 거물 같은 인물인 듯하다…….

"정말 실존 인물이었던 건가……." "실물을 만나게 되다니……." "경찰 중에도 팬이 무수히 많다고 하던데!"

일부 강도단 역시 유명인이라도 만난 듯한 반응을 보이고 있다.

설마, 설마…… 소설 속에서만 보던 정의의 히어로 같은 그 대도적이 실존했다니!

게다가 지금 내 눈앞에서 싸우고 있다.

"흥, 네놈도 도둑일 뿐이잖아. 뭘 성인군자인 척하고 있는 거야!"

두목이라고 불리던 남자가 내뱉듯이 말했다.

"나와 네놈 모두 뒷 세계에서 살아가는 인생이니 다를 거 없다! 잘난 체 하지 말라고!"

"그렇지. 그래서 도둑질에서 손을 씻었다."

레다가 조용하게 말했다. 몹시도 쿨한 태도였다.

"지금은 명의상 어떤 회사의 **정규직**이다."

이 상황에 정규직이라니, 터무니없을 정도로 붕 떠 있는 말인데⋯⋯.

"이거 보라고! 정규직이라니 웃기고 있네!" "이 시간에 하는 일은 심야 수당이라도 나오냐?!"

강도단 역시 웃음을 터뜨렸다. 당연한 반응이다.

"재량노동제로 일하고 있다. 일주일에 한 번, 사장에게 편지로 일에 관한 보고를 하지. 나 역시 회사에게 도움이 되는 일을 하고 있는지 의문스럽지만, 급료는 매달 송금되고 있어. 일 년에 두 번 보너스도 지급되고 있고."

태연하게 설명하기 시작했잖아⋯⋯.

그리고 역시 상황에 어울리지 않는 단어들이 차례차례 튀어나오는군.

"웃기지 말라고! 얘들아, 이런 터무니없는 놈에게 지지 마라!"

강도단이 다시금 공격에 나섰다.

"끝까지 어리석구나."

레다는 덤벼드는 강도단을 목검 한 자루로 담담하게 제압했다. 대부분 머리를 얻어맞고 단번에 기절해버렸다. 움직임에 군더더기가 전혀 없었다. 그야말로 검객이라는 단어가 어울리는 신체 능력이다.

스물은 가볍게 넘었던 강도단이 어느새 세 명밖에 남지 않았다.

"끝난 것 같군. 인제 그만 포기하고 얌전히 붙잡히도록 해. '저승 영양'."

"흥! 네놈이 제아무리 강한 검사라도 이쪽은 마법사가 있단 말이지!"

두목으로 보이는 남자가 의기양양하게 말하자, 강도들이 제각기 마법진을 그리기 시작했다.

이 자식들, 마법으로 끝장을 낼 작정인가!

큰일이다. 셋 다 상당히 멀리 떨어져 있어 마법이 발동되기 전에 검으로 쓰러뜨리기는 어려워 보이는데.

"본인이 마법을 쓰지 못한다고 말한 적이 있나?"

레다는 재빠르게 목검으로 간이 마법진을 그렸다.

'육체 약화' 마법이다!

하지만 신체를 조금 약하게 만드는 것만으로 상대의 영창을 멈출 수는——

레다가 그린 마법진에서 엄청난 양의 마력이 휘몰아쳤다.

내가 사용할 수 있는 마법은 '육체 약화(중도)'인데, 비교도 되지 않을 정도다. 아마 저 위력은 (강도)일 것이다. 아니, (최최강) 정도의 힘이지 않을까…….

"역시 엄청난 녀석이었어."

메어리가 탄식하듯 말했다.

"아무래도 저 애는 '악덕을 빼앗'는 마법을 실제로 사용하고 있었던 모양이야. 그 마법으로 축적했던 마력을 단숨에 방출한 거지."

"뭣?! 하지만 그런 흑마법은 없을 텐데……. 악덕을 없애는 자는 어디까지나 연말의 풍물시일뿐이고 효과가 있다는 얘기는……."

"새로운 마법을 스스로 만들어낼 정도로 대단한 존재였다는 얘기지."

그렇게 생각하는 게 당연할 정도로 강렬한 힘이었다.

"받아라, 악당 놈들아! 네놈들이 있으면 도적의 이름이 더럽혀진다!"

'육체 약화' 마법으로 생긴 칠흑 같은 어둠이 강도단 세 명에게 차례로 직격했다.

밤중인데도 똑똑히 보일 정도로 시커먼 어둠이었다.

그 직후, 세 사람은 다리에 힘이 풀린 것처럼 그 자리에 픽 쓰러졌다.

신음소리는 내고 있지만 일어서지 못하는 것처럼 보였다.

"곧 저택 사람이 경찰을 부르겠지. 열심히 속죄하도록."

레다는 목검을 품에 갈무리했다.

말 그대로 의적이다. 숨어있는 상황만 아니라면 박수라도 치고 싶은 심경이었다.

아, 무예에 뛰어난 사람이니 이미 우리의 존재도 눈치챈 것은——

"나무 위에 있는 두 사람도 용건이 있으면 나오는 게 어떤지?"

레다의 시선이 나무 쪽으로 향했다.

"마계 속담 중에 심연을 들여다볼 때는 심연도 이쪽을 들여다본다는 내용의 속담이 있는데, 지금이 바로 그 상황이네. 저쪽도 알고 있었나."

메어리는 나를 끌어안고 천천히 레다 앞에 내려섰다.

"여기서 얘기하는 것도 좀 그러니까, 그쪽만 괜찮으면 산책이라도 하면서 이야기 좀 하고 싶은데. 소녀들이 위해를 가할 생각이 없다는 것은 그쪽 정도의 실력자라면 알 테고."

"알겠다."

레다는 조금도 웃지 않고 그렇게 대답했다.

이렇게 해서, 십자 상처의 레다라는 의적(지금은 회사 정규직이라는 것 같지만)과 한밤중에 산책하게 되었다.

◇

"대단한 실력이었어. 그렇게 신체 능력이 뛰어난 흑마법사는 인간 중에선 귀중한 존재인데."

"그대도 상당한 강자로 보이는데. 필시 이름 있는 마족일 테지."

"응, '형언할 수 없는 악몽의 창시자'야. 메어리라고 불러 줘.'"

그렇게 쉽게 소개해도 괜찮은 이름이 아닌 것 같지만, 당사자가 가벼운 태도니까 뭐 괜찮겠지.

"아아, 이야기는 들었다. 그렇다면 그쪽 분이 프란츠 공인가."

어라? 놀라지 않는 것은 그렇다 치고, 어째서 내 이름까지 알고 있는 거지……?

"맞는데요……, 저희 이름이 도둑 업계에 그렇게 많이 알려져 있나요……?"

토토토 선배와 함께 일할 때 허접한 강도단을 혼쭐 낸 적은 있지만, 그것만으로 전국에 이름이 퍼졌을 거라곤 생각하기 힘들다.

"같은 회사 직원이기 때문이지."

그리고 레다는 내게 무언가를 보여주었다.

네크로그란트 흑마법사 정사원

이름 레다

연령 비밀

주소 일정치 않음

"으에에에엑! 정규직이라는 게 우리 회사 얘기였어?!"

뭐 그야, 의적 출신 직원이라면 이제까지 만날 일이 없었을 법도 하다.

그리고 나이와 주소가 적혀있지 않다니, 사원증으로써 성립하는 거야……?

"몇 년 전쯤이었나, 케르케르 사장과 만나서 말이지. 입사하지 않겠냐고 제안 받았다. 본인에겐 사원으로 일할 수 있을 만한 스킬은 없으니 고사했지만 사장은 회사에 이익이 되는 일은 하지 않아도 좋다고 했지. 천사 같은 분이다."

나도 그렇게 생각한다.

"사장이 말하기를 나 같은 특이한 인재가 있으면 회사에 탄력성이 생긴다는 것 같다. 평소에는 도움이 되지 않는 일을 하는 인력이 회사가 위기에 빠졌을 때 구원자가 되는 것이라고. 회사에 너무 적응해버린 직원들 뿐이라면 회사 경영이 기울었을 때 다시 일으켜 세울 수 없다고 했다."

"개미집 연구 때 그런 말을 들은 적이 있는 것도 같은데……."

개미 집단에는 빈둥거리는 개미가 항상 일정 수 존재한다. 하지만 개미 집단이 위험에 처했을 때 그 빈둥거리는 개미들이 힘을 합쳐 위기를 극복할 수 있다던가, 뭐 그런 이야기였던 것 같다. 잘 기억은 안 나지만.

"하지만 정말로 이렇게 강도단을 쓰러뜨리며 생활하고 계시는 건가요?"

케르케르 사장님, 특이한 것을 좋아하는 것에도 정도가 있다고 생각한다.

"아니, 아무리 그래도 그건 너무 허울만 있는 것 같으니 이런 것을 만들기도 하지."

레다 선배(선배라는 것을 알고 나서 이름으로 부를 수는 없다)가 뭔가 책 같은 것을 내게 내밀었다.

'흑마법사의 기초지식 사회 초년생 응원 편'

"이거 내가 샀던 책인데!"

"편집부터 기사 집필, 취재까지 폭넓게 하고 있지. 일의 특성상 필연적으로 각지를 이동해야 하기 때문에, 거기서 강도단 같은 놈들을 발견하면 이번처럼 퇴치하고 있어."

"뭐야, 생각보다 성실하게 일하고 있잖아."

메어리도 납득했다는 얼굴이다.

"음. 편집이나 취재를 하니까 근무 시간이 불규칙적이라서 재량노동제를 적용한다고 했어."

의적 일을 해서 재량노동제인 게 아니었구나…….

"이런 식으로 같은 회사 직원을 만나게 되다니, 재미있는 인연이군. 새벽까지 하는 술집에서 한 잔 하겠어? 선배로서 사도록 하지."

"그럼 감사히 얻어먹겠습니다……."

술집으로 향하는 길에서 케르케르 사장님의 얼굴을 떠올렸다.

오우거라는 마을을 추천했던 것은 레다 선배를 만나게 하기 위해서였던 걸까…….

하지만 레다 선배와 마주칠 확률은 정말 낮았다. 하지만 그 확률을 뚫고 레다 선배와 만날 것까지 계산해서 케르케르 사장님은 나를 '운이 좋다'고 표현한 거겠지.

그러고 나서 술집에서 레다 선배의 이야기를 들었는데, 케르케르 사장님과는 강도를 해치울 때 마주쳤다고 한다. 그리고 그 자리에서 바로 사원이 되지 않겠냐며 스카우트를 당했다고.

강도를 쓰러뜨렸으니 나쁜 사람은 아니겠지만, 잘도 스카우트했네, 사장님…….

"본인도 놀랐지. 회사에 취직하다니, 각지를 유랑하는 몸에겐 불가능한 일이라고 거절했어. 그랬더니 이번에는 작가로 일해 달라는 얘기를 꺼내더군. 맨 처음 했던 일은 흑마법 업계 잡지에 각지의 흑마법 유적을 소개하는 기사를 쓰는 것이었는데 전국을 돌아다녔던 경험을 살릴 수 있었지."

제대로 이 사람의 장점을 살리는 일이었잖아!

"아마 출판사 사람들은 네크로그란트 흑마법사라는 회사에 적을 두고 있는 작가일 거라고 인식하고 있는 것 같아. 물론 십자 상처의 레다라는 사실은 알려져 있지 않지."

"그렇지만 레다라는 이름 자체는 숨기지 않으시는 거죠?"

"레다라는 이름은 얼마든지 있으니까. 특별할 것도 없어."

강도단이나 뒷세계에서 사는 녀석들밖에 모르는 이름이기 때문에 평범한 사회에서 하는 일에 영향을 끼치지는 않는 것이다.

　"하지만 모든 사건이 시효 된다면 폭로하는 책을 내도 괜찮지 않을까 하는 생각도 하고 있어."

　"아니, 그건 곤란하죠!"

　의적이라는 이미지가 망가질 거라고! 인기가 떨어진 예능인의 노이즈 마케팅 같은 짓은 하지 말아 줘요!

　"농담이야. 본인에게는 이대로 비밀을 품은 채 살아가는 인생이 어울리니까."

　레다 선배는 웃으면서 도수 높은 술을 마셨다.

　"그러고 보니까 겉보기엔 젊으신 것 같은데 레다 선배는 나이가——"

　"비밀이다."

　즉답이었다.

　"안티 에이징 흑마법을 쓰고 있지."

　이 회사, 정년이라는 개념이 전혀 없을 것 같은데.

　이윽고 새벽이 밝았다. 철야할 가치가 있는 하루였다고 생각한다.

　"자 프란츠, 슬슬 첫차 시간이 다가오고 있다고."

　메어리가 메모해 두었던 종이를 확인하며 말했다.

　"밤은 꽤 빨리 지나가는구나."

그만큼 레다 선배의 이야기가 재미있었다는 뜻이겠지. 설마 의적이라는 게 이 세상에 실제로 존재하리라고는 생각하지도 못했다.

그리고 그런 존재를 고용해버리는 사장은 역시 엄청난 사람이라고 생각했다…….

"선배, 마지막으로 한 가지만 물어봐도 되나요?"

이 사람을 만날 기회는 그렇게 많지 않다. 신경 쓰이는 것이 있다면 바로바로 물어봐야 한다.

"나이는 가르쳐줄 수 없어."

"아니, 그게 아니라요."

그렇게 말하고 싶지 않은 건가.

"주소 정도라면 괜찮은데."

아니, 의적이니까 오히려 그쪽을 가르쳐주면 안 되는 거잖아.

"선배는 어째서 의적 같은 위험한 일을 하셨던 건가요?"

강도단에게 물건을 훔치는 건 그야말로 목숨을 걸고 하는 일이다.

어지간하지 않고서야 그런 일을 하려는 사람은 없을 것이다.

레다 선배는 조금 먼 곳을 바라보았다. 어쩐지 쓸쓸한 표정으로 보이기도 했다.

"본인은 부모의 얼굴도 모르는 고아다. 시설에서 컸지. 아니, 멋대로 자랐다고 말하는 편이 맞을까."

거기서부터 이어진 이야기는 상상 이상으로 장절해서——

가볍게 물어본 것을 후회하고 싶어질 정도였다.

선배가 자란 시설은 결코 자비로운 곳이 아니었다.

그 시설은 부모가 없는 아이를 맡아 기른다는 명목으로 나라에서 보조금을 받는 곳이었다.

언뜻 좋은 곳으로 보이겠지만, 실상은 달랐다. 시설은 한 푼이라도 더 많은 보조금을 받기 위해 열악한 환경 속에서도 어린이를 계속해서 받아들였다.

선배는 여섯 명의 다른 아이들과 함께 작은 방에 밀어 넣어졌다. 식사 쟁탈전은 그리 드문 일이 아니었다.

시설 관리자에게 학대당하는 것도 일상다반사, 목숨을 잃은 아이도 있었다고 한다. 시설 전체가 이른바 커다란 밀실이었기 때문에 사건이 뭍으로 드러나는 일도 없었던 것이다.

"학대받지 않으려면 강해질 수밖에 없었어. 본인은 살기 위해 강해졌다. 그리고 어느새 관리자라도 본인 눈밖에 나게 되면 도망칠 만큼 강해졌지."

"참 나, 구역질 나는 이야기네."

메어리도 조용히 분노하고 있었다.

우리가 모르는 곳에서 사회악은 잘도 굴러가고 있었다.

심지어 어린아이를 보호한다는 정의의 가면을 쓰고 말이다.

"혼자서 돈을 벌 수 있는 나이가 되자마자 시설을 나왔다. 그 뒤로 도장에 다니며 검술을 익혔지. 어차피 제대로 된 교육도 받은 적이 없으니 수입이 좋은 직업을 가질 수도 없었어. 그래서 검의 길에서 먹고살려고 했었다."

그리고 어느 날, 선배는 도둑을 발견하고 뒤쫓아 체포하는 데에 협력했다.

피해자는 선배에게 감사 표시로 금화 한 닢을 주었다.

"악인을 쓰러뜨리는 일이 직업이 될 수도 있다고, 그때 생각했다."

레다 선배의 말투는 처음부터 끝까지 그저 담담했다. 무용담을 자랑스럽게 늘어놓아도 좋을 내용이었는데도, 선배는 그런 표정을 전혀 보이지 않았다.

"물론 도둑을 그렇게 쉽게 마주칠 수 있는 것도 아니었고, 위험한 적도 몇 번이나 있었어. 이 얼굴에 있는 십자 모양 상처도 본인이 방심했기 때문에 생겼던 거야. 안대를 차고 있는 이유도 상처 때문이고. 지금까지 본인이 살아남은 것은 운이 좋았기 때문이라고 봐야 할 거야. 그래도 어느 때인가부터 '십자 상처의 레다'라는 이름이 알려지게 되었어."

이 회사, 장절한 인생 경험을 한 사람이 너무 많다.

"그런데 선배, 흑마법은 어디서 배우셨나요? 의적으로 활동하실 때?"

"아니, 사장과 만나고 나서 배웠어. 그때까지는 마법 같은 건 전혀 쓸 줄 몰랐어."

선배는 그것도 아무렇지 않게 말했다.

"이야, 성인이 되고 나서 마법사가 되는 건 꽤 어려운 일이라고 하던데. 본인도 고생하긴 했지만 3년 만에 일단은 독자적인 마법을 쓸 수 있는 정도까지는 됐어."

"아니 아니 아니 아니! 도대체 어떤 재능입니까 그게!"

사장님의 지원도 있었겠지만 어른이 되고 난 뒤에 마법을 배웠다~라고 할 만한 차원이 아니다.

"아니야 프란츠 공, 본인에게 대단한 재능 같은 건 없어. 사장도 그런 얘길 했어. 특별히 마법에 소질이 있는 것은 아니라고."

"그러면 어째서 그런 것을……."

그 질문을 듣고 선배는 쓸쓸한 미소를 지었다.

"어릴 적 겪었던 지옥 같은 나날들에 비하면 마법 습득 같은 건 아무것도 아니야. 실패한다고 해서 목숨을 잃는 것도 아니고."

이 사람이 겪은 장절한 유년기에서 본다면 약간의 노력 같은 건 노력 축에도 끼지 못하는 건가.

"과연 그렇군. 제아무리 비참한 환경이라도 살아남을 놈은 살아남는다는 얘기네. 너는 운 좋게 높은 생명력이 있었던 거고. 그러니 이렇게 살아갈 수 있다는 거지."

메어리도 선배의 분위기에 맞추듯 단조로운 어조로 말했다.

"하지만 슬프게도 모든 사람이 너처럼 강하지는 않단 말이야. 너와 같은 삶을 살다간 대부분의 인간이 죽겠지."

"그건 알고 있어. 본인이 흔히들 말하는 돌연변이라는
거지."

선배는 자신의 손바닥을 지그시 바라보더니, 이윽고 힘주
어 꾹 쥐었다.

"그렇기 때문에 약자를 괴롭히는 악을 더욱 용서할 수 없
어. 운이 나쁜 약한 사람이라도 살아갈 수 있는 환경을 만
드는 것. 그것이 내 임무야."

만약 선배가 평범한 가정에서 태어났다면 이렇게 강해지
는 일은 아마 없었을 것이다.

가혹한 세상에서 자랐기 때문에 선배는 강해졌다.

하지만 그렇다고 해서 가혹한 세상이 존재하는 것이 결코
좋은 일일 리가 없다.

그래서 선배는 가혹한 세상을 없애기 위해 싸우고 있는
것이다.

"선배가 자란 시설은 어떻게 되었나요?"

"작가로서 공금의 부정 수급을 폭로했지. 학대 사례도 함
께 말이야. 지금 있는 관리인은 전보다는 좀 더 제대로 된
인물이고, 점검 체계도 정비되었어."

분명 선배는 자신이 머물렀던 시설의 아이들을 구하기 위
해 계속 고뇌했으리라.

"그럼, 저희는 슬슬 마차 시간이 됐으니 가 볼게요."

"그래. 어디까지 가지?"

"라이트스톤이라는 항구마을이에요."

지명을 들은 선배가 눈을 휘둥그레 떴다.

"이거 우연이군. 사실 라이터 일로 라이트 스톤에서 쫓고 있는 소재거리가 하나 있어. 모처럼 이렇게 되었으니 동행해도 괜찮을까?"

"네 물론 괜찮지만, 그 소재거리라는 게 뭔가요……?"

고향에서 무슨 일이 일어나고 있는 거지?

"밤마다 수상한 영창을 읊는 자가 출몰한다고 해."

그 조건,
사장님 당신이라면
일하고 싶으신가요?

제 4 화

수상한 NPO 법인

"밤마다 수상한 영창을 읊는 자가 출몰한다고 해."

"제 고향에서 사건이나 문제를 일으키지는 말아 주세요……."

저번에 기껏 선조 마법사 사건을 해결했는데…….

"자세한 내용은 모르니 일단 잠복해야 할 것 같다. 마침 좋군. 연초는 라이트 스톤에서 보내도록 하지."

"알겠습니다. 집안 사정만 아니면 저희 집에서 지내시는 것도 괜찮았을 텐데 말이에요……."

집안 사정이라고 할까, 아버지 사정입니다. 여자가 머무르면 일이 복잡해지니까.

"아니, 그렇게까지 신세 지는 일은 없을 테니 안심하도록 해. 여러 마을에 단골 숙소가 있어. 작가 경력이 기니까 말이야."

이렇게 해서 마차에 올라타 라이트스톤까지 선배와 동행하게 되었다.

이제는 좀처럼 네크로그란트 흑마법사의 전 직원이 모이지 못하는 이유도 알 것 같다. 레다 선배처럼 전국을 돌아다니고 있으면 왕도에 있는 사옥에는 올 수 없겠지.

사장님은 고스펙이지만 독특한 인재를 모아 회사를 운영하겠다고 생각했을 것이다. 언제부터 본 궤도에 올랐는지는 모르지만 지금 우리 회사는 잘 굴러가고 있다.

아마 사장님은 과거에 규모가 큰 회사가 폐단이 어떤 것인지 목격했었을지도 모른다.

직원 수가 많으면 많을수록 직원들의 인간성은 저해받기

쉽다. 직원 개개인을 위하기보다는 회사를 위하는 요소가 많아지기 때문이다.

모든 대기업이 다 그렇다는 것은 아니지만, 규모가 큰 회사가 네크로그란트 흑마법사 같은 행보를 보이기는 어려울 것이다. 회사를 효율 좋게 운영하기 위한 합리성이라는 개념이 인간성을 중시하는 방침과 대립하는 것이다.

레다 선배에게 사장이 예전에는 어땠는지 묻고 싶었지만, 밤을 새운 탓인지 마차에 타자마자 다들 곯아떨어져버렸다.

마차를 몇 번 갈아타고 라이트스톤에 도착했다.

도중에 차창 밖으로 바다가 보였다. 겨울 바다의 서글픔이 느껴졌다. 여름 방학에 왔을 때 느꼈던 활기는 없었다. 해수욕 같은 건 할 수 없으니 당연하지만.

"라이트스톤은 별로 변하지 않았네."

메러리가 창 밖 경치를 보며 말했다.

"그야 당연하지. 고작 반년도 지나지 않아 다시 왔는데, 많이 변했으면 무섭잖아."

"상송스 공도 휴가 중이려나. 고향이 꽤 머니까."

아아, 겨울은 바다 관리 일도 적을 것 같으니 장기 휴가도 받을 수 있을 것 같다.

"본인은 대로변에 있는 '라이트스톤 제1호텔'에 묵을 거야. 혹시 뭔가 용건이 있으면 아침에 와. 그때라면 거기 있을 거다."

"선배를 뵈러 갈 일은 없을 거 같지만, 혹여 만나면 그때
는 잘 부탁드리겠습니다. 아, 그런데 수상한 영창을 읊는다
는 녀석은 어디서 출몰하는 건가요?"

"바닷가가 아니라 언덕 쪽이라고 해. 짚이는 부분이 있으
면 알려 줘."

이런 부분은 굉장히 작가답다. 뭐, 모든 부분이 의적 같은
사람은 좀처럼 없겠지만.

나와 메어리는 본가에 돌아가기 전에 시장을 돌아다녔다.

"도미 구이를 파는 가게가 엄청 많네."

"이 부근이 도미 산지거든. 게다가 도미를 먹으며 새해를
축하하는 풍습도 있어서 잘 팔려."

"흐응, 인간 세계 풍습도 제각각 다르구나."

하긴, 마계에서 도미를 파는 모습은 상상하기 힘들다.

새해에 고향에 돌아오는 건 학창시절에도 늘 있는 일이었
지만, 회사원이 되고 나서 맞이한 신년 귀성은 또 다른 감
개가 느껴졌다.

뭐랄까. 학생 때보다 고향에 더 큰 애착을 느낀다고 해야
할까. 예전에는 별 관심도 없던 평범한 풍경인데도 마음이
따뜻해진다.

"후훗. 프란츠, 굉장히 다정한 표정인데."

메어리가 미소 지었다.

"그래?"

"역시 여기가 프란츠의 고향이네. 앞으로 왕도에서 몇 십 년을 살아도 라이트스톤은 계속 프란츠의 소중한 장소 겠지?"

"그렇겠지. 개발되지 않고 늘 이 모습 그대로였으면 좋겠 지만 변화가 없으면 금세 쇠퇴하니까."

요즘 지방이 쇠퇴한다는 이야기가 여러 곳에서 들려오는 데, 그 물살에 내 고향은 휩쓸리지 않기를 바란다.

그런 얘기를 하며 동네를 돌아다니는데 주부들이 나누는 이야기가 귀에 들어왔다.

"수수께끼의 영창은 결국 뭐였던 걸까?" "잘은 몰라도, 예 전에 상품 가격이 자꾸 낮아졌을 때 같은 변화는 없지." "맞 아. 아무 일도 없으면 좋겠는데."

이거 참……. 이 화제, 의외로 널리 퍼져 있잖아…….

"그러고 보니까 라이트스톤이 예전에 중요한 마법 스폿이 었다던데." "아아, 지맥이라고 했나? 여기서 마법을 연마하 면 위대한 힘을 받을 수 있다는 얘기도 있잖아." "파워 스 폿이라는 거지?"

정말?! 난 그런 얘기 들은 적 없는데!

주부의 정보 수집 능력, 엄청나잖아!

"프란츠, 라이트스톤이 그렇게 대단한 곳이었어?"

"난 처음 들어……."

"그러면 마을 사무소에라도 가서 물어보면 어때? 어쩌면 레다라는 사람이 쫓고 있는 일과 연관이 있을지도 몰라."

이 땅이 마법사에게 특별한 곳이라면 수상한 영창과 관련이 있을 것이다.

마을 사람들을 한꺼번에 희생양으로 삼는 마법이라도 사용한다면 큰일이다.

"그럼, 사무소에 들러 볼까. 도서관도 병설되어 있으니 정보를 얻을 수 있을 거야."

사무소는 시장에서 도보로 오 분 거리라서 금세 도착할 수 있었다.

그리고 사무소에 도착한 직후 수수께끼의 일부를 풀 수 있었다.

'마력 파워 스폿 마을, 라이트스톤'이라는 현수막이 사무소 벽에 걸려 있다.

"뭐야 이거……. 사무소에서 선전하고 있는 건가……."

마을 사무소의 관광과 사람을 불러 물어보았다.

"아아, 가을부터 파워 스폿 마을이라는 것을 셀링 포인트로 삼기로 했어요."

정말로 자작극인 거냐고!

메어리가 '그거 무슨 근거라도 있는 얘기야?'라며 내가 묻고 싶었던 것을 물어봐 주었다. 메어리는 탐정이 적성에 맞을 것이라고 생각한다. 신경 쓰이는 게 있으면 거침없이 묻고 의심 가는 부분은 철저히 의심한다.

"네. 실은 문헌에 그럴듯한 기술(記述)이 몇 개 있다는 사실을 알았거든요. 이 팸플릿을 봐주세요."

넘겨받은 팸플릿을 들여다보았다. 라이트스톤의 고대 유적은 먼 옛날 마법사가 마력을 흡수하기 위한 장치였다고 쓰여 있었다. 신빙성이 있는지는 잘 모르겠다.

"고대 유적의 존재는 알고 있었지만, 그건 그냥 고분이 아니었나요?"

바다가 가까운 지역이기 때문에 바다에서 보이는 곳에 권위의 상징으로써 무덤을 만들었던 것이다. 덧붙여 말하자면 트러블을 일으켰던 나의 시스터 콤플렉스 조상님보다도 훨씬 더 이전 시대의 이야기다.

"저희도 그렇게 생각했는데 어느날 역사학자 선생님이 오셔서 과거에 마법사가 이용했던 장치였다고 말씀해 주셨어요. 마을을 부흥하는 데에 꼭 이용해야 한다고 말이죠."

그걸 이용해 관광객이 증가한다면 좋겠지만, 일이 그렇게 잘 될까.

내가 보기에는 반신반의 정도가 아니라 최소 팔 할은 의심되는데.

적어도 왕도에 사는 내게 라이트스톤이 그런 내용으로 마을 부흥을 꾀하고 있다는 정보는 전혀 들어오지 않았으니까.

하지만 수상한 영창을 읊는 녀석이 있다는 얘기가 널리 퍼져 있단 말이지.

그러니 두 건이 무관하다고 일축해버리는 것도 좀 무섭고.

"프란츠. 고대 유적이라는 게 대단한 거야?"

"마족의 가치관으로는 훌륭할지 어떨지 모르겠지만 이 나라 규모에서 봤을 때 유수한 유적이라고 해. 보존 상태도 상당히 좋은 편이고. 열쇠 구멍 모양으로 만들어진 봉분이야."

메어리는 입술 위에 오른손 검지 얹고 생각에 잠겼다.

"열쇠 구멍인가……. 그 얘기를 들으면 마력을 끌어내기 위해 만들어졌을 가능성을 부정할 수 없겠어. 마법을 사용할 때와 관련 깊은 모양이나 물건을 이용하는 일은 많이 있으니까. 예를 들면, 저주를 걸 때 저주하고 싶은 상대와 닮은 인형을 준비하거나 하잖아?"

"그러면 열쇠 구멍 모양이라는 것은 대지에서 마력을 끌어내는 문을 상징하고 있다는 얘긴가……."

사무소 사람도 '맞아요! 그것을 더 자세히 알 수 있게 되면 각지에서 고대의 로망을 찾아 관광객이 올 거라고요!'라며 역설했다.

"프란츠, 일단 내일 그 고대 유적이라는 데로 데려다줘. 어차피 휴일이니까 괜찮잖아."

"그래. 메어리 네 심심풀이도 될 테니 딱 좋겠다."

이렇게 귀성한 목적이 하나 생겼다.

◇

그리고 나는 본가로 돌아갔다.

"오오, 어서 오거라 프란츠. 어라, 세룰리아 씨는 어디……?"

아버지가 바로 세룰리아를 찾는 것을 보고 데리고 오지 않아서 다행이라고 생각했다.

"세룰리아는 마계에 있는 본가로 돌아갔어. 그러니까 우리집은 안 와."

"그런가……. 그렇구나, 하하하……."

아버지, 텐션이 너무 떨어지는 거 아니야?. 아들이 집에 돌아왔으니까 좀 더 기뻐하라고!

"아아, 프란츠 언제라도 왕도로 돌아가도 좋단다……."

"아들한테는 하루라도 더 머무르면 안 되냐고 물어봐야지!"

정말이지 타산적이라니까……. 어머니에게 사실 네 아버지는 다른 사람이라는 얘기를 들어도 놀랍지 않을 수준이다.

"하지만 메어리도 귀엽단 말이지! 아무 문제 없어! 좀 더 어른스러운 타입이 좋긴 하지만."

"어이 아저씨, 이제 입 다물어. 적당히 하고 그 입 다물라고."

메어리를 화나게 하면 마을이 통째로 소멸될 테니까 말이야. 그 정도로 무시무시한 존재라고.

──하고 어머니가 아버지 등 뒤에서 목을 꽉 졸랐다.

"으으으…… 괴로워……."

"괜찮아요, 여보. 목을 조르고 있는 내 마음이 더 아프니까."

그렇지는 않을 거라고 생각했지만 자업자득이니 말리지는 않았다.

아무리 그래도 죽이지는 않을 테니까.

"그래도 세룰리아 양이 없으니 슬프긴 하네. 미래의 며느리가 안 왔으니까 말이야. 어서 손자 얼굴이 보고 싶어."

엄마, 진짜로 나랑 세룰리아를 결혼시킬 작정이구나.

서큐버스는 마족이라 인간과 아이를 만들기 힘들 텐데.

그렇지 않으면 계속 임신할 테니 말이다.

"여름방학에 봤을 때랑 변함이 없다는 것을 좋게 해석하도록 할게. 마침 대청소 시기인데, 뭐 좀 도와줄까?"

"아, 그거라면 괜찮아. 내일 도움을 받을까 했었는데 그만큼 이 사람이 전부 일할 거니까."

엄마가 아버지의 목을 조르는 손에 힘을 더 세게 주었다.

"여보, 괜찮죠?"

"아, 알았어……. 언제 세룰리아가 와도 괜찮도록 청소할──끄으으윽!"

아버지가 단말마의 비명을 질렀지만 목숨에 지장은 없었습니다.

"젠장! 언젠가 서큐버스와 사이좋은 관계가 되어서 이런 일 저런 일 전부 해 주지! 그때까지는 죽을 수 없어!"

아들 앞에서 하지 말아줬으면 하는 발언 랭킹 상위에 오를 말을 하며 아버지는 창문을 닦았다. 벌이 청소뿐이라니 싼 값을 치른 건지도 모른다.

"그런데 아버지, 마을이 파워 스폿이라는 셀링 포인트로 부흥을 노리고 있다던데."

"그런 것 같구나. 나는 마법사가 아니니 잘 모르겠지만."

어떤 의미에서는 회계사다운 대답이 돌아왔다. 전혀 흥미가 없는 것 같았다.

"적어도 아직 많이 알려지지 않은 거겠지. 해수욕 시기가 지나 관광객은 코빼기도 안 보이니까 정보가 퍼지기까지 오래 걸리는 거겠지."

"역시 그렇구나. 왕도에서 아무 소식도 못 들을만해."

"하지만 고대 유적 정비에 많은 돈을 들였다는 것 같으니 어느 정도 사람이 오지 않으면 적자가 나겠지. 사무소 쪽에서는 그런 생각을 하고 있는 건지 의심스럽다니까."

역시 회계사다운 발언이다. 아버지는 회계사라는 직업에서는 제대로 된 인간인 것이다.

"자 자, 당신 제대로 손 움직이라구요."

엄마도 걸레를 들고 창문을 닦기 시작했다. 이런 모습을 보면 아직 부부 사이는 나빠지지 않은 것 같다. 그렇게 믿고 싶다. 내가 상처받으니까 이혼만은 하지 말아 줘.

일단 현 단계에서 얻을 수 있는 정보는 이 정도인가. 나는 내 방에 짐을 풀었다.

지금은 조상님의 마음의 소리 같은 것도 들리지 않고, 나는 지극히 정상인 상태다.

그날 식사 중에 메어리는 나와 같은 방에서 자겠다는 얘기를 꺼냈다.

평소라면 그런 얘기를 들어도 별로 신경이 쓰이지 않는다. 메어리는 나를 안고 자는 베개 대신 쓰곤 하니까.

하지만 지금은 귀성 중인 본가. 곤란한 일이군…….

특히 어머니가 딱딱하게 굳었다.

"메어리 양……. 저, 같은 방에서 그러는 것은 역시 부부나 장래를 기약한 사이가 아니면 좀 곤란하지 않을까……?"

어머니는 세룰리아와 내가 결혼할 거라고 생각하고 있기 때문이다.

"프란츠는 신사니까 걱정할 거 없어."

메어리가 시원스럽게 말했다. 다행이다, 정말 다행이야. 이걸로 엄마도 이해해 주겠지.

하지만 거기서 메어리가 뺨을 붉혔다.

"그리고…… 프란츠랑은 아기 만드는 일을 몇 번인가 한 적 있으니까……."

앗, 엄마의 시선이 따가운데…….

"프란츠, 지금 이 얘기 진짜야?"

"그래! 나는 바람 피운 적 없다고! 이 부러운 녀석!"

아버지는 조용히 해요.

그 뒤로 엄마와 둘이서 가족 회의(아버지는 엄마가 출입금지 시켰다)가 열렸다. 오랜 설명 끝에 어떻게든 이해해 주었다.

"프란츠, 넌 세룰리아 양과 메어리 양 중에 어느 쪽이랑 결혼할 생각인데?"

"결혼이라니 아직 이르잖아……. 입사한지 일 년도 안 됐다고……."

"엄마는 빨리 손자 얼굴을 보고 싶어! 저런 발언을 일삼는 남편을 오랜 시간 견뎌 왔으니까 그 정도 보상은 해 달란 말이야."

엄마 얘기는 하나하나 너무 생생하다고요!

아무튼 그런 일이 지나고 잘 시간이 되었다.

"이 집 베개는 질이 나쁘니까 프란츠를 안는 베개로 쓸 거야."

"네네, 마음대로 쓰세요……."

끌어안는 정도라면 아무렇지도 않으니까.

◇

그리고 날이 밝았다.

메어리가 말했던 대로 고대 유적에 가기로 했다.

"그 고대 유적까지는 얼마나 걸려?"

"꽤 가까워. 도보 오 분 정도. 우리 집이 있는 곳이 이미 고지대거든."

이동 중에 메어리에게 고대 유적에 관한 간단한 설명을 해 주었다.

정식 명칭은 라이트스톤 유적.

흙으로 만들어진 봉분 주위를 돌로 둘러쳐 놓은 커다란 고분이다.

규모는 상당히 크지만 소위 말하는 관광 명소는 아니었다. 구경할 만한 재미있는 것도 아니고, 라이트스톤에 오는 사람들은 대부분 수영이나 해산물을 즐기러 오는 사람들이니까.

"흠. 고대의 무덤이라는 건 안쪽을 이미 조사했다는 뜻이야? 아니면 이미 무덤이 털렸다거나?"

그렇다. 고분에는 귀중한 부장품이 들어 있는 일도 많다.

그래서 학술적으로 조사하는 경우도 있는 반면 도굴당하기도 한다.

"어느 정도 조사는 이루어졌을 거야. 아마 귀중한 아이템이 남아 있지는 않을 거라고 생각해. 하지만 파워 스폿이라는 건 그 장소 자체에 어떤 의미가 있는 건지도 몰라. 아이템이 없더라도 상관없지 않을까."

이야기를 나누는 동안 유적에 도착했다.

어렸을 때 봤던 것보다 전체적으로 깨끗해 보였다. 나름대로 정비한 것 같다. 이 유적은 옆에서 보면 열쇠 구멍 모양으로 보인다. 특히 열쇠 머리를 넣게 되어 있는 부분이 다른 부분보다 높게 되어 있어 꽤 박력 있는 모습이다.

그리고 '이곳이 파워 스폿!'이라거나 '파워 스폿인 라이트스톤 유적에 어서 오세요!' 같은 안내판이 엄청나게 많이 세워져 있다……. 방문하는 사람은 거의 없는 것 같지만.

"위쪽으로 올라갈 수 있어?"

"응. 사적 공원이라서 원 부분까지 계단으로 올라갈 수 있어."

파워 스폿이라고 이름 붙일 정도니까 뭔가 있다면 바로 그곳일 것이다.

안내판도 거기가 파워 스폿이라는 식으로 쓰여 있었다.

메어리가 곧바로 파워 스폿으로 추정되는 원형의 장소로 올라갔다.

이럴 때 메어리는 날아갈 수 있으니 계단을 걸어 올라가는 나보다 도착이 아주 조금 빠르다.

"어때? 뭐 느껴지는 거라도 있어?"

메어리는 고개를 가로저었다.

"이렇다 할 특징은 없는데. 고대의 무덤이라는 사실은 틀림없는 것 같지만 그 이상의 가치나 의미는 없는 거 아닐까."

"그러면 파워 스폿이라는 것도……."

"최소한 흑마법과 관련된 건 아무것도 없어."

도착하자마자 가능성은 완전히 부정당했다.

뭐, 처음부터 믿진 않았지만, 메어리의 의견을 들으니 단숨에 납득하게 됐다.

"그래도 신경 쓰이는 부분은 있어."

메어리가 숨은 뜻이 있는 듯한 이야기를 꺼냈다.

"수상한 영창을 읊는 목소리는 이 근방에서 들리는 거잖아. 암약하고 있는 놈이 있을지도 모르지."

"그러고 보면…… 그렇긴 하네……."

이 고대 유적이 마법과 전혀 관계없는 장소일지라도 이상한 믿음을 품고 찾아오는 자가 있을 수도 있다.

"그러니까 조금 더 조사하는 편이 좋지 않을까. 마법사 중에도 수상쩍은 놈들이나 자신의 이익만 추구하는 놈들도 있으니까."

"응. 내 선조 같은 사람 말이지……."

우리는 안내판과 설명문으로 가득한 고대 유적에서 내려왔다. 사무소가 돈을 들였다는 사실은 알겠지만 홍보 효과는 그다지 없는 것 같았다.

고대 유적을 내려올 때 처음 보는 것이 눈에 들어왔다.

어라, 저런 건물이 있었나……?

유적 옆에 통나무 집처럼 생긴 목조 건물이 있었던 것이다.

아무리 봐도 지은 지 얼마 안 된 것처럼 보였다.

그리고 그 건물에는 이렇게 쓰여 있었다.

파워 스폿 관광 안내소

입구부터 엄청나게 수상한 곳인데…….

"일단 이곳도 사무소의 돈으로 만든 곳이겠지? 영주의 허가도 있었을 테고. 그런데 너무 심한 거 아니야?"

메어리도 조금 질린 듯한 모습이었다.

라이트스톤 주변의 토지는 어떤 백작이 소유한 영지인데, 그중에서도 규모가 큰 라이트스톤은 상당한 자치권을 인정

받고 있다.

백작이 모든 곳을 관리할 수는 없기 때문에, 사무소를 설치해서 마을의 재량에 맡기고 있는 사항이 많다. 여기까진 좋은데, 기껏 자치권을 인정받았으니 돈을 좀 더 유익하게 쓰는 방법을 고민했어야 하지 않을까.

"아, 아무튼 안에 들어가 보자…… 의외로 제대로 되어 있을지 모르잖아……"

솔직히 말해서 전혀 기대는 안 되지만.

역시, '파워 스폿 관광 안내소'는 내부도 수상했다.

관광지에 전시된 자료가 대개 그렇듯, 이곳에도 이 유적이 파워 스폿이라고 알 수 있을 법한 자료가 전시되어 있었지만, 전부 어딘가 의심스러운 자료들이었다.

전시 자료 외에 있는 거라곤 테이블 위에 놓인 팸플릿 정도였는데, 이마저도 여기가 파워스톤이라는 주장과 근거로 가득했다.

게다가 무인 시설.

관광 안내소라는 이름을 붙일 거면 적어도 누군가 상주해야 하는 거 아닌가.

"짓는 데만 해도 돈이 꽤 들었겠는데…… 이 모습을 보니 적자일 게 뻔하군……"

내 고향이라서 그런지 더 씁쓸하게 느껴졌다. 마을을 다시 부흥시키겠다는 사무소의 의지는 느껴졌지만, 의욕만 너무 앞서서 헛다리를 짚고 있다고 해야 할까……

그런데 메어리는 의외로 진지하게 전시물이며 팸플릿을 읽고 있었다.

소문 속 영창을 읊는다는 녀석과의 접점이라도 찾고 있는 걸까.

"이곳을 운영하고 있는 건 비영리 단체 '라이트스톤 역사연구소'래. 마계에서 말하는 NPO법인이랑 비슷한 것이려나."

자료를 다 읽었는지, 메어리가 팸플릿을 접으며 말했다. 거기에도 '라이트스톤 역사연구소'라는 이름과 주소가 적혀 있었다.

"연구자 이름은 브랜든 박사인가. 이 사람에 대해 조사해 보자."

"그 박사가 쓴 책이라면 거기 있는 책장에 꽂혀 있어."

"조사하는 건 이 사람의 연구 성과가 아니라 평판이야. 프란츠, 이 근처에서 가장 큰 도서관으로 데려가 주겠어?"

어쩐지 일이 커졌는데.

"메어리, 뭔가 알아낸 거야?"

"확실한 건 아니지만 짚이는 부분이 있어. 그러니까 진짜인지 확인하기 위해서 자료를 모으려는 거야. 조금씩 진상에 가까워지면 그걸로 되는 거니까."

"얘기하는 걸 보니 어느 정도 확신은 있다는 거네."

메어리와도 친해진 지 오래되었기 때문에 얼굴만 봐도 그 정도는 알 수 있다.

어린아이처럼 보이지만 메어리는 굉장히 오랜 시간을 살았기 때문에 통찰력이 뛰어나다.

"소녀는 프란츠보다 성격이 나쁘거든. 하지만 성격이 나쁘기 때문에 알 수 있는 것도 있는 법이지. 일장일단이라는 거야. 그러니까 소녀와 프란츠의 상성이 좋은 건지도 몰라. 프란츠와 세룰리아는 둘 다 착하기만 하니까."

그렇게 말하며 미소 짓는 메어리의 표정은 몹시도 요염했다.

"있잖아, 도서관에 가는 김에 레다 선배한테 들르지 않을래? 뭔가 알고 있을지도 모르잖아."

"그거 좋은 생각이야, 프란츠."

이렇게 해서 우리는 우선 도서관에 들러 파워 스폿설을 주장하고 있는 브랜든 박사라는 인물에 대해 정보를 모았다.

결론부터 말하자면──

"학회에서 상대도 해주지 않는 사람이었어⋯⋯."

"소위 말하는 돌팔이 학자라는 거지. 학회에서도 묵살에 가까운 스탠스를 취하고 있는 것 같아. 가끔 언급될 때에도 마구 비난하는 내용만 쓰여 있고. 연구는 전부 억지로 끼워 맞춘 것뿐이고. 고대는 특히 자료도 적으니까 말이야. 적당한 것을 골라 늘어놓은 것 같아."

적어도 학회에서 무시당하고 있는 것은 확실해 보였다.

하지만 그런 분야는 대부분 전문서나 전문지에 쓰여 있기 때문에 지식이 없는 일반 사람이라면 선생님이 말씀하시는 그대로라며 받아들일 가능성이 크다.

"뭐, 말도 안 되는 얘기를 꺼내는 녀석이 있는 건 별로 큰 문제도 아니야. 하지만 그것을 이용하려는 놈이 있으면 이야기가 달라지지."

다음으로 우리는 레다 선배가 묵고 있는 숙소로 향했다. 고향에 있는 여관에 들어가 보는 것은 처음이었다. 이윽고 만난 레다 선배는 우리를 이끌고 숙소에 딸린 찻집으로 자리를 옮겼다.

"'라이트스톤 역사연구소'에 대해 알고 계시는 게 있다면 가르쳐 주실 수 있나요?"

단도직입적으로 물었다.

"들어본 적 없는 이름인데. 요즘은 각 지자체에 그런 단체가 있으니까. 음……."

우리가 가지고 간 '라이트스톤 역사연구소' 간행 자료를 보고 레다 선배의 표정이 어두워졌다.

그 시점에서 어쩐지 이상한 예감이 들었다.

"이 연구소의 대표자인 자그나라는 남자에 대해서는 안 좋은 소문이 많거든. 뒤로 어두운 일을 하고 있다는 얘기가 있어."

"그 얘기 자세히 들려주세요!"

아무래도 그냥 내버려 둘 문제가 아닌 것 같다.

"수금이 특기고 과거에 급료 미지급으로 트러블을 일으킨

적이 있어. 소위 말하는 업계 양아치지. 돈이 될 만한 곳을 발견하면 금세 비집고 들어오는 거야. 이 '라이트스톤 역사 연구소'라는 곳도 마찬가지야. 제대로 운영되고 있긴 해?"

점점 선이 하나로 이어지는군.

다행이라고 해야 할지 모르겠지만, '라이트스톤 역사연구소'는 여기서 가까웠다.

"메어리 올해 마지막으로 일을 하나 부탁하고 싶은데 괜찮을까?"

"그러면, 프란츠 베개권 다섯 개."

"그런 권리랑 상관없이 마음대로 안고 자잖아……."

기왕이면 기분 좋게 새해를 맞이하고 싶으니 부딪혀 보도록 하자.

"좋은 기삿거리가 될 것 같네. 본인도 동행하겠어."

레다 선배도 흥미를 보였다. 아니 그것보다——

"악의 냄새가 나. 본인은 이런 잔챙이를 가장 싫어하지."

이 사람은 이렇게 교활한 방법으로 돈을 긁어모으는 녀석을 용서하지 못한다.

레다 선배는 지독한 가난 때문에 생명의 위험까지 맛보았던 것이다. 극도의 빈곤은 생활이 곤란한 차원에서 그치지 않고 생존까지 위협한다. 유복한 가정에서 태어났더라면 평생 몰랐을 리스크 안에서 살아왔다는 뜻이다.

"연말이라 활동하고 있을지는 모르겠지만 증거를 잡는 정도는 그쪽이 부재중이라도 가능하겠지. 부재중이라면 불법 침입이 되겠지만, 나는 이미 절반 정도는 범죄자니까."

그것도 맞는 말이다. 사장은 역시 어처구니없는 인재를 직원으로 삼은 것이다.

석양이 지는 가운데, 우리 셋은 '라이트스톤 역사연구소' 사무실이 있는 건물로 향했다.

행운은 우리의 편이었던 것 같다. 건물에는 불이 켜져 있었다.

우리는 건물 옆을 지나는 좁은 골목길에 몸을 숨겼다.

"소리가 들리나요?"

나는 레다 선배에게 물었다.

"그래. 낡은 건물이라 틈새가 많아. 똑똑히 들려."

창문이 가까운 덕분인지 대화는 알아들을 수는 있는 정도였다.

안에 있는 것은 남자 두 사람인 것 같다. 창을 통해 보이는 것은 거의 아무것도 없는 살풍경한 방이다. 고대 유적 옆에 있던 관광 안내소에서 봤던 팸플릿이 놓여 있는 정도였다.

"이야, 이거 예산이 참 좋게 떨어졌네요 자그나 씨."

둘 중 키가 큰 쪽이 말했다. 그렇다는 건 나머지 한 명 마른 남자가 자그나라는 얘기다.

자그나의 얼굴은 일견 교활한 쥐새끼 같았다. 사람을 얼굴만 가지고 판단해서는 안 되겠지만 아무튼 만만치 않은 인물이라는 느낌이 들었다.

"올해 예산이 은화 사천 오백 닢인가. 그럭저럭이군. 내년에는 본격적으로 파워 스폿 홍보를 해야한다고 강조해서 은화 칠천 닢은 얻어내고 싶은데. 사무소 놈들이 아직 꿈을 꾸고 있을 시기니까 말이지."

"그렇죠. 또 한 탕 크게 벌지 않으면 수지가 맞지 않으니까요."

"역시 지자체에서 돈을 갈취하는 것을 전제로 활동하는 단체였구나! 그런 곳에 쓸 예산이 있으면 육아 복지로 돌리라고!"

레다 선배가 당장이라도 창문을 깨고 건물 안으로 뛰어들려고 해서 나와 메어리가 필사적으로 말렸다.

아직 범죄라는 증거가 부족했다. 시기상조다.

"노고스, 예의 관광 안내소 건설 비용 건은?"

키 큰 남자의 이름은 노고스인가. 팸플릿에서 언뜻 이름을 본 거 같다.

"예. 은화 이천 오백 닢이 든 것처럼 업자에게 온 청구서를 위조했습니다."

"흥, 그런 작은 오두막 같은 건 은화 천 닢이면 충분히 만들 수 있는데. 사무소 놈들은 세상 물정을 모르니 얼마든지 속일 수 있단 말이야."

"좋았어. 저건 확실한 증거가 될 것 같은데."

메어리가 이제야 웃으며 말했다.

"맞아. 금액을 조작하고 있다는 사실을 알게 되면 명확한 범죄—— 앗, 아직 좀 더 기다려 주세요 선배!"

내가 다시 선배를 멈춰 세웠다.

"미안하다……. 악이 눈앞에 보이면 몸이 멋대로……."

레다 선배는 성격이 급하다고 할까, 적을 발견하면 무작
정 뛰어들려 하는구나…….

"바보 같은 교수 하나를 앞에 세우고 라이트스톤 담당자
에게 부채질만 몇 번 하면 끝이라니, 참 편한 일이라니까."

"사무소에서 업무 실태를 점검하러 오진 않으니까요. 설
령 점검을 나와도 전문가가 없으니 얼마든지 속여 넘길 수
있어요."

"당분간은 지자체를 속여서 벌어 볼까나. 개인을 상대로
하는 것보다 훨씬 짭짤한 데다가 지자체니까 보복당할 위험
도 적고. 최고잖아!"

두 사람의 웃음 속에 사무소를 향한 비웃음이 섞여 있는
것처럼 느껴졌다.

이제 증거는 어느 정도 갖춰졌다.

남은 것은 어떻게 이 사건을 끝낼 것인가.

레다 선배가 이대로 돌입하는 선택지만 빼고.

아, 파워 스폿이 사기였으니 벌도 그에 상응하는 것으로
할까.

"저기, 한 가지 제안이 있는데."

이 두 사람이 있으면 웬만한 일은 전부 실행할 수 있을 것
이다.

둘은 내 제안에 흔쾌히 응해 주었다. 이렇게 하는 것이 뒤탈 없는 방법이라고 생각한다.

"범인이 나오기 전에 움직이는 편이 좋을 것 같아. 그럼, 어떻게 침입할지──"

끼긱! 하고 무거운 소리가 들렸다.

메어리가 창틀의 잠금쇠 부분을 손으로 쾅 두드려 억지로 열었기 때문이다. 물리적으로 해결했구나……. 메어리의 힘 앞에서 문단속은 아무런 의미도 없었다.

"야, 좀 조용히 해야지……."

"소리 내도 상관없어. 이미 들어갔는걸."

그 말을 듣고 나서 보니 검은 후드가 달린 로브를 입은 레다 선배가 이미 창문을 열고 안으로 들어간 뒤였다!

머리에 뒤집어쓴 후드 탓에 얼굴은 보이지 않을 것이다.

"무, 뭐야 네 놈은!" "도대체 정체가 뭐냐?!"

남자들이 소리쳤다. 수수께끼의 존재가 들어왔으니 놀라는 것도 당연하다.

선배, 계획대로 해 주세요. 갑자기 두들겨 패는 건 안 돼요…….

"본인은…… 너희들이 행한 파워 스폿 실험 때문에 잠에서 깨어난 흑마법사의 전령이다……."

일인칭이 '본인' 그대로인데요. 뭐, 상대는 그다지 신경 쓰지 않는 것 같으니 이대로 진행하도록 하자.

"그런 말도 안 되는……." "분명 엉터리였을 텐데……."

"마력을 얻으며 숙면을 즐기고 있었는데 너희들이 소란을 피웠지. 뿐만 아니라 바로 근처에 영문 모를 시설까지 지었구나……. 용서할 수 없다……."

"설마 그 돌팔이 교수의 말이 사실이었던 거야?" "고분에 잠들어 있는 게 고대 흑마법사였다니……."

좋았어, 완전히 믿는 것 같은걸.

이때, 골목에 있는 메어리가 나지막하게 흑마법을 영창했다.

놈들이 있는 실내가 단숨에 어두워지며 무시무시한 분위기로 변했다.

게다가 놈들 주위에 사령 같은 것들까지 떠다니기 시작했다.

메어리가 사역하고 있는 미니 데몬들이다. 이렇게 무서운 모습도 보여줄 수 있구나.

덕분에 사기꾼 두 놈은 상황을 의심할 여유조차 잃어버리고 말았다.

"보, 본인은 앞으로 천 년을 기다려 마력을 손에 넣은 뒤에 완전히 부활할 예정이었다. 하지만 네놈들 탓에 마력이 가로 채일 가능성이 생겨났지. 듣는 것만으로도 귀가 썩는 것 같은 악행이라니! 하늘이 용서해도 본인은 용서하지 않겠다! 처벌하겠다!"

선배, 중간부터 정의의 히어로 같은 모습으로 변했는데요! 캐릭터가 붕괴한다고요!

"아니, 악행이 어떻고 하는 것은 아무래도 좋다……. 네. 네놈들을 여기에서 죽이고 기분을 풀어야겠어! 악인을 퇴치할 수 있으니 일석이조다!"

말하는 내용이 부자연스럽긴 하지만 선배는 꽤 그럴싸한 분위기를 자아내고 있다.

건실하게 살아가는 사람은 낼 수 없는 아우라를 풍기니, 아무리 연기라도 느껴지는 박력이 다른 것이다. 평범한 사기꾼인 두 사람이 저렇게 벌벌 떨고 있는 것도 전혀 이상한 일은 아니다.

"사, 살려 주세요……." "제발 목숨만은……. 저는 이 자그나라는 남자의 꾐에 넘어간 것뿐입니다……." "야! 노고스! 저 혼자만 살려고 치사한 소릴!" "시끄러워! 죽으면 돈이고 뭐고 다 소용없다고!"

오, 내부 분열이 시작되었나.

이 자식들은 이제 끝났군. 사기꾼 공범이 서로 의심하기 시작하면 더 이상 아무것도 할 수 없다.

나쁜 놈들일수록 내부 결속이 중요한 법이다.

"슬슬 마무리야, 메어리."

"알았어. 미니 데몬들아 페이즈 투로 이행한다."

방 안에 붙어있던 포스터가 벽에서 벗겨지더니 툭툭 떨어졌다.

곧이어 테이블이 덜컹거리기 시작했다.

괴기 현상처럼 보이지만 전부 미니 데몬들의 소행이다.

사기꾼 두 사람은 곧 죽을 것처럼 파랗게 질린 얼굴로 그 자리에 주저앉았다.

사람을 속이는 것을 업으로 삼고 있는 놈들을 거꾸로 속이는 건 기분 좋은 일이구나.

사기꾼들은 완전히 두 손 두 발 다 든 모습으로 "용서해 주세요……" "두 번 다시 나쁜 짓을 하지 않겠습니다……"라며 싹싹 빌었다.

덧붙여 말하자면 레다 선배는 목검을 손에 들고 있다. 저렇게 둔기를 쥐고 있으면 그야말로 악령에 버금가는 무시무시한 박력이 있다.

"그렇다면 그 고대 유적은 파워 스폿도 뭣도 아니며 단순히 돈을 긁어모으기 위한 네놈들의 소행이었다고 사무소에 고하도록 해라. 이제 더 이상 본인의 잠을 방해하지 않도록."

"아, 알겠습니다……."

자그나가 대답했다.

자신의 연구가 드디어 인정받았다고 생각했을 돌팔이 학자 선생께는 미안하게 되었지만, 그 유적이 파워 스폿이 아니라는 것은 사실이니까 어쩔 수 없지.

사기 피해가 확대된 후에 이 사실이 발각되면 학자 선생을 향하는 비난도 더 거세질 테니, 이 자식들이 선생을 이용했다고 하루빨리 자백하는 편이 나을 것이다.

"그리고, 고대 유적 근처까지 가서 밤마다 이상한 영창을 읊는 행동으로 근처 주민들의 불안을 불러일으키는 호객 행위도 중지하도록 해라. 약아빠진 짓거리를 해서 사람의 마음을 혼란시키다니."

레다 선배가 덧붙였다. 그래 그래, 수상한 영창도 이 녀석들이 꾸민 짓이겠지.

마법사가 이용하고 있다는 소문이 퍼지면 더 그럴싸해질 테니까.

하지만 사기꾼들은 둘 다 이상하다는 표정을 짓고 있었다.

"아뇨, 저는 그런 짓을 한 기억이 없는데요. 노고스, 아는 거 있냐?"

"그런 거 안 해요. 그렇게 진지하게 마을 부흥 운동에 힘썼다간 수지가 맞질 않잖아요. 적당한 얘기를 흘려서 정부에서 돈을 뜯어내는 일만 하기 때문에 비즈니스로 성립하는 일이라고요. 밤까지 열심히 일해서 뭐합니까."

과연, 이 노고스라는 악당의 말 그대로다…….

파워 스폿이라는 게 설령 거짓이더라도 진심으로 그 설정을 밀어붙이고 있다면 그것 또한 마을 부흥에 도움이 될 테니까.

"윽……. 그렇다면 수상한 영창 이야기는 어디서 나온 거지……?"

레다 선배도 그 반응을 보고 당황한 것 같다.

"모릅니다!"

자그나가 강하게 부정했다.

"설마, 정말로 위험한 흑마법사라도 찾아온 거 아냐……? 그게 사실이면 얼른 이 일에서 손을 떼야해. 그렇지 않으면 큰일이 일어날 거라고……."

"……음, 네놈들의 말이 그렇다면 그 건에 관해서는 불문에 부치겠다. 다만, 네놈들이 저지른 악행을 빠짐없이 사무소에 고하라. 건설 비용을 삥뛰기하려고 했던 것에 대해서도 숨김없이 전부 말해라. 쓸데없는 짓을 하면 네놈들의 목을 가지러 가겠다."

두 사람은 몇 번이고 고개를 조아리더니 서류를 챙겨 사무소에서 뛰쳐나갔다.

이걸로 라이트스톤의 주민들이 속아 넘어가는 일은 없을 테지만——

"아무래도 시원하게 해결된 것 같지가 않은데."

메어리가 납득이 가지 않는다는 표정으로 말했다.

"그렇지? 도대체 수상한 영창 건은 어떻게 된 거지……."

"수수께끼로군."

로브를 벗은 레다 선배가 창 밖으로 뛰어나왔다. 인간의 영역을 뛰어넘은 대단한 운동신경, 악령이라고 해도 믿을 것 같다.

"어떤 마법사가 놈들의 거짓말에 이끌려 찾아왔을 가능성도 무시할 수는 없어."

"유적에 마력 공급 같은 기능은 없으니 그런 자가 있어도 위험하진 않을 테지만……. 아니, 혹시 정말로 고대 유적이 파워 스폿인 건 아니겠지……?"

"프란츠, 소녀가 아무것도 없다고 얘기했던 걸 의심하는 거야?"

메어리가 뚱한 표정을 지었다.

"아니, 그저 최악의 사태를 가정했을 뿐이야. 메어리가 틀릴 거란 생각은 전혀 안 하니까……."

"알았어 알았어. 그야 프란츠에게는 여기가 고향이니까. 그럼, 오늘 밤에도 순찰을 돌아볼까."

메어리는 이런 부분에서 유연한 태도를 보인다. 표정도 이미 부드럽게 변했다.

"마침 야간 순찰이 특기인 사람도 있으니까 딱 좋잖아."

메어리의 시선이 레다 선배 쪽으로 향했다.

"보, 본인이? 그야 낮보다는 밤에 움직이기 편하다만."

그렇다면 팍팍 조사해 볼까.

"그럼 부탁드립니다! 라이트 스톤을 철저히 파헤쳐보자고!"

우리는 오늘 밤늦게 모이기로 했다.

◇

중요한 일을 앞두고 있어, 그날 저녁 식사는 평소보다 많이 먹었다. 너무 많이 먹으면 움직이기 힘들겠지만 배가 고파 신경이 쓰이는 것도 괴로우니까 말이다.

"어머나, 프란츠 잘 먹는구나. 엄마도 만든 보람이 있네."

"응. 엄마 요리는 맛있으니까."

"맞아. 가정의 맛 중에서는 레벨이 높은 편이라고 생각해."

메어리도 엄마의 요리 솜씨를 제대로 칭찬해서 점수를 땄다.

"아버지는 맛이 없어도 좋으니까 가끔은 미소녀가 만든 요리를 먹고 싶구나. 오히려 맛없는 것을 참고 맛있다고 말하는 게 남자답다고 생각하지 않니?"

"아버지, 머지않아 엄마한테 살해당할 것 같으니까 그쯤 해서 그만둬……."

점점 엄마가 불쌍해진다.

"프란츠, 남자란 말이지. 몇 살이 되어도 미소녀와 알콩달콩 지내고 싶다는 꿈을 가지는 존재란다. 아버지도 마찬가지야."

우리 부모는 교육에 너무 안 좋다니까. 내가 어렸을 땐 엄하다고 믿고 있었던 게 차라리 다행이다.

"프란츠네 아버지는 개성적이네."

메어리, 그 표현은 전혀 칭찬이 아니야. 물론 칭찬받을 부분은 없지만.

"그런데, 메어리에게 나이스 보디인 언니는 없을까?"

"당신, 슬슬 그만두지 않으면 찌를 거예요."

엄마가 웃으면서 무서운 소리를 했다.

그리고 밤이 깊었다.

나와 메어리는 뒷문으로 집을 빠져나왔다.

약속 장소인 커다란 떡갈나무가 있는 삼거리에 도착하자 나무 그늘에서 레다 선배가 훌쩍 뛰어나왔다.

"우왓! 기척을 전혀 못 느꼈어요……."

"그야 그렇지. 악당들이 눈치채면 얘기가 안 되니까."

"소녀는 특이한 사람의 아우라가 너무 많이 뿜어져 나오고 있어서 금방 알았지만."

강자끼리만 느낄 수 있는 무언가가 있는 모양이다.

"좋아! 이제 순찰을 시작해 볼까!"

우리는 소문의 출처 부근을 돌아다니기로 했다.

우선, 라이트 스톤에서도 바닷가 쪽이 아니라 언덕 쪽이라는 것은 확실한 사실이다.

그리고 거기에 레다 선배가 조사했던 정보를 더하니 순찰 범위는 더욱 좁아졌다.

"구역으로 따져보면 이쪽 부근부터 딱 고대 유적이 포함되는 그 주변까지야."

"정말인가요……. 조금 기분이 나쁜데요……."

근거가 전혀 없는 것은 아니다.

내 선조는 이 땅에서 메어리의 오빠인 〈어둠보다 검은 명계의 비둘기〉를 소환했다.

말하자면 흑마법에 관해서는 나름대로 연이 있는 땅인 것이다.

선조가 메어리의 오빠를 소환할 때 파워 스폿 비슷한 마력을 썼다던가 하는 것도 있을 법한 이야기란 말이지.

만약 고대 유적에 어떤 마법이 흘러넘치고 있다면 메어리가 감지하지 못한다는 게 이상한 일이 된다. 하지만 메어리가 알 수 없을 정도로 미약한 마력이라면 파워 스폿으로 이용할 수가 없다.

"이 시간에는 돌아다니는 사람도 없잖아. 기척을 더듬어가기 쉽지 않을까? 레다 씨가 그런 것에는 전문가지?"

레다 선배가 메어리의 질문에 작게 끄덕여 대답했다.

"물론이지. 번화가나 상점가가 아니라면 인적도 거의 없고. 상당히 앞쪽까지 확인할 수 있을 거야."

이거 굉장히 든든한데.

단순한 소문이었다면 그걸로 상관없다. 고향에 아무 일도 없다는 결론을 내고 나서 새해를 맞이하고, 왕도로 돌아가고 싶다.

"실은 어젯밤에도 이 근처를 가볍게 산책했는데 아무것도 안 나왔어. 시간대가 달랐을지도 모르고, 매일 하는 건 아닐지도 몰라."

"매일 그러면 이웃 주민들에게 들킬 테니까요."

민가가 있는 구역을 가볍게 돌았지만 수상한 인물은 없었다.

아니, 사람 자체가 없었다.

이 주변은 순 주택가뿐이라서 심야에 돌아다니는 사람이 있을 리가 없다. 가능성이 있다면 해변 술집에서 거나하게 취한 주정뱅이 정도겠지만 여기까지는 거리가 좀 있으니 제아무리 술꾼이라도 좀 더 빨리 자리를 정리하고 일어나지 않을까.

"성과가 없네. 조금씩 고대 유적과 가까워지고 있어."

메어리의 말이 어쩐지 불길하게 들렸다.

어쩌면 거짓에서 태어나는 진실도 있지 않을까…….

"——잠깐 조용히 해 봐."

레다 선배가 갑작스레 말했다. 그 목소리에 무시무시한 박력이 깃들어 있어, 순순히 따랐다.

희미하게 무언가를 영창 하는 목소리가 바람을 타고 들려왔다.

나한테까지 들릴 정도였으니 레다 선배는 똑똑히 듣고 있겠지.

"역시 누군가 영창을 외우고 있어. 아직 정확한 내용까지는 알아들을 수 없지만 흑마법에 가까운 것 같은 느낌이 들어."

"여기서 들린다는 건 장애물이 없는 장소가 목소리의 근원이라는 건데……. 설마, 고대 유적……?!"

고대 유적 꼭대기라면 바람을 타고 소리가 들려 올 가능성이 있다.

"프란츠, 위험해지면 무리하지 말고 소녀 뒤에 숨도록 해."

사태가 사태라서 그런지 메어리의 표정도 딱딱하게 굳어 있었다.

"알았어. 신중히 행동할게."

나도 고향까지 와서 위험한 꼴에 처하는 건 사양이다.

하지만 지금 상태에서 물러날 수도 없으니 정체를 확인하는 수밖에 없다.

우리는 고대 유적을 향해 걸음을 재촉했다.

발소리에 영창을 읊고 있는 사람이 도망치면 본말이 전도될 테니 힘차게 달릴 수는 없었다.

"본인 귀에는 고대 유적에 가까워질수록 목소리가 더 커지는 것처럼 들려. 분명 고대 유적에 무언가 있어!"

나도 평소 일할 때 보다 훨씬 집중하고 있다.

아무 일도 없기를 빌고 싶지만, 인제 와서 그런 기대를 할 수는 없겠지.

고대 유적 정상의 원 부분이 보이는 곳까지 도착하자──

누군가 서 있었다.

"드디어 왔군."

"대단한 녀석은 아니야. 흑마법 같기는 하지만, 영창 발음이 너무 엉망이야. 초보자라는 게 딱 보여."

역시 레다 선배는 귀가 좋구나. 내 귀에는 아직 발음까지는 안 들리는데.

"자, 그럼 '작업'을 해 볼까."

레다 선배가 발산하는 분위기가 달라졌다.

"그…… 살인 같은 건 하지 말아 주세요……."

이 사람은 뒷세계 사람이니까…….

"걱정하지 마. 그쪽 작업이 아니라 작가 쪽 일이니까. 수수께끼의 영창을 읊는 인물의 취재를 감행하도록 하지."

아, 그렇구나…….

그러고서 레다 선배는 고대 유적 쪽을 향해 씩씩하게 달려 나갔다.

아무래도 위쪽에서 이야기를 하고 있는 것 같다.

그렇다는 건 상대가 도망치진 않았다는 뜻인가.

생각보다 평화로운 분위기인 것 같았기에 나와 메어리도 긴장을 풀고 현장으로 향했다.

"프란츠, 소녀는 저 영창자의 정체를 알았어."

정상으로 향하는 도중에 메어리가 말했다.

"정말이야? 역시 흑마법사야?"

메어리는 바로 대답해 주지는 않았다.

"혹시 대답하기 어려운 상대야……? 예를 들면 아리에노르가 이곳이 파워 스폿이라는 얘기를 듣고 왔다던가……?"

아리에노르는 흑마법사로서 성장하기 위해서는 무엇이든 하려고 할 것 같으니까.

메어리는 또다시 아무 대답도 해 주지 않았다.

"프란츠는 진실을 모르는 편이 좋을지도 몰라……. 하지만 모르고 있을 수도 없겠지……."

"네가 그렇게까지 말하면 확인할 수밖에 없잖아."

──그리고 나는 메어리가 했던 말의 의미를 처절하게 깨달았다.

고대 유적 위에는 아버지가 서 있었다.

"어이, 아버지! 여기서 뭘 하고 있는 거야?!"

나도 모르게 그만 꽤 멀리까지 울려 퍼질 것 같은 커다란 목소리로 외치고 말았다.

주변에 폐를 끼쳤다면 죄송합니다…….

"윽! 프란츠랑 메어리 양까지?! 이거 이거, 이런 한밤중에 남녀가 함께 돌아다니다니 부럽…… 아니, 감탄하지 않겠어!"

너 방금 부럽다고 하려고 했지. 아니, 거의 다 말했지.

"이런 데에 서 있는 아버지한테 밤에 외출한다고 주의를 듣고 싶지는 않은데. 왜 이러고 있는 건지 말해. 가능하면 범죄가 아닌 내용이었으면 좋겠어."

아버지가 범죄자가 된다니, 너무 싫다. 뭐, 여자 속옷을 훔쳐서 체포당하는 것보다 나은 이유라면 뭐든 괜찮을 것 같지만……. 회계 일을 제외하고 아버지에게는 어느 것 하나도 기대하지 않는다.

"오, 프란츠 공의 아버님이었군. 이 무슨 우연인지. 지금 마침 취재 중이었는데."

레다 선배는 메모장을 꺼내 들고 완전히 작가 모드에 들어갔다.

선배의 모습을 보건대 아버지가 나쁜 짓을 하고 있었던 것은 아닌 듯했다.

"프란츠야, 이 라이트스톤 고대 유적이 마력을 끌어내는 열쇠 구멍이며 위대한 파워 스폿이라는 이야기가 나도는 것을 알고 있느냐?"

아버지가 나를 향해 설명하기 시작했다.

"아, 응…….."

헛소문이었지만 우선 입 다물고 가만히 있자.

"그 얘기를 듣고 아버지는 생각했단다. 이 열쇠 구멍 위에서 흑마법 연습을 하면 나도 대단한 흑마법사가 될 수 있지 않을까 하고!"

아버지는 손에 책을 한 권 들고 있었다.

어두워서 잘 보이지는 않았지만 자세히 보니 〈초보자용 흑마법책〉이라는 제목이 보였다.

"파워 스폿 위에서라면 아빠도 갑자기 서큐버스를 불러낼 수 있을지 몰라! 그렇게 믿고 가끔 이 고대 유적에 올라서 영창 연습을 했다는 거 아니겠냐!"

"생각했던 것보다 이유가 더 저질이잖아!"

나는 그 자리에 털썩 무릎을 꿇었다.

소문의 진상을 밝혔더니 범인이 내 아버지였던 데다가, 심지어 목적이 이딴 시시한 거였다니…….

쥐구멍이 있다면 들어가고 싶다……. 아들 얼굴에 먹칠하지 말아 줘요…….

"참고로 말씀드립니다만 코르타 씨, 그 영창이라면 설령 여기가 파워 스폿이라고 해도 아무것도 나오지 않을 겁니다. 당신 영창은 완전히 초보자 발음이거든요. 기초도 없는 것은 아닌지."

아버지는 레다 선배의 지적을 받고 풀이 죽었다. 그런 걸로 기죽지 말라고. 아, 코르타라는 건 아버지 이름이다.

"그런가요……. 사실 서큐버스를 불러내는 데에 한해서 엄청난 재능이 있는 것은 아닐까 생각했거든요……."

"그럴 리 없잖아……. 도대체 그 자신감은 어디서 오는 거야……?"

"네가 그렇게 귀여운 서큐버스 아가씨를 소환했으니까! 아들인 네가 해낸 일이라면 아버지인 나도 할 수 있을 것 같으니까!"

"미묘하게 앞뒤가 맞는 게 더 짜증 나……!"

설마 내가 세룰리아를 소환했던 것이 돌고 돌아 고향에서 이런 문제를 일으킬 거라고는 생각지도 못했다……. 이런 것을 두고 나비 효과라고 말하겠지. 아닌가.

"코르타 씨, 당신의 그 연습 소리가 한밤중에 울려 퍼져서 근처 주민들에게 불안감을 조성하고 있어요. 연습을 말리지는 않겠습니다만, 자택에서 연습하시거나 소리가 울리지 않는 곳에서 해 주십시오."

"하하하, 집에서 서큐버스를 불러내는 흑마법 연습을 하고 있다는 것을 들키면 부인에게 죽을 걸요~"

이제 집에 돌아가면 죽는 거 아닐까…….

"프란츠 너희 아버지 정말, 푸훗…… 개성적이다……."

"아아, 메어리. 좀 더 극단적으로 '바보 같다' 던가 '형편없

네' 같은 말을 해도 괜찮아. 절대 화 안 낼 테니까."

바보 같다는 것도 형편없다는 것도 전부 사실이니까…….

"그래도 이걸로 고대 유적 문제도 전부 정리됐으니까 기분 좋게 새해를 맞이할 수 있잖아. 긍정적으로 생각해."

"그러네. 한 건 해결한 건 사실이니까."

억지로라도 긍정적 사고를 하자. 그렇게 하도록 하자.

"레다 씨, 그런데 이 근처에 흑마법을 연습할 만한 벽 같은 건 없나요?"

아버지, 어째서 진짜로 배우려고 하는 건데! 그 의욕만은 감동이네 정말!

"아니지, 레다 씨처럼 아름다운 분이 개인 지도를 해 주신다면 수업료로 한 달에 은화 열 닢을 내겠습니다!"

생명 흡수 마법으로 아버지를 쓰러뜨리고 싶은 마음이 든다. 이딴 아버지, 별로 흡수하고 싶지도 않지만.

"죄송하지만 본인은 작가로서 각지를 여행하는 몸이기 때문에 그건 어렵겠습니다."

아버지는 진심으로 낙담했다. 얼굴에 감정을 드러내는 걸 조금만 더 참아 줬으면 좋겠다.

"아 그리고, 가명으로 기사를 낼 건데 괜찮으시겠습니까?"

"부인에게 들키지 않게만 해 주신다면 괜찮습니다."

"알겠습니다. 취재료는 규정대로 지불하겠습니다."

"레다 선배, 이런 바보한테 돈 줄 필요 없어요…….."

"프란츠 공, 여기서 취재료를 지불하지 않으면 규정 위반

이야. 아무리 취재 대상이 같은 회사 사원의 부모라 해도 말이야."

정론 그 자체였지만, 그럼에도 내 마음은 납득할 수 없다고 외치고 있었다.

결국 그 뒤로 내가 어머니에게 사건의 전말을 설명해 주었기 때문에, 아버지는 올해의 마지막 날에도 정원에 난 잡초 뽑기를 맡게 되었다.

그 정도로 용서받을 수 있다면 싼값이라고 생각하기 바란다.

이 근방 사람들을 불안에 떨게 만들었으니까 말이지…….

그리고 메어리와 함께 해안 절벽에서 새해 첫 아침 해를 맞았다.

"'올 한 해도 좋은 일만 가득하기를'"

나와 메어리가 입을 모아 말했다.

뭐, 메어리와 세룰리아가 함께라면 무조건 즐거운 일 년이 되겠지만.

"올해도 잘 부탁해, 프란츠."

"나야말로 잘 부탁해."

우리는 서로 마주 보며 생긋 웃었다.

라이트스톤의 파워 스폿 사기도 신문 기사로 다뤄지게 되었다.

사기꾼들은 횡령한 돈을 반환하겠다고 했다. 고향 마을이 이상한 곳에 돈을 편취당하지 않아서 정말 다행이다.

"아, 그렇지. 프란츠, 이 근방은 관광지랬으니까 여관도 있겠지……?"

메어리가 새빨간 얼굴로 그렇게 말했다.

"아아, 응, 있을걸. 그런데 왜?"

"새, 새해 처음으로…… 하지 않을래? 오늘은 특별한 날이니까, 프란츠가 하고 싶다면…… 소녀는 괜찮은데……?"

여기서 거절한다면 남자가 아니겠지.

이 다음 나와 메어리는 새해 벽두를 즐겼습니다.

작년 이맘때쯤엔 취직처가 정해지지 않아서 절망하고 있었는데. 그랬는데 지금은…… 다른 사람에게 말할 수 없는 일을 하고 있다니……. 내 위에 알몸의 메어리가 올라타 있다니…….

인간이라는 건 일 년 만에 많이 바뀌는 것이구나, 하고 생각했다.

제 5 화

손님을 에스코트하라

"올해도 잘 부탁드립니다!" "올해도 잘 부탁드려요!" "잘 부탁해."

정월의 첫 출근날, 우리는 맨 먼저 케르케르 사장님에게 새해 인사를 했다.

"네, 이쪽이야말로 잘 부탁드려요."

케르케르 사장님도 어딘지 모르게 기뻐 보였다.

"프란츠 씨, 고향은 어땠어요?"

"뭐, 그럭저럭이었어요. 아, 중간에 레다 선배와 만났어요."

"어머나, 잘 됐네요. 혹시 둘이 만날 수 있지 않을까 생각했는데. 역시 프란츠 씨의 행운아 기질이 그런 데서 발휘됐네요!"

사장님은 정말로 니어 미스를 노렸나 보다. 뭐, 만나지 못한 채로 끝났을 확률이 훨씬 높았던 것은 사실이니까. 그런 상황에서 레다 선배를 만날 수 있었으니 내 운이 좋은 게 맞겠지.

"그분은 위대한 검객이에요. 저도 맨 처음 만났을 때 마음속으로 럭키!라고 생각했는걸요."

"그런 사람을 입사시키는 사장님도 위대하다고 할까, 정말 엄청난 분이세요……."

"다섯 세기나 살면 포용력도 넓어지니까요."

사장님이 하는 말이 꼭 거짓말은 아니라니까…….

"세룰리아 씨도 고향에 가셨는데, 어떠셨어요?"

"오랜만에 가족끼리 얘기를 많이 나눴어요. 언니도 자아를 찾는 여행에서 잠깐 돌아와 계셨고."

이것만 들으면 상류 계급의 이야기 같이 들리기도 하고 실제로도 그렇지만 서큐버스와 인큐버스의 가정은 여기서부터가 조금 다르다.

"친척 아주머니들도 많이 오셔서, 주인님을 기쁘게 해 드리는 테크닉을 많이 배울 수 있었답니다. 특히 도M을 다루는 방법에 대해서는 잘 몰랐기 때문에 많은 참고가 되었어요."

나도 세룰리아에게 이 이야기를 들었을 때에는 충격을 받았다.

역시 서큐버스는 그 분야에 확고한 신념을 가지고 있는 것 같다.

"숙모님 중 한 분이 조교 기술의 일인자로 이름을 떨치고 계시거든요. 이쪽 세계에도 열렬한 팬이 많다고 해요."

세룰리아의 집안은 어둠이 깊구나…….

"프란츠도 숙모님께 한 번 받아 보는 게 어때~?"

메어리가 히죽거리며 팔로 쿡쿡 찔렀다.

"아니, 나는 도M까지는 아니니까 너무 하드한 건 좀……."

"숙모님은 회복 약초를 상비하고 계시니까 걱정할 필요 없을 거예요. 역시 아프면 즐겁지 않으니까요."

"사양할게……. 그런 성벽에 눈을 뜨게 되는 것도 곤란하고……."

솔직히 세룰리아네 일족의 이야기는 듣기만 해도 재미있다고 할까, 세 시간은 훌쩍 때울 수 있다. 하지만 그러다가는 일할 시간이 없어지겠지.

이야기하는 동안 파피스타냐 선배와 토토토 선배가 출근했다.

"잘 부탁한다." "올해도 힘껏 인조이하자고!"

토토토 선배 입에서 인조이라는 말이 나오니까 뭔가 외설적인 의미로 들리는데…….

그러고 보니 송년회 날 밤은 정말 말도 안 되는 일이 있었지…….

현실이 더 꿈 같은 하루였다…….

"후배 군……. 올해도 잘 부탁해……."

파피스타냐 선배의 얼굴이 조금 붉다. 그것도 당연하다. 송년회 때 파피스타냐 선배와도 분위기에 휩쓸려 서큐버스적인 일을 하게 되었기 때문이다.

"아, 네……. 저도요……."

나 역시 어떻게 해도 의식하게 된다.

"정말 오랜만에 그런 걸 했지만…… 나쁘진 않았어…….
후배 군은 부족했을지 모르겠지만……."

"부족하다니, 그런……. 선배도 굉장히 좋았어요!"

"프란츠, 그 표현 좀 변태같아."

메어리에게 지적을 받고, 나도 말이 조금 엇나갔다고 생각했다…….

"자, 올해도 열심히 일합시다, 여러분⋯⋯. 저도 성장한 모습을 보여드릴 수 있도록 노력할 테니까⋯⋯."

어떻게든 화제를 다른 방향으로 돌렸다.

"그래요. 하지만 오늘은 모처럼 새해니까 프란츠 씨는 조금 다른 일을 해 줬으면 좋겠는데."

사장님이 웃고 있는 것이 몹시 신경 쓰인다. 뭔가 꿍꿍이가 있는 게 분명하다.

"타사의 흑마법 사원이 왕도를 견학하러 오는데, 안내를 좀 해주세요."

"네? 안내요?"

임프를 이용해 늪을 청소하는 일과는 꽹장히 다르다.

모르는 사람과 만나는 일은 신경 쓸 점이 많아서 꽤 힘들단 말이지.

연초라서 임프의 손이 필요한 일은 거의 없을 것이다. 그렇다면 신입인 내게 다른 일이 밀려오는 것도 이상한 일이 아니다.

"실례하는 일 없도록 주의하겠습니다! 참고로 어떤 분이신가요⋯⋯?"

유달리 까다로운 사람이면 싫은데⋯⋯. 아 그리고, 비슷한 나이의 사람과는 대화를 풀어나가기 힘들다는 점도 걱정이다.

"시즈오그군의 모르코 숲에 있는 칼라일 흑마법 상점 분이에요."

어라? 어디서 들어본 적 있는 것 같은데…….

"아리에노르 씨가 오기로 하셨으니까 프란츠 씨, 관광 안내 부탁드릴게요."

사장이 후후훗 하고 웃고 있다.

"그런 거였나!"

"프란츠 씨, 이번에는 혼자서 아리에노르 씨를 에스코트해 주셔야 해요. 거래처의 의뢰니까요."

그게 과연 일이 맞는가 하는 생각도 들지만, 일이라는 이름이 붙은 이상 제대로 임무를 수행해야겠지.

"쳇……. 또 프란츠가 인증을 늘리겠군……."

메어리가 그냥 들어 넘길 수 없는 말을 했다. 하지만 내가 반론해 봤자 설득력이 없을 것 같은데…….

"데이트 장소로 쓸 만한 곳이라면 제가 가르쳐 드릴게요!"

세룰리아가 완전히 사랑 이야기에 흥분한 여자애 분위기로 말을 꺼냈지만——

"아뇨, 어디까지나 관광지를 중심으로 부탁드릴게요."

사장이 거듭 주의를 주었다.

그렇다. 이것은 어디까지나 일인 것이다. 놀이가 아니다.

아리에노르가 왕도에 도착할 때까지 약 두 시간 정도 남아서, 나는 회사 지하에 있는 도서실에 가서 왕도 관광 가이드북을 몇 권 읽었다.

상당히 느슨한 내용의 〈루루~~~부~~~〉라는 책부터

〈어른의 산책 시리즈 왕도편〉이라는 이름의 조금 더 높은 연령대를 대상으로 한 책, 그리고 〈왕도 마법 사적 안내〉라는 마법사가 흥미를 느낄법한 내용의 매니악한 책까지.

"나름대로 왕도에 오래 살았다고 생각했는데…… 관광을 하겠다는 생각은 안 해봤네……."

나는 왕도에서 대부분의 시간을 학생 신분으로 보냈다. 회사원으로서 보낸 시간도 아직 일 년 남짓. 오랫동안 돈이 부족한 상태로 생활했다는 뜻이다.

물론 금수저 학생도 있겠지만, 우리집처럼 극히 평범한 가정에서 보내는 돈이라고 해 봐야 뻔한 액수고, 만약 평균보다 조금 많이 받아도 사치를 부리며 놀고먹을 정돈 아니다.

그러다 보니 고급 가게에 대한 정보는 거의 없다고 봐도 좋다. 게다가 학생 때 연애 한 번 못 해봤으니, 여성을 데리고 갈 만한 가게도 잘 모른다.

왕도의 관광지에도 전혀 관심 없었으니, 휴일에 관광 명소를 둘러보자는 생각은 아예 해 본 적도 없었다.

현지 주민은 그 동네 관광지를 가지 않는다.

당연히 왕도를 잘 알겠구나, 라고 생각하기 쉽겠지만, 사실 현지 주민들도 그 동네의 관광지는 잘 모른다는 이야기다.

"학생 때 자주 다녔던 식당이나 헌 옷 가게는 안내해 봤자 일 테고……. 왕도의 관광 명소라, 어디일까……."

말할 것까지도 없이 허름한 식당이나 헌 옷 가게를 안내하는 것은 아무런 의미도 없을 것이다. 앞으로 왕도에 살 사람들에게는 유익하겠지만 왕도를 관광할 사람에게는 가치 없는 정보일 뿐이다.

거기까지 생각이 미쳤을 때, 문득 이 '일'의 진짜 목적을 알았다.

사장은 내게 '회사가 있는 장소가 어떤 곳인지 이해하라'라고 말한 것이다.

이번에 안내할 사람은 아리에노르―― 동기인 지인이다. 생판 모르는 남보다 편한 사람이다.

하지만 사회인으로 오래 살아가다 보면 처음 만나는 사람에게 왕도를 안내하는 상황 정도는 얼마든지 생길 수 있다. 하물며 왕도는 문자 그대로 수도이기 때문에 지방 회사에서 출장으로 올라오는 사람들도 드물지 않다.

그럴 때 안내 담당이 왕도를 전혀 알지 못하면 회사의 인상이 확 나빠지는 것이다.

이것은 일에서 유능하느냐 하는 것과는 또 다른 차원의 스펙이다.

제아무리 우수한 사람이라도, 예를 들어 왕도의 역사를 전혀 모른다는 것을 타사 직원이 본다면 '교양 없는 녀석'이라고 생각할 것이다. 혹은 '일은 할 줄 아는 것 같은데 금방 바닥이 드러날 사람이군'이라는 생각을 하게 된다.

아는 것이 아무것도 없다면 손님을 즐겁게 대접할 수 없다.

지적인 대화를 나누려면 최소한의 지식이 필요하다.

책장을 넘기고 오 분, 그 사실을 깨달았다.

"아직 시간은 있어……. 신경 쓰이는 장소나 많은 책에서 열심히 홍보하는 장소는 적어 두자……."

전혀 간단한 일이 아니었다.

오히려 시험 직전에 벼랑 끝까지 몰려 있는 기분이었다.

"어디보자…… 〈제4개선문과 제5개선문은 있는데 제3개선문만은 존재하지 않는다. 그것은 건설도중에 장군이 암살당해서 공사가 중지되었기 때문에〉라니……. 전혀 몰랐다. 〈과거, 엘프 언덕은 오크가 많이 살던 곳이라서 오크 언덕이라고 불렸지만 이전 왕조 시대에 오크가 일으키는 사건이 늘어나 불길하다는 이유로 엘프 언덕으로 개명되었다. 엘프가 많이 살고 있어서 그런 이름이 붙은 것은 아니다〉. 이것도 처음 듣는데……."

토막 상식 같은 것을 배우려고 하면 끝도 없겠지만, 끝없이 느껴진다는 것은 그동안 내가 왕도에 무관심했다는 사실을 나타내는 것이다. 어떻게든 머릿속에 집어넣어서 대응하도록 하자.

◇

——그리고 드디어 아리에노르와 만날 시간이 되었다.

장거리 연락마차 정류소에서 기다리고 있으려니, 아리에노르가 마차에서 내렸다.

여행이라 그런지 조금 꾸민 듯한 차림이다.

"오랜만이야. 그 스커트, 귀, 귀엽네⋯⋯."

"고, 고마워⋯⋯. 뭐, 내가 귀여운 건 당연한 거지만⋯⋯."

미니 유학으로 아리에노르가 왔을 때 이후로는 처음인가. 어쩐지 쑥스럽다.

하지만 아리에노르는 금세 손님답게 거드름을 피우며 가슴을 폈다.

"오늘은 제대로 왕도를 안내해 줘. 전에 왔을 때엔 일하는 것만으로도 벅차서 전혀 관광을 못했으니까!"

하긴. 미니 유학 때에는 아리에노르도 일생일대의 선택지에서 고심하던 상태였다.

그야 마음 내키는 대로 왕도 관광을 할 수 없었겠지.

"그런데 어째서 이런 시기에 온 거야? 일을 시작해야 할 시기잖아."

"지역 밀착 흑마법사는 연말이 가장 바빠. 연말에는 집에 이상한 저주가 걸려 있지 않은지 조사해 달라는 의뢰가 대량으로 있으니까. 뭐, 정기적으로 집을 보수하는 느낌이야. 다들 마음 편하게 새해를 맞고 싶을 테니까 말이야. 덕분에 일반 회사들이 업무를 시작할 즈음이 되면 한가해진단 말이지."

그런가. 지방 흑마법사에게는 연중 행사 같은 일이 있는 거구나.

"이외에도 같은 지역 백마법사와 함께 액막이 같은 일을 하기도 해. 백마법사가 불제를 하면 흑마법사가 봉인해야

액막이가 완벽히 끝났다고 할 수 있거든. 그래서 연말이 가장 대목이고 휴일은 다른 회사가 업무를 시작할 즈음이 돼."

"그렇구나……. 도시에서 일하는 마법사들과는 생활 리듬이 꽤 다르구나."

"나도 겨우 그런 일의 일부를 맡을 수 있게 됐어. 전에 너랑 만났을 때와 비교하면 꽤나 성장했지. 프란츠를 제칠 날도 머지않았다고!"

어느 정도 과장하고 있겠지만, 그래도 아리에노르가 현지에서 제대로 일하고 있다는 것은 사실이리라.

"그러면, 오늘은 왕도에서 오래 산 내가 철저히 관광시켜 줄게."

"윽. 너도 지방 출신인 주제에 도시 사람인 척을 하다니……."

"그야 아무것도 모른다고 얘기해 놓고 안내하는 건 이상할 거 아냐……. 좀 봐주라……."

이런 느낌으로 왕도 관광이 시작되었다.

우선은 가장 유명한 관광지부터 가 볼까.

"왕도 대탑이구나."

왕도 중앙에 우뚝 솟은 첨탑이다.

"오오……. 가까이서 보니까 박력이 있는데……."

"정식 명칭은 〈마르클러스 대성당 종탑〉이야. 예전에는 저 탑 위에 있는 종을 쳐서 시간을 알렸다고 해. 종이 너무 높은 곳에 있어 위험할 수도 있다는 이유로 지금은 다른 장소 네 곳에서 종을 울리고 있지."

"호오, 역시 왕도에 살아서 그런지 아는 게 많네."

아리에노르가 순수하게 감탄했다. 벼락치기로 배운 지식이라서 역시 낯이 간지럽군…….

"어떡할래? 입장료를 내면 위쪽까지 올라갈 수 있는데, 솔직히 꽤 지치는 일이니까 네 선택에 맡길게. 참고로 계단은 총 사백 칠십 여덟 개야."

물론 계단 개수도 책에서 외웠다.

"그, 그거…… 꽤 힘들겠는데……. 그만둘까……."

"알았어. 그럼 다음 장소로 가자. 여기서 가까운 곳에 여성들에게 인기 있는 곳이 있어."

다음으로 들른 곳은 사자 석상의 입에서 물이 솟아나는 샘이었다.

"이곳은 〈사자샘〉이라고 해서, 여자가 이곳 물을 마시면 강하고 튼튼한 아이를 가질 수 있다고 해. 청마법사가 하는 수질 검사에서도 문제 없다는 판정을 받았으니까 마셔도 배탈 나는 일은 없을 거야."

"아이를 가진다니……. 무, 뭐…… 딱히 결혼할 예정은 없지만 마셔둘까……."

어째서 얼굴이 빨개지는 거냐고…….

아리에노르는 착실하게 줄을 섰다. 전설이 전설이니만큼 줄을 선 사람들이 대부분 커플이나 젊은 부부로 보이는 사람들이었다. 이거 나도 조금 부끄러운데…….

"오늘 밤이야말로 꼭 만들자" "정말, 사람들 앞에서 이러지 마♪" 같은 목소리가 들려온다. 바보 커플 녀석들…….

"우, 우리도 커플이라고 생각할까……?"

"나랑 같이 있는 게 싫, 싫으면 내가 줄 안 서고 다른 데로 갈게……."

"괜찮아. 이대로 같이 줄 서 줘."

잠시 뒤, 안절부절못하며 줄을 서 있던 우리에게 차례가 돌아왔다. 아리에노르가 천천히 물을 떠 마셨다.

"맛은 없네. 모르코 숲에 있는 샘이 더 맛있어."

"물맛으로 유명한 게 아니니까. 숲에 있는 샘보다 맛있으면 그게 더 이상하지."

그때, '꼬르륵~~~~~~'하고 아리에노르의 배에서 소리가 났다.

"아, 벌써 식사시간이구나."

"어쩔 수 없잖아! 배가 고픈데 어떡해! 생리현상인걸!"

어차피 곧 점심을 먹으러 갈 생각이었다.

"왕도에 있는 가게 중에서는 〈성기사 레스토랑〉이 유명하잖아. 그곳 런치 플레이트를 꼭 한 번 먹어보고 싶었어!"

아, 역시 요리에 관해서는 나보다 더 자세히 알고 있구나. 유명한 가게를 추천받았다.

분명 〈성기사 레스토랑〉은 관광객용 책에 반드시 방문해 보라고 실려 있다. 하지만——

"아리에노르가 원한다면 가보겠지만, 아마 먹기 힘들 거라고 생각해."

"무슨 얘기야? 아무튼 가 봐야지. 여기서 가깝잖아?"

아리에노르를 만나기 전에 직접 가서 확인한 레스토랑에는 슬쩍 봐도 오십 명 이상의 사람이 줄을 서 있었다.

"이건 안 되겠네……. 회전율도 별로인 것 같고, 기다리다가는 저녁이 되겠어……."

"그렇지? 너무 유명해지는 바람에 관광객들이 무조건 방문하는 가게가 되어버렸거든. 너무 붐벼서 왕도 단골들도 식사를 포기하게 됐다니까. 아, 그리고"

나는 속닥속닥 아리에노르에게 귀띔했다.

"유명한 가게라고 전부 맛있지는 않아. 더 맛있는 가게는 얼마든지 있거든."

"그런가. 뭐, 여긴 돈을 벌려고 혈안이 된 가게라는 인상이네……."

음식점에 관한 정보는 가끔 사장님과 나누던 잡담에서 입수했다.

예전에 사장님에게서 '사실 〈성기사 레스토랑〉의 음식은 줄을 서서 먹을 만큼은 아니에요'라는 얘기를 들었다. 역시 사장은 왕도 가게들을 훤히 꿰고 있다.

그리고 책에도 실려 있지 않은 가게를 몇 개나 알려 주었다.

"추천받은 가게가 있어. 나도 가 본 적은 없지만 그쪽으로 가 볼래?"

"알았어. 여기서 하염없이 기다리는 것보단 더 현명할 것 같네."

이렇게 해서 나는 큰길에서 조금 벗어나 인적 드문 골목으로 들어갔다.

그곳에서 '영업중'이라는 나무 팻말이 걸린 소박한 가게를 발견했다.

사전에 확인해 두지 않으면 찾기 힘든 위치였다.

"오, 아는 사람만 아는 가게라는 느낌인데."

"맞아. 정말로 현지 사람들밖에 모르는 가게야."

우리는 그 가게에서 소 등심이 메인인 런치를 주문했다.

전채 요리가 나오자 아리에노르의 눈빛이 변했다.

기쁜 기색은 없었다.

오히려 진지하게 요리를 바라보더니 입에 옮겼다. 그리고 눈빛이 더욱 매서워졌다.

뭔가를 시험하고 있는 감독 같다…….

꼭 틀린 것만은 아닌가. 아리에노르는 자기가 레스토랑을 열고 싶다고 했을 정도니까.

"어, 어때……? 입에 맞아……?"

"프란츠. 역시 왕도 주민이구나. 이 가게는 틀림없이 일류야. 게다가 가격도 서민들도 먹을 수 있을 만큼 합리적이고. 이렇게 양심적인 가게라니."

"오, 그래? 그렇다면 다행이네……."

역시 사장님의 선택은 완벽했다.

식사를 마친 뒤, 아리노에르가 웃는 얼굴로 이렇게 말했다.

"고마워, 프란츠."

천사 같은 미소를 짓는 아리에노르라니…….

젠장……. 엄청나게 귀엽잖아…….

"다행이다. 뭐, 사장님이 알려준 가게지만 말이야……."

이대로 내 공으로 돌리는 것은 어쩐지 속이는 것 같아서 솔직하게 말했다.

"뭐야, 입 다물고 있었으면 몰랐을 텐데. 넌 정말 이상한 데서 솔직하다니까."

아리에노르가 질렸다기보다는 신기하다는 듯한 표정으로 말했다.

"하지만, 이런 가게는 사회생활을 오래 하지 않으면 알 수 없는 가게인걸. 아직 사회 초년생인 내가 개척할 만한 가게는 아니잖아. 지금이야 이 정도 가격은 지불할 수 있겠지만, 학생 땐 편하게 올 수 있는 가게도 아니니까."

"뭐, 그것도 그렇네."

아리에노르도 납득한 모양이다.

"그렇게 거짓말을 못하는 것도 네 미덕이야. 흑마법사 답지는 않지만."

칭찬이라고 해석해도 좋을지 구분하기 힘든 발언이다.

"뭐, 반려로 맞이하기에는 좋은 성격일지도……."

"그, 그럴 수도 있겠네……."

계산을 마치고 나올 때 가게 주인에게 '데이트 힘내세요'라는 얘기를 들었다.

역시 그렇게 보이는 거구나…….

그 뒤, 아리에노르가 좋아할 만한 패션 전문점이나 보석 전문점 같은 곳을 돌아다녔다.

"오오! 이렇게 다양한 원피스가 있다니! 모르코 숲은 시골이라서 이만큼 큰 가게는 없단 말이지── 아니, 누가 시골이래!"

"난 아무 말도 안 했거든! 전부 네가 말한 거잖아!"

정말 말릴 수가 없다니까…….

그래도 아리에노르가 눈을 빛내며 옷을 보고 있으니 좋은 걸로 치자.

"그나저나 프란츠, 제법인데."

보석 가게에서 '이건 흑마법에 사용할 수 있을 것 같네'라며 펜던트를 품평하던 아리에노르가 슬쩍 내 칭찬을 했다.

날 칭찬할 성격이 아니라서 깜짝 놀랐다.

"그래? 그냥 사는 마을을 소개하고 있을 뿐인데."

"아니, 여자가 좋아할 만한 가게들도 잘 알고 있잖아. 분명 왕도에 있는 마법 박물관이나 역사 자료관 같은 곳만 안내해 줄 거라고 생각했는데."

뜨끔…….

아무것도 준비하지 않았다면 정말 그런 곳만 데려갔으리라.

"하지만 프란츠는 넓은 시야로 왕도를 보고 있었구나. 역시 프란츠야. 마법 학교 학생들은 마법 공부만 하고 다른 것에는 전혀 눈길도 주지 않을 거라고 생각했는데, 그건 편견이었구나."

아리에노르의 말이 가슴에 박혔다.

그 말속에 있는 모습이 그야말로 나의 학창 시절 그 자체였기 때문이다.

학창 시절에 열심히 공부했다고 생각한다. 가슴을 펴고 당당히 말할 수 있다. 아니, 그런 것밖에는 자랑할 만한 일이 없다.

하지만 공부를 변명삼아 귀를 닫고 있었던 부분도 있지 않을까?

예를 들면 지금 아리에노르를 데리고 온 곳은 의복 가게가 늘어선 거리. 학창 시절에는 이런 곳을 걸어본 적이 거의 없다.

세룰리아와 메어리가 가족이 되었지만 제대로 안내도 해줄 수 없었다.

학생이라서, 사회 초년생이라서 눈에 보이는 세상이 좁은 것이 아니다.

내가 모르는 사이에 좁아져 버린 것이다. 왕도에도 모르는 곳이 이렇게 많이 있었다. 모르는 것은 절대 플러스로 작용하지 않는다.

거꾸로 말하자면, 보려고 하면 제대로 볼 수 있다는 얘기다.

이 거리도 그렇다. 가이드 북에는 지극히 평범한 거리라고 쓰여 있었다. 하지만 지방에서 온 사람에게는 이 정도 규모의 전문점이 늘어선 거리가 좀처럼 없으니 관광지로써 120퍼센트의 가치가 있는 것이다.

흑마법사로서만이 아니라 사회인으로서도 레벨업해야겠어.

마법밖에 모르는 바보가 되면 안 된다.

"프란츠, 뭔가 마음먹은 것 같네."

"마지막까지 제대로 관광 안내를 해야겠다고 생각하고 있었어."

"그래? 그치만 조금 지쳤으니까 어디 카페라도 가지 않을래?"

"알았어. 이 근방에 세련된 카페가……."

가이드 북은 가져왔지만, 여기서 꺼내면 아리에노르의 호감도가 내려가겠지……. 음 그러니까, 이 근처라면…….

"아니, 모처럼이니까 프란츠의 추억이 깃든 카페가 좋겠어."

아리에노르가 이상한 주문을 했다.

"학생 때 다녔던 카페 한두 군데 정도는 있을 거 아냐. 거기로 데려가 줘."

어려운 과제다.

단골 카페 같은 건 딱히 없었는데…….

학생은 돈이 없다. 그래서 기숙사에 살던 나는 리자가 끓여 주는 차를 자주 마시곤 했다. 그 편이 돈이 들지 않으니까 말이다.

왕도 학생이라면 카페 정도는 당연히 알고 있는 것——
적어도 아리에노르는 그렇게 생각하고 있다. 뭐, 리얼충 학
생이라면 그렇게 이상한 일도 아닐 테지. 내가 리얼충이 아
니었을 뿐.

잠깐만.

그러고 보니 내 인생에 커다란 영향을 준 카페라면 있다.

"알았어. 여기서 조금 걸어가야 하는데 괜찮겠어?"

"시골 출신답게 다리랑 허리는 튼튼하다고, 걱정하지
마. ——누가 시골뜨기라는 거야!"

"그러니까, 나한테 화내지 말라고!"

내가 아리에노르를 데리고 간 곳은 카페 〈백 개의 눈을 가
진 올빼미〉다.

올빼미 장식품이 어마어마하게 많아 독특한 분위기가 감
도는 가게다.

"오……. 취향이 꽤 고상한데? 어떻게 보면 프란츠답네.
갑자기 너무 세련된 곳으로 데려가면 오히려 거짓말 같았을
텐데. 이 독특한 분위기는 뭐, 인정 못 할 것도 없지."

그거 긍정적으로 평가하는 거 맞지……?

주인의 취향이 너무 노골적으로 드러나는 곳이지만, 그것
만 빼면 제대로 된 가게라고.

"프란츠는 여기서 공부했었구나."

마치 내가 남긴 기억을 찾기라도 하는 듯이 아리에노르가

가게 내부를 둘러보았다.

참고로 아리에노르의 사역마인 〈파란 까마귀 리머릭〉은 올빼미 장식품을 보고 잔뜩 경계하고 있다.

"아니, 공부하러 온 건 아니야."

"그러면 친구들이랑 바보 같은 이야기라도 나누러 왔던 거야? 뭐, 그것도 청춘이지."

"그것도 아니야."

"뭐? 그럼 어떤 용도로 여길 이용했는데?"

아리에노르가 의아하다는 표정으로 나를 바라본다. 당연한 일이다.

"여기는 내가 지금 다니는 직장의 사장님과 처음 만나서 입사 권유를 받은 곳이야."

차분한 내 말에 아리에노르가 깜짝 놀란 표정을 지었다.

"그때까지 내가 정말 흑마법 업계에 들어가리라고는 생각조차 안 했어. 마법 학교를 졸업하면 백마법 회사에 취직하는 것. 그게 당연한 일이고, 그 이외의 경우는 머릿속에 들어 있지도 않았으니까."

그렇다. 역시 나는 그런 면에서도 시야가 좁았던 것이다.

"하지만 사장님을 만나고 흑마법 회사에 들어가면서 내 미래가 달라졌어. 여기에 입사하지 않았다면 아리에노르를 만날 일도 없었을 거야."

그날 케르케르 사장님과 만나지 않았다면 나는 지금과 전혀 다른 인생을 살고 있을지 모른다. 네크로그란트 흑마법사 직원들이나 세룰리아, 메어리와도 만나지 못했을 것이다.

인생이란 취직한 회사만으로도 완전히 바뀌어 버리는 것이다.

아리에노르는 마치 어머니처럼 다정한 미소를 지으며 나를 바라보았다.

아리에노르가 이런 표정을 짓다니. 정말 의외였다.

"그리고 내가 라이벌 역사의 한쪽에 닿았다는 거네. 꽤 의미가 있어."

"아…… 말이 좀 그랬지……. 그러니까, 내가 이제까지 흑마법에서 일할 거라는 생각조차 못했다는 의미이기도 하니까, 으스댈 요소 같은 건 전혀 없어……."

"비하하는 게 아니야. 너는 이 아리에노르의 라이벌이니까. 그리고── 거기서 싹이 나온 것이라면 그건 네 안에 노력이라는 씨앗이 잠들어있던 결과라고."

아리에노르가 즐겁다는 듯이 가게 내부를 다시 한번 둘러보았다.

"맞아. 작은 만남만으로도 사람은 변할 수 있지. 나도 좀 더 성장할 수 있을 거야. 이렇게, 라이벌이랑 만났으니까."

그 말을 하는 아리노에르의 표정은 한 마디로 말하자면, 정말 어른스러웠다.

연수에서 맨 처음 만났을 때는 어린애 같은 사람이라고 생각했다.

금방 욱 하는 꼬맹이라는 느낌이었다.

하지만 지금의 아리노에르는 인간으로서 굉장히 성숙한 것처럼 보였다.

이런 애와 사랑할 수 있으면 좋겠다는 생각이 문득 들만큼.

뭐, 시즈오그군과 왕도는 너무 머니까 사귈 수는 없겠지만……

카페 안에는 마법 학교를 목표로 열심히 공부하는 수험생들이며 구직용 이력서를 만들고 있는 마법 학교 학생들의 모습이 보였다.

자신의 미래를 열기 위해 다들 필사적으로 노력하고 있구나.

부디 그 노력이 보답받을 수 있기를.

누군지도 모르는 학생을 위해서 조용히 기도했다.

"날이 많이 저물었네."

아리에노르가 창밖을 보며 말하더니 조심스럽게 내 쪽을 바라봤다.

"혹시 괜찮다면 좋은 디너 식당도 소개받고 싶은데, 괜찮을까?"

오늘 밖에서 돌아다녀도 좋다는 허가는 이미 메어리에게서 받아 두었다. 세룰리아는 원하는 만큼 다녀오라는 스탠스였고.

"응. 좋은 후보가 한 군데 있어."

그곳은 자(紫)마법 다이닝&바 〈팬텀〉이라는 가게였다.

데이트라면 여기로 결정!이라고 책에 적혀 있었기 때문에 그대로 받아들이기로 했다. 데이트에 적합하다는 것은 기본적으로 여성을 즐겁게 해 줄 수 있는 가게일테니까 틀림없는 선택일 것이다.

"굉장히 어두운 가게네. 흑마법사 소굴이야?"

"왕도에서는 이런 곳을 멋지다고 해. 아, 아마도……."

나도 이런 가게는 본 적이 없어서 잘 모르겠다.

다만, 내부가 어두운 이유는 금방 알 수 있었다.

가게 벽에 여성 아이돌이 비치더니 노래를 부르기 시작했다. 현실이라고 하기에는 어딘가 부자연스러운 모습이었다.

"아, 이거 자마법으로 만들어낸 환영이구나!"

아리에노르가 얼빠진 목소리를 냈다.

그 말 그대로다. 이 가게는 손님들에게 자마법으로 만든 환영을 이용해 쇼를 보여주는 가게였다. 손님은 그 쇼를 즐기며 식사하는 시스템이었군.

여성 아이돌이 노래를 마치자, 이번에는 구성진 중년 가수의 환영이 나타났다.

쇼는 그런 식으로 계속되었다.

"그렇구나. 이런 식으로 마법을 멋있게 사용하는 일은 좀처럼 없는데……. 이 아리에노르, 흑마법사로서 패배감이 느껴진단 말이지……."

"동감이야……. 임프를 불러내 봤자 이런 일은 절대 못 시키겠지……. 지금은 그냥 쇼를 즐기자……."

이윽고 요리가 나왔다.

쇼를 봐야 하기 때문에 좌석은 마주 보는 형태가 아니라 두 사람이 나란히 앉는 형식이다.

음악은 계속해서 바뀌어, 이번에는 멋들어진 피아노 연주의 환영이 나왔다. 아리에노르가 내게 몸을 살짝 기대 왔다.

"미안해, 조금 취기가 오른 것 같아……."

"괜찮아, 가벼우니까 그대로 있어도 상관 없어……."

두근두근. 아리에노르의 심장 소리가 전해지는 것 같다. 뭐, 적어도 체온은 실제로 전해지고 있다.

뭐라고 할까, 이거 진짜 데이트 아니야……?

솔직히 이 가게의 음식은 상당히 비싼 편이다. 일인당 은화 한 닢이 넘는다.

쇼가 포함되어 있으니 어쩔 수 없는 가격이겠지만, 매일 가볍게 올 가게는 아니었다.

그 탓인지 고객 중에 커플의 비율이 이상할 정도로 높았다.

슬쩍 키스하고 있는 사람들까지 있고…….

설마 너무 커플용 가게를 고른 거 아니야?

혹시 이 가게, 상대에게 그럴 마음이 들게 만들어서 함락시킬 때 이용하는 본격적인 가게인 건……?

좀 더 캐주얼한 가게로 골랐어야 했나?

아리에노르가 질색하는 건 아닐까 생각했지만── 오히려 아리에노르는 내게 더 딱 붙었다.

"이대로 있게 해 줘, 프란츠."

그렇게 얘기하신다면 따를 수밖에.

그리고 슬슬 밤이 깊어지는 시간이 되어——

"프란츠, 미안한데 나 너무 취했거든……. 숙소까지 데려다줄 수 있을까……?"

어, 그러니까, 그…… OK를 하신 거라고 해석해도 되겠습니까……?

"알았어……. 그럼 숙소 앞까지——"

"계단에서 넘어질지도 모르니까 방까지 데려다주지 않을래?"

남자로서 OK가 나왔다고 생각할게. 그래, 기회를 잡아야지.

"저기, 흑마법사를 방에 들이면 모독적인 일을 할지도 모른다고."

"그래도…… 상관없어."

아리에노르가 빨갛게 달아오른 얼굴로 고개를 끄덕였다.

그 말에 내 이성도 완전히 날아갔다.

그 후, 아리에노르가 예약한 숙소에서 대단히 모독적인 일을 했습니다.

참고로 먼저 목욕을 하고 나온 아리에노르는 취한 상태가 아니었다. 목욕으로 취기가 좀 가셨을 가능성도 있지만 아마 처음부터 취하지 않았을 것이다.

"그렇게 로맨틱한 가게로 데려가면 말이지, 나도 흑마법사라구……. 그럴 마음이 생기는 것도 어쩔 수 없잖아……. 응, 전부 프란츠가 나쁜 거야…….”

“그 논리는 이상한데. 하지만, 뭐 됐어.”

여관비를 지불한 나는 아리에노르와 아침까지 이런저런 일을 했다.

“좀처럼 만날 수 없으니까……. 다음에 만날 때까지 잊을 수 없도록, 마, 많이 사랑해 줘……. 라, 라이벌로서 말이야…….”

“라이벌이라는 게 이런 일을 하는 사이인가……?”

“시, 시끄러워! 사바트에서는 내가 이길 거니까!”

──그 결과, 밤새도록 수행한 사바트에서도 제가 이겼습니다.

“웃, 우우……. 프란츠 자식…… 내 의식을 이, 이렇게 날려버리다니……. 기, 기분 좋잖아…….”

“부, 부끄러우니까 그렇게 얘기하지 말아 줘!”

아리에노르와는 아침에 헤어졌다. 너무 미적거리다가는 회사에 지각할 것 같았기 때문이다.

“어머나 주인님, 훌륭한 외박이신데요.”

“뭐, 프란츠라면 그럴 거라고 생각했어.”

세룰리아와 메어리가 쌀쌀맞은 반응을 보였지만……변명의 여지가 없다…….

뭐, 왕도에 대한 견문이 넓어졌다는 것만으로도 가치 있었다고 생각하자. 그렇게 생각해 주라…….

제
6
화

뱀파이어 선배의 접객 지도

나중에 외박 건으로 사장님에게 따끔한 지적을 받았다.

누군가 말했군……. 세룰리아나 메어리 둘 중 하나겠지.

"안내를 부탁드렸지 아침까지 함께 있으라는 말은 아니었는데요. 젊음의 특권이라는 건가요? 이야, 부러운데요."

"사장님, 굉장히 즐거워 보이시네요……."

혼나지 않아서 다행이라고 해야 할까.

"하지만 그런 상황까지 흘러갔다는 것은 여성이 하루를 즐겁게 보낼 수 있도록 안내하는 데에 성공했다는 뜻이기도 하니까 다른 의미로는 합격이에요. 급하게 공부한 보람이 있었네요."

"네, 정말로요……."

역시 나에게 왕도 공부를 시킬 목적도 있었던 게 틀림없다.

"지금까지 왕도는 그저 인구가 많은 곳이라고 생각하고 있었어요. 몰랐던 것을 많이 알게 되었습니다."

"그거 참 잘된 일이네요. 무엇보다, 마법을 업으로 삼고 있는 기업은 사회가 그들을 필요로 하기 때문에 존재하는 거니까요. 사회를 먼저 이해하지 않으면 이 마법이 어떤 곳에서 쓰이는지 상상할 수도 없을 거예요."

말씀하신 대로입니다. 자마법의 환영을 식당과 접목시킨다는 발상은 전혀 떠올리지 못했습니다. 뭐, 저는 자마법사가 아니니 알고 있어 봤자 쓸 수 없겠지만요.

"이 회사는 소수정예니까, 이런 용도로 마법을 사용하는 건 어떨까요~ 같은 제안도 중요한 일 중 하나예요. 프란츠 씨도 창의적인 발상을 떠올릴 수 있도록 열심히 일해주세요."

"네, 알겠습니다!"

"물론 여기는 기업이니까 일은 제가 드리겠지만요. 하지만 역시 본인이 하고 싶은 일을 하는 편이 훨씬 생기 넘칠 테니까요. 그렇게 하면 스트레스도 줄어들 거예요. 좋은 일뿐이네요."

뭐, 입사 일 년 차인 애송이에게 신규 기획서를 만들어낼 능력은 없겠지. 하지만 미래에 흑마법을 사용한 획기적인 사업 아이템까지 준비할 수 있게 된다면 정말 최고의 사원이 되리라.

곧 나도 입사 이 년 차다. 제대로 성장하지 않으면.

그 순간, 문득 의문점이 떠올랐다.

"저희 회사, 누가 뭐래도 일을 많이 따고 있네요."

"맞아요. 덕분에 계속 플러스 성장 중이랍니다."

임프를 사용한 늪 청소 활동도 그렇고, 밭 경작을 돕는 것도 그렇고, 의뢰가 있기 때문에 가능한 일이다.

"어딘가에 광고라도 내고 있는 건가요?"

"아아, 수완 좋은 영업맨이 있거든요. 아니지, 엄밀히 따지면 영업 우먼이네요."

아무래도 내가 아직 모르는 직원이 어딘가에서 일하고 있는 것 같다. 영업직이라면 각지를 돌아다녀도 이상할 것 없지. 그리고 또 여자인가.

"그러고 보니 요 일 년 동안은 계속 마계 쪽에서 신규 사업 개척을 하고 있었거든요. 슬슬 본사에 돌아올 시기니까

때를 봐서 프란츠 씨에게도 소개해 드릴게요."

"아, 네. 혹시 어떤 분이신가요?"

"날개가 있고 덧니가 귀여운 분이에요."

묻고 싶었던 것은 용모가 아니라 성격이었는데요. 뭐, 결과적으로 알게 되기는 했다.

"날개가 있다는 것은 보통 인간은 아니라는 거네요. 마족인가요?"

사장님이 빙긋 웃으며 고개를 끄덕였다.

"네. 서큐버스에 필적하는 상급 마족이랍니다."

무서운 사람이 아니면 좋겠는데. 뭐, 무서운 사람이라는 대답을 들어도 딱히 대비책은 없으니 더 캐묻지는 않았다.

이 회사 직원들은 모두 좋은 사람일 테니까 괜찮을 것이다, 분명.

새해가 밝고 나서 얼마간은 묘지 관리 업무처럼 수수한 일들이 이어졌다.

묘지 업무의 작업도 기본적으로는 늘 청소와 다를 바 없다.

임프를 소환해서 잡초를 뽑고, 묘비가 크게 삐뚤어져 있다면 바로 세우고, 파손된 묘비가 있다면 묘지를 관리하고 있는 절에 연락한다.

묘지 관리 업무는 연초에 몰린다고 한다. 겨울 방학에는 조상님 묘를 찾으려는 사람이 늘어나는데, 묘지 관리가 엉망이라면 절의 체면이 살지 않기 때문에 묘지 관리를 의뢰하는 일이 특히 많아진다.

"화려한 일은 아니지만 편하니까 됐어."

메어리도 임프를 소환해서 풀 뽑기를 시키고 있다. 우리는 묘지를 둘러보며 임프가 일을 제대로 하고 있는지 가볍게 체크했다. 세룰리아도 나를 따라오고 있다.

"백마법사들은 묘지 일을 싫어한대. 그래서 흑마법 업계의 중요한 수입원이라고 해. 뭐, 무덤이라는 개념이 사라진다는 건 있을 수 없는 일이니까 유행에 좌우되지 않는 만큼 강점이 있지."

"무덤에서 언데드가 나오는 것도 아닌데 왜 그럴까. 오히려 신성한 장소인데 말이야. 뭐, 그 덕분에 일이 끊길 걱정은 없으니 나쁜 일은 아니지만. 후아~암."

완전 의욕 제로인 메어리가 하품을 했다.

"앗, 주인님, 이건 어린아이들이 세운 묘비인데, 아이가 엄청나게 많았나 봐요. 분명 이 중에 몇 명은 첩의 아이일 걸요!"

"세룰리아, 묘지에도 즐길 거리를 찾다니 대단하네……."

그렇게 묘지 관리 업무는 아무 문제 없이 끝났다.

여기서 돌아가려면 왕도의 유흥가를 통과하는 것이 가장 가깝다.

"이거 가는 길에 도부론을 팔고 있는 〈시골집〉에 갈 수밖에 없지 않아? 너희 영민이기도 하고."

〈시골집〉은 내가 남작을 맡고 있는 땅의 영민이 운영하는 가게다. 주된 메뉴는 향토 요리와 술이다.

"저도 메어리 씨의 제안에 찬성이에요!"

그럼, 다수결로 결정이군. 거절할 이유도 없다.

"좋았어, 〈시골집〉으로 갈까."

◇

도둑다리길에 있는 〈시골집〉에 들어갔다.

아직 초저녁이라 우리가 첫 손님이었다.

"앗, 영주님 어서 오십시오!"

점장인 마코리베 씨가 힘찬 목소리로 우리를 맞았다.

그리고, 늪 트롤 호와호와가 쟁반에 담긴 물컵을 들고 나타났다.

"어서 와, 어흥어흥."

"올해도 잘 부탁해. 도부론 홍보 확실히 해 줘."

"맡겨 줘, 어흥."

퍽, 호와호와가 쟁반을 든 채로 자기 가슴을 두드렸기 때문에 컵이 쏟아졌다!

"위험햇!"

나는 아슬아슬하게 컵을 받았다.

"실수했어. 미안해, 어흥어흥."

"응. 조심해 줘……."

호와호와는 아직 접객에 미숙한 모양이다. 접객이라고 할까, 인간과의 커뮤니케이션에 서툰 점이 영향을 미치고 있는 거겠지. 늪 트롤 사회는 왕도의 자본주의 사회와는 또 다른 것이다.

"주문할게. 우선, 시오캬베츠(역주: 양배추를 소금으로 무친 요리)랑 달걀 볶음, 그리고 소 곱창 수프로 부탁해. 음료는——"

세룰리아도 메어리도 모두 도부론이라고 했으니 나는 '도부론 세 잔'이라고 호와호와에게 말했다.

"알았어. 준비할게. 기다려라 어훙."

탓탓탓 하고 호와호와가 어딘가 위태로운 걸음걸이로 주방을 향해 사라졌다.

"보고 있으니까 귀엽네요. 호와호와, 누드 에이프런이 잘 어울릴지도 몰라요."

"세룰리아, 그러면 다른 가게가 되어버리니까 안 돼……."

사람 좋은 세룰리아는 호와호와의 위태로운 모습이 귀엽다고 표현했지만, 나는 그런 모습들이 조금 신경 쓰였다. 그리고 머지않아 가게가 붐비자, 이런 목소리가 들려왔다.

"저기, 허브 치킨은 대체 언제 나오는데!"

조금 험악한 목소리가 테이블 한 곳에서 튀어나왔다.

그러자 무표정의 호와호와가 그 테이블로 다가갔다. 저 표정도 접객에 좋지 않은 영향을 끼칠 텐데.

"허브 치킨? 주문 안 됐다, 어훙."

"뭐, 분명히 주문했어. 자, 봐, 고기 요리는 아무것도 없잖아. 시오캬베츠 하나로는 술을 마실 수가 없다고."

"그래? 그럼 지금부터 점장한테 말할게, 어흥."

"'그래?'가 아니지. 그쪽 실수니까 죄송하다는 사과 한 마디쯤은 하라고."

손님 중 하나가 호와호와의 태도에 화를 냈다. 사건의 진상을 전부 파악한 것은 아니지만, 정황상 호와호와가 실수했을 가능성이 높았다.

손님 역시 작은 실수에 강하게 항의하고 있는 것이 아니었다.

호와호와의 불퉁스러운 태도에 화를 내고 있었다.

"주인님……, 어떻게 할까요……?"

세룰리아가 불안한 얼굴로 내 쪽을 쳐다봤다. 그 정도로 가게 분위기는 험악해져 있었다.

다른 손님들도 소란이 불편한지 작게 소곤거리고 있다.

술이란 건 기분 좋게 마셔야 하는데, 이런 분위기라니. 좋지 않다.

내가 나서야 하나……? 잘못 처신하면 도리어 문제가 커질 텐데.

손님의 얼굴이 붉어졌다. 분노로 인한 것이 아니라 취기 때문이다. 사람은 술이 들어가면 예민하게 반응하기 마련이다.

"그래서, 허브 치킨이 필요한 거야? 필요 없는 거야, 어흥?"

아직 호와호와는 잘 모르는 것 같다…….

"아니, 필요 없다는 말은 안 했잖아. 너 지금 시비 거는 거냐?"

아, 좋지 않다, 좋지 않아! 이거 억지로 끼어드는 수밖에 없겠어.

"――어머나, 무슨 일이신가요?"

내가 막 일어나기 직전에, 새로운 목소리가 두 사람 사이에 끼어들었다.

아름다운 소프라노 톤의, 듣기 좋은 목소리였다.

날개 달린 여성이 자리에서 일어나 실랑이를 하고 있는 테이블 쪽으로 향했다.

"아니, 이 점원이 말이지. 자기가 주문을 잘못 받아놓고 모른 체 하잖아. 그래서 조금 열이 받아서……."

새로운 사람이 끼어들어서 그런지 클레임을 걸던 손님의 목소리가 조금 수그러들었다.

"음, 그렇군요."

그 여성――아마도 마족이다――은 고개를 끄덕이며 얘기를 듣고 있다.

"그러니까, 점원 분이 잘못을 제대로 사과해 줬으면 좋겠다는 말씀이시죠?"

"아, 으응……. 그렇게 되지…….."

그러자 여성은 멍하니 서있는 호와호와 쪽을 바라보았다.

저 모습을 보건대 호와호와는 혼을 나더라도 충격을 받는 타입은 아닌 것 같다. 풀이 죽는 것보다는 나을지도 모르지만, 반성을 하지 않을 가능성이 높으니 그건 또 그것대로 문제겠지만.

"점원 분은 자신이 실수했다는 자각이 있으신 건가요?"

"응. 호와호와가 못 들었다고 생각해, 어흥어흥."

"실수는 누구나 할 수 있지만, 기다리던 요리가 나오지 않아서 손님이 곤란한 건 사실이니까요. 자, 죄송합니다 하고 사과할까요?"

"알았어, 어흥."

호와호와도 납득한 것 같다.

"어흥어흥. 어흥어흥. 미안하다 어흥. 가능한 한 빨리 점장에게 만들어 달라고 할게, 어흥."

적당히 사과하는 것처럼 들리긴 했지만 그래도 사과는 사과다.

"자, 점원 분도 죄송하다고 하니까 여기서 좋게 마무리하는 게 어떠세요? 안 될까요?"

여성이 이번에는 웃는 얼굴로 손님에게 말했다.

사죄를 받아냈으니 손님도 이 이상 고집을 부릴 이유가 없어졌다.

"알았어……. 여기서 끝내도록 하지……. 허브 치킨, 빠르게 부탁할게……."

"맡겨 둬라, 어흥."

트러블이 무사히 해결되자, 여성은 테이블로 돌아가서 즐거운 듯이 혼자서 홀짝홀짝 도부론을 마셨다.

"잘 됐다, 프란츠."

메어리도 그 모습을 모두 관찰하고 있었던 모양이다.

이럴 때 메어리는 상황을 정말 정확히 판단한다.

"응. 타이밍을 봐서 답례 인사를 하러 가야겠어."

지금 다가가면 불만을 표했던 손님을 클레이머 취급하는 것처럼 보일 수도 있다. 그러면 실례겠지. 적당한 때에 꼭 인사하도록 하자.

잠시 후, 불만을 토했던 손님에게 마코리베 씨가 직접 허브 치킨을 가져다주었다.

"이야~ 정말 죄송합니다. 저 아이가 시골에서 올라온 지 얼마 안 된 신입이거든요. 서비스로 허브 치킨을 하나 더 드릴 테니까 용서해 주세요."

"이렇게 큰 걸 받아도 괜찮은 거야? 뭔가 미안한데……."

"앞으로도 잘 부탁드릴게요~"

그렇게, 마코리베 씨의 교과서적인 대응에 허브 치킨을 주문했던 고객 일행은 기분 좋게 취해 돌아갔다.

그 후 가게를 둘러보니 아까 그 여자 손님이 아직 남아 있었다. 천천히 혼술을 즐기는 타입이구나.

나는 자리에서 일어나 그 날개 달린 여자 손님이 있는 곳으로 향했다.

"아까는 중재해 주셔서 감사합니다. 같은 손님이 감사 인사를 드리는 게 이상하게 보이겠지만, 사실 제가 이 가게 주인이 사는 곳 영주거든요."

"아, 그러셨나요."

여성이 입을 벌리고 생긋 웃었다. 길쭉한 덧니가 눈에 띄었다.

"만나서 반가워요, 프란츠 씨. 슬슬 만날 수 있을까 했는데."

응? 내 이름을 알고 있잖아? 설마 전국의 작위를 가진 사람 이름을 전부 기억하는 작위 마니아? 아니, 아무리 그래도 그런 사람은 없겠지.

"저기, 어디서 만난 적이 있나요? 아니……, 아닌데……."

뇌리에 문득 사장님의 얼굴이 스쳤다.

조건반사적인 것이었다. 이럴 때에는 대부분 사장님이 연관되어 있으니까.

그러고 보니 사장님이 덧니가 귀여운 영업 사원이 있다고 했는데…….

"저기, 혹시 네크로그란트 흑마법사 영업 사원이신가요?"

"네, 맞아요."

영업 사원이 카드 케이스를 쓱 꺼냈다.

그리고 꾸벅 인사를 하며 이름이 적힌 카드를 내게 내밀었다.

"네크로그란트 흑마법사에서 영업을 담당하고 있습니다. 뱀파이어, 엔타야라고 합니다. 잘 부탁드려요. 뱀파이어입니다만 낮에도 일할 수 있답니다."

"아, 죄송합니다. 저는 그런 카드는 만들질 않아서……."

이제 와서 생각한 거지만, 내 이름과 회사 이름을 넣은 카드는 아직 없단 말이지……. 사장님이 당분간 필요할 일은 없을 테니 괜찮다고 해서 만들지 않았다.

그렇지만 영업직에 종사하는 사람에게는 100퍼센트 필요하겠지. 엔타야 선배가 카드를 가지고 있는 것도 당연한 일이다.

"아, 신입이라 건넬 기회도 거의 없겠네요. 늦이나 묘지 관리 때는 인사드려야 할 사람이 없으니까요. 사역하는 임프들에게 카드를 건네줄 필요는 없으니."

"네, 말씀 그대로입니다……."

"이 가게에 다니다 보면 만날 수 있을 거라고 생각했어요. 딱 맞았네요."

엔타야 선배가 엄청나게 붙임성 좋은 미소를 지었다.

붉은색의 윤기 있는 머리칼을 가진 아름다운 사람이지만 언행은 몹시 정중했다.

"그럼, 사장님이 사주하신 건가요. 아, 소개해 드릴게요. 뒤에 있는 게——"

세룰리아와 메어리가 어느새 내 곁에 다가와 있었다.

두 사람이 인사하자, 선배는 둘에게도 이름과 회사 이름이 적힌 카드를 건네주었다.

"제 영업처는 대부분 마계입니다만, 이 시기에는 보고를 겸해서 본사 쪽에 온답니다. 그래서 오랜만에 들어온 신입분을 만나 두려고 했죠."

이치에 맞는 이야기다. 회사가 아니라 술집에서 만나도록 손을 썼다는 점이 케르케르 사장님다웠다.

"아직 풋내기입니다만, 잘 부탁드립니다 선배."

"상당한 수완가라는 얘기를 들었어요. 앞으로 회사를 이끌어 주세요! 응원할게요! 힘내라 힘!"

우와, 이렇게 상냥한 선배라니. 이런 선배에게 앞으로도 계속 지도받고 싶다.

"프란츠, 표정이 풀렸다고."

메어리가 눈을 치켜뜨고 지적했다. 지금은 그런 말 하지 말아 줬으면 좋겠는데.

"어 그러니까……저기, 선배, 말투가 굉장히 부드러우시네요……. 뱀파이어이시니까 상급 마족이실 텐데……."

내가 말해놓고 다시 한번 생각했다.

뱀파이어라고 하면 그 유명한 흡혈 마족이다. 마족 중에서도 귀족인 사람이 많다고 하는데, 이 사람에게서는 거드름을 피우는 분위기가 전혀 느껴지지 않았다.

"후후후. 저는 영업직인걸요. 거만한 태도를 취하면 어떡하겠어요. 상대를 불쾌하게 만들면 일을 따낼 수가 없다구요. 상대가 눈앞에서 화를 내지 않아도 돌아간 뒤에 안 좋은 얘길 할 건 뻔하잖아요."

듣고 보니 당연한 이야기였다. 건방진 영업 사원이라니, 웬만큼 배부른 장사를 하는 회사가 아니고서야 통용되지 않을 것이다.

"그런데 이 가게, 프란츠 씨의 영민이 하고 있는 가게라고 하셨죠. 접객하던 여자분도 영민이신가요?"

호와호와는 안쪽에서 빈 테이블을 닦고 있었다. 선배의 시선이 그쪽으로 향했다.

"네, 맞아요. 저 애는 호와호와라는 늪 트롤인데 아직 인간 생활에 익숙하지 않은 부분이 있어서……."

"흐음, 흠흠~"

엔타야 선배는 몇 번이고 고개를 끄덕였다. 리액션이 엄청 풍부한 사람이군.

"저런 식이라면 걱정되는데요. 특히 술을 파는 가게에는 취객이 많은데, 아까 같은 접객 태도는 위험해요."

"그렇죠……. 호와호와에게 한 마디 해 둬야겠어요."

호와호와의 접객 태도 때문에 손님의 발길이 뜸해지면 큰일이다. 그리고 무엇보다 호와호와가 자신의 문제점을 자각하지 못하고 있다는 게 가장 큰 문제다. 지금이라도 제대로 설명해둬야겠지.

거기서 엔타야 선배가 빙긋 웃었다.

"모처럼이니 제가 저분에게 접객 지도를 해 드리는 건 어떨까요? 저희 회사 직원이신 여러분에게도 공부가 될 수 있겠죠."

정말 의외의 제안이었다.

"영업을 하고 계시는 선배가 가르쳐 주신다면 저희나 호와호와에게도 큰 도움이 될 거예요! 감사합니다!"

그리고 당사자인 호와호와는──

"호와호와, 이상한 부분이 있다면 고칠 생각은 있지만, 어흥어흥."

나름대로 의욕을 보여 주었다. 그래, 호와호와는 원래 굉장히 착한 아이다. 조금 전 트러블은 매너를 몰라서 생겼을 뿐이다.

"저도 흥미가 있어요. 알려 주세요."

"이건 시간 외 근무로 쳐 주는 걸까?"

메어리가 그런 얘기를 꺼내자, 엔타야 선배가 '아마 요청하면 잔업 처리를 해 줄 거예요. 그 대신 제 얘기를 제대로 들어주셔야 해요'라며 웃었다.

우리 회사는 역시 초과 근무 수당을 제대로 지급하는 회사구나. 잔업 자체가 거의 없긴 하지만.

◇

마지막 손님이 돌아간 뒤 가게 문을 닫고 나니 〈시골집〉은 접객 지도 연수 시설이 되었다.

점주인 마코리베 씨는 가게 정리로 바쁘기 때문에 참가하지 않기로 했다. 수고가 많으십니다.

"자 그럼, 늦게 끝나면 내일 업무에 지장이 생길 수도 있으니 빨리빨리 진행할게요. 우선은 인사부터!"

엔타야 선배가 양손 검지 손가락을 뺨에 대고 생긋 웃었다. 어른스러운 성격과는 반대로 사랑스러운 몸짓이었다. 사장과 조금 비슷한 느낌일지도.

"네! 그런 식으로 생긋 웃는 얼굴로 응대합시다. 미소는 상대에게 적의가 없다는 사실을 나타내는 신호 같은 것이니까요. 미소는 좋은 첫인상을 줄 수 있어요!"

그렇구나. 점원이 불쾌한 표정을 짓고 있다면 그 시점에서 '이 가게, 기분 나쁜데' 하고 인식하게 된다.

"여러분도 이런 식으로 입꼬리를 올려서 미소를 지어봅시다!"

우리에게도 차례가 돌아왔다. 거울이 없으니 내가 잘하고 있는지 확인할 방법은 없었다.

평소에 늘 웃는 세룰리아는 금방 해냈다.

메어리는 '어린애 같은 짓을 하는군……'이라며 토를 달면서도 생긋 웃는 얼굴을 만들었다.

윽, 이 치기가 남아 있는 어린애 같은 미소. 평소의 메어리에게서 느껴지지 않는 매력이 있는걸…….

"이거면 됐어? 소녀, 잘하고 있어?"

엄청 잘하고 있지.

설마 이런 곳에서 메어리의 새로운 매력을 발견하게 될 줄이야…….

"어라. 프란츠, 소녀에게 또 반해버린 거 아니야~?"

메어리는 내 반응이 즐거운 모양이다.

"적어도 귀엽다고 생각했지. 하지만 그렇게 금방 히죽거리면서 웃는 걸 보니 역시 메어리는 메어리구나."

"그치만 소녀는 어린이가 아닌걸. 어른이란 말이야."

인생 경험으로 따지자면 분명 어른이니 이상할 것도 없지만, 앞으로도 가끔은 순진무구한 메어리의 모습을 볼 수 있었으면 좋겠다.

뭐, 우리 가족은 덤 같은 거니까, 문제는 호와호와인데——

"이러면 어때, 어흥?"

손가락을 뺨에 대 보았지만 표정에 일말의 변화도 없었다. 포커페이스란 이런 게 아닐까.

"으~음, 좀 더 부자연스러울 정도로 활짝 웃어보실래요? 연기하는 것처럼 보여도 괜찮으니까."

엔타야 선배도 약간 곤란한 눈치다. 호와호와는 표정이 풍부한 편이 아니니까 의외로 어려운 일일지도.

그래도 호와호와는 미소를 지으려 노력했다. 의욕은 넘친다니까.

"으~음…… 이렇게, 어흥?"

말로 표현하기 어려울 정도로 이상한 표정을 짓는 호와호와의 모습에 다들 아연실색했다.

"호와호와 씨, 그건 웃는 얼굴이 아니라 상대방을 웃기는 얼굴이라구요……. 풋……."

호와호와의 표정이 엔타야 선배의 웃음 포인트를 제대로 맞춘 건지, 선배는 입을 가리고 애써 웃음을 참고 있다.

"이긴 건가, 어흥?"

"아뇨, 싸우는 게 아니니까요."

아무래도 호와호와는 의식하며 웃는 것이 어려운 것 같다.

늪 트롤에게는 오랜 시간동안 접객 같은 개념이 필요하지 않았을 테니 어쩔 수 없나.

"으~음~. 어쩔 수 없네요. 웃는 게 어렵다면 이번에는 말투로 커버해 볼까요. '어서 오세요!'하고 힘차게 말해서 호감도를 올려보자구요."

뭐, 적절한 방안이다.

"점원이 너무 지나치게 기운찬 가게도 좋지 않으니까, 어디까지나 상대를 대접한다는 마음을 담아서 해 주세요. 일단 제가 예시를 보여 드릴게요."

엔타야 선배는 적당히 앞으로 고개를 숙이며 '어서 오세요. 잘 오셨습니다♪'하고 부드러운 목소리로 인사했다.

정중하다고 해야 할까, 어딘가 색기가 느껴졌다.

"프란츠, 어쩐지 홀린 것 같은데?"

메어리에게 또 지적받았다. 역시 예리한 관찰력이야…….

"아니야……. 자, 우리도 하자. 어서 오세요!"

"어서 오셔요."

"어서 와."

세룰리아와 메어리도 이어서 인사했다. 메어리는 무뚝뚝한 느낌이 너무 강하다. 무서운 주인장이 있는 헌책방 같다.

"메어리 씨는 지금 쑥스러워하고 계시는 거죠. 그건 그것대로 괜찮은 것 같네요."

엔타야 선배, 메어리 가르치기를 너무 빨리 포기하시는 거 아닌가요…….

"호와호와 씨, 부탁드려요."

"어서 와. 주문은? 어흥어흥."

아, 이거 또 지적받겠네.

"반말은 그만두고 좀 더 정중한 말로 해 볼까요……?"

"주문은 뭘로 하시겠습니까? 정했으면 불러라, 어흥. 천천히 있다 가라, 어흥."

맨 처음에만 존댓말이라니.

설마 늪 트롤 세계에는 존댓말 같은 게 없는 걸까…….

"으으음……. 이거 가르치는 보람이 있겠는데요……."

죄송합니다. 저희 영민이 폐를 끼치게 됐습니다.

"저도 의욕이 생기는걸요! 이 아이를 어디에 내놓아도 부끄럽지 않을 접객의 프로로 만들어 보겠어요. 가게 마스코트가 되게 할 거예요!"

우와, 선배 쪽이 불타오르고 있잖아!

그 뒤로도 엔타야 선배의 지도는 계속 이어졌다. 선배는 아주 세세한 곳까지 신경 썼다.

아니, 호와호와를 보고 있으면 누구라도 문제가 있다는 것을 알겠지…….

"컵을 너무 대충 내려놓으셨어요! 좀 더 부드럽게 내려놓는 거예요! 너무 정중하지 않아도 괜찮으니까 적어도 활기차게! 날림 공사 같은 느낌이 됐잖아요!"

"어흥어흥. 제대로 물 가져왔다 어흥. 맡은 일은 다했다, 어흥."

"아뇨, 좀 더 배려가 필요해요. 컵을 너무 세게 내려놓으면 화난 건 아닌지 착각할 수도 있다구요!"

우리는 엔타야 선배의 악전고투를 옆에서 관찰했다.

메어리는 이미 질렸다는 표정이다.

"호와호와에게 접객을 시킨다는 것 자체가 안 맞는 거라고. 주방에 넣는 게 어때?"

"하지만 호와호와는 요리를 못하잖아……. 접객 아르바이트를 따로 고용하면 돈도 들 테고."

"맛이 좋아도 저 아이처럼 접객이 엉망이면 다시 오는 사람이 줄어드니까 말이지. 이야~ 서비스업은 힘들구나~"

"너도 별로 접객할 의욕 없잖아……."

"소녀는 상대에게 고개를 숙일 필요가 없을 정도로 위대한 데다, 몰라서 못하는 게 아니라 알고도 안 하는 거니까 괜찮아."

그것도 그렇네. 호와호와의 경우에는 접객이라는 개념 자체가 없으니 그 부분부터 이해시켜야 하는 것이다.

결국 하루만에 해결하는 것은 무리라고 판단한 엔타야 선배가 당분간 가게에 들러 주기로 했다.

다음날, 회사에 출근하니 엔타야 선배와 사장님이 이야기를 나누고 있었다.

"사장님, 엔타야 선배, 안녕하세요."

두 사람에게서 '좋은 아침이에요'하는 대답이 돌아왔다.

"엔타야 씨에게 이야기 들었어요. 어제 일은 초과 근무로 포함해도 좋아요."

"아뇨, 오히려 저희 영민 문제에 선배를 휘말리게 해서 죄송합니다……."

뭐, 사장님의 허가도 있었으니 초과 근무 수당은 신청하도록 하자. 귀가 시간이 늦어져 얼마 못 잤으니까. 세룰리아와 서큐버스적인 일도 하지 못했다.

"오늘은 엔타야 씨 옆에 붙어서 영업 기술을 배워 보는 건 어떤가요? 당분간 왕도 쪽에서 영업할 생각이거든요."

"네. 전 문제없어요. 후후후훗."

엔타야 선배가 금방 OK를 했다. 여기서 내가 거절할 수는 없겠지.

"아~ 하지만 세룰리아 씨가 함께 있으면 남성 대상 영업에 유의미한 차이가 나게 되어 알아차리기 어려울 테니까, 세룰리아 씨는 이번엔 참가하지 않는 걸로 할 수 있을까요? 미안해요~"

하긴, 서큐버스가 영업을 나온다면 남자는 이상한 기대를 하게 될 테니까 말이지……. 베개 영업이라고 생각되면 곤란하고…….

"그럼 오늘은 메어리 씨와 함께 일하도록 할게요. 주인님, 파이팅이에요!"

척! 두 주먹을 꽉 쥐고 응원하는 세룰리아. 나는 단순한 들러리일 뿐인데.

"후후후훗. 그럼, 영업하러 가보도록 할까요. 뭐, 신규로 개척할 곳은 거의 없으니 마음 편하게 계시면 돼요."

엔타야 선배가 등을 토닥토닥 두드려 줬다. 그 격려에 우리는 힘차게 회사를 나섰다.

맨 처음 들른 곳은——

〈왕립 하천·지소(池沼) 관리국〉이라는 간판이 붙은 살풍경한 석조 건물이었다.

"어라……. 여기, 공공기관 아닌가요?"

"맞아요! 늪이나 연못 일은 주로 여기서 받거든요. 예~전에 제가 따냈었죠. 그립네요~"

아아, 내가 늪을 감시하는 일을 맡을 수 있게 된 것도 선배 덕분이었구나.

소위 말하는 관공서에 들어가는 일이라서 긴장했지만, 안내받은 회의실로 들어서자 얼마 지나지 않아 담당자로 보이는 사람이 나왔다.

첫인상이 딱딱한 느낌의 아저씨였는데 이게 웬걸. 엔타야 선배를 보고 금세 표정이 부드러워졌다.

"이야, 엔타야 씨 오랜만입니다! 일 년 반 만인가요?"

"그러네요! 마계에서 열심히 일하고 있었거든요~. 왕도는 뭔가 달라진 점이라도 있나요?"

"교외에 대형 점포가 생기고 나서 남 연못의 수질이 악화되고 있다는 것 같아요. 아직 조사는 하지 않았지만, 원인은 배수 문제겠죠."

"그렇군요~! 또 일이 될 만한 게 있으면 언제든 연락 주세요. 아, 그렇지 그렇지, 이쪽은 올해 입사한 신입 프란츠 씨라고 해요."

갑자기 화제가 내 소개로 됐다.

"앗, 프란츠입니다. 잘 부탁드리겠습니다……."

그러고 보니, 다른 회사의 사람에게 고개를 숙일 기회는 거의 없었구나…….

"호오, 네크로그란트 신입 사원이라니, 꽤 드문 케이스 아닌가요?"

"그게 말이죠~ 벌써 엄청난 실적이 있다니까요. 글쎄, 사장님 말씀이! 갑자기 사역마로 서큐버스를 소환했다지 뭐예요!"

엔타야 선배가 내 허리를 팡팡 두들겼다. 스킨십이 많은 사람이다.

"어머! 서큐버스가 사역마라니! 우와, 정말 부럽네요……. 저희 마누라랑 바꿨으면 좋겠어요……."

"에이, 그렇게 푸념을 늘어놓을 수 있다는 건 사이가 좋다는 뜻이시죠? 정말로 냉랭한 사이면 그런 농담은 할 수 없잖아요~ ♪"

그 뒤로도 선배와 담당자는 15분 정도 잡담을 나눴다. 마지막에 서로 서류 같은 것을 건네줄 때 말고는 거의 잡담이었다.

역시 이미 알고 있는 사람에게 가는 건 난이도가 낮은 건가?

"네ー에. 그러면 다음 장소로 갑시다. 〈왕도 교외 농장〉이
네요. 거기도 아는 사이니까 마음 편히 먹어도 괜찮아요."

"실례가 되지 않도록 주의하겠습니다……."

"딱딱하게 굴지 않아도 괜찮아요. 자연스럽게, 자연스럽
게♪"

그 후에 찾아간 곳들도 전부 단골 거래처였는지, 엔타야
선배는 줄곧 상대방과 즐겁게 이야기만 나누었다.

뭐라고 할까, 흑마법 요소는 전혀 없었다.

이제까지 우리가 했던 일과는 완전히 다른 느낌이다.

뭐, 영업용 흑마법 같은 건 없지만 말이지.

그날 점심은 조금 늦은 시간에 먹게 되었다.

왕도에서도 꽤나 유명한 가게다.

"런치 타임이라 가격도 저렴하고, 이 시간대에는 조금 한
가한 곳이랍니다! 어때요? 영업처 리스트를 아주 잘 짠 것
같지 않나요? 프란츠 씨는 스페셜 런치로 가실래요?"

"그러면 그걸로 할게요. 저, 뭐랄까, 영업직은 계속 말을
해야 하는 일이네요."

말하고 나서 혹시 무례하게 들리는 것은 아닐지 미묘하게
불안해졌다.

이 선배는 뱀파이어다. 즉, 마족으로서 상당히 메이저한

존재인 것이다.

"맞아요. 영업이라는 건 계속 떠들어야 하는 일이에요. 처음엔 꽤 힘든 일이었지만, 점점 익숙해져서 이젠 편하답니다~"

엔타야 선배가 태평하게 말했다.

"솔직히, 마법을 쓰는 일보다 이쪽 일이 훨씬 적성에 맞는단 말이죠. 여러 곳에 갈 수도 있고. 천직이라고 하면 천직인 걸까나~"

"그리고 보니, 선배는 왜 저희 회사에 들어오신 건가요?"

대체로 이 회사 직원들은 복잡한 사정을 안고 있다.

솔직히 말해서, 선배가 입사한 경위에 대해 흥미가 있었다.

"거기에는 깊은 사정이── 없는데요."

없는 거냐!

"하지만 물어봤으니 대답할게요. 다음 방문처까지 시간도 있으니까요♪"

런치 메뉴를 먹으며 엔타야 선배가 즐거운 듯이 이야기하기 시작했다.

선배는 역시 마족 내 귀족 계급 출신이라고 한다.

시골 토지에서 거들먹거리는 생활이 재미없다고 선언하고 집을 뛰쳐나왔다나.

"어릴 때부터 부모님이 혼담을 가지고 오길래 인생이 너무 정해져 있는 것 같은 느낌이 들었어요. 그때 집을 나가야겠다 싶었죠. 그렇게 집을 나와서 평범한 회사에 취직했는데, 처음 배속된 게 우연히 영업직이었던 거예요."

"그때부터 영업 직원으로 활약을 하셨군요."

엔타야 선배가 고개를 가로저었다.

"아뇨, 일 년 이 개월 만에 그만뒀어요. 실적을 전혀 못 냈거든요."

어라…….

"그리고 다음 회사에 들어갔어요. 거기서 전 직장의 경력 때문에 영업직을 맡게 됐죠. 그게 당연한 수순이잖아요. 면접에서 '영업직이었습니다. 그거라면 할 수 있습니다'라고 대답할 수밖에 없으니까요."

"그렇겠네요. 두 번 다시 영업은 하고 싶지 않다는 말을 면접에서 하긴 힘드니까요……."

"다음 회사도 일 년 만에 그만뒀는데, 세 번째 회사에서도 역시 이력에 영업뿐이니까 영업으로 돌려졌고요. 그리고 다음에도 그 다음에도 계속 영업직을 맡았어요."

"생각보다 이직 경력이 많으시네요……."

"그렇지요. 육십 번 정도 이직하지 않았을까요?"

많다! 정말 많아!

"여러 가지를 팔았어요. 과자 영업부터 묘비 영업까지. 판매 매뉴얼이 사기꾼 같아서 금방 그만둔 회사도 있었죠."

이상하다. 이제까지 만났던 선배들과 비교하면 이 사람은 전체적으로 출신 성분이 다른 느낌이 든다.

한 마디로 말하자면──

평범하게 느껴졌다.

"저, 왜 그렇게 이직을 많이 하셨나요?"

"무능한 놈이라고 생각하시나요?"

엔타야 선배가 한심하다는 눈빛으로 나를 바라봤다. 정말로 표정이 풍부하구나, 이 사람……

"실례가 되었다면 죄송합니다……"

"아니 뭐, 실례랄 것도 없죠. 답은 간단해요. 영업직은 원래 이직률이 높아요."

그러고 보니 마법 학교의 구직 가이던스에서 그런 얘기를 들은 것 같기도 한데……

"영업이란 대인 관계가 기본이니까, 마음에 상처를 입을 확률이 높거든요. 그리고 개인당 할당량이 정해진 회사도 있어서 성적이 나쁘면 계속 있기 어려워져요. 그래서 이직이 더 잦죠."

"얘기를 듣고보니 안정적이지 못해 힘들 것 같네요……"

"나라에서 운영하는 직업소개소에서 소개받은 적도 몇 번인가 있어요. 힘들어서 그런지 인기가 별로 없거든요. 영업 일손이 부족한 회사는 무수히 있으니 비집고 들어가려고 생각하면 얼마든지 들어갈 수 있다는 얘기죠. 하지만 그런 회사는 이상한 곳이 대부분이라 또 그만두는 일이 많고."

대강 무슨 얘기인지 알 것 같았다.

한 번 영업 쪽 사람이 되고 나면 그 이후로도 계속 영업직에서 일하는 모양새가 된다고.

아무튼 전직이 영업이니 경력을 살리려면 다시 영업직이

되는 것이다.

영업의 굴레 안에서 벗어나는 것도 굉장히 힘들겠구나…….

"그러면 어째서 네크로그란트 흑마법사에 들어오신 건가요?"

이제까지 만난 직원들은 모두 사장님과의 운명적인 만남을 통해 입사했는데──

"단순히 영업직 구인이 났길래 흑마법 회사라면 마족인 내가 유리하지 않을까 생각해서 연락했었죠."

가벼웟!

이런 말하긴 미안하지만, 설마 능력 없는 사람이 사장님의 호의 덕분에 남아 있는 것뿐이라던가, 그런 건 아닐까……?

"이야, 회사 영업왕까지 되어서 기쁘다니까요."

오? 영업왕이라고?

이 사람이 그렇게 회사에 공언하고 있는 건가…….

"사장님 말에 따르면 제가 일하고 나서 계약 건수도 굉장히 늘어났다고 해요. 솔직히 안심했어요."

무슨 얘기지? 내 머릿속에 커다란 의문이 떠올랐다.

이 선배, 역시 대단한 능력을 가지고 있는 걸까?

아니면 사장님의 인재 기용이 천재적이었던 걸까?

그것도 아니면 둘 다?

모르겠으니 물어볼 수밖에.

"저…… 이 회사에 입사하고 나서 갑자기 활약할 수 있게 되신 건가요?"

우리 앞에 놓인 음식 접시는 이미 텅 비어 있다. 이야기가 상당히 길어졌다.

"그건 그러니까…… 으음…… 숙제로 남길게요!"

"수, 숙제?"

"어째서 네크로그란트 흑마법사에서 제가 성공한 걸까요? 참고로 제 영업 능력이 엄청나게 뛰어나기 때문이라는 대답은 무효로 칩니다. 뭐, 제가 유능하다고는 생각해요. 하지만 영업은 하는 사람만으로는 성립되지 않으니까요."

"그거, 저도 알 수 있는 차원의 답인가요?"

엔타야 선배가 천천히 고개를 끄덕였다.

"누구나 알 수 있는 답이에요. 회사원이 아니라도 알 수 있을 거예요. 자, 후반전은 처음 가는 회사도 있으니까 정신 바짝 차리고 가 볼까요."

그리고 우리는 레스토랑을 나섰다. 선배를 열심히 바라보며 답으로 연결될 만한 부분이 있을지 찾아내려고 했지만 잘 알 수 없었다.

처음 가는 회사. 즉, 단골 거래처가 아닌 순수한 신규 개척지에서는 선배의 분위기가 완전히 달라져 있었다.

태도도 훨씬 정중했고, 아무튼 지나칠 정도로 착실하게 보였다.

"──이런 식으로, 폐사는 묘지 관리를 효율적이고 수준 높게 이행할 수 있습니다. 과거에 도입했던 묘지에서도 이용자들의 평판이 좋아졌습니다."

차분히 상대의 눈을 바라보면서, 엔타야 선배는 설명을 덧붙였다.

마치 학생에게 진로 상담을 해주는 선생님 같았다.

"불안한 부분이 있으시다면 폐사가 담당하고 있는 묘지를 둘러보시는 건 어떠신가요. 저희도 급하게 계약을 맺을 생각은 없습니다. 하루 이틀에 끝날 일이 아니니 천천히 검토해 보시는 게 당연하니까요."

상대 회사 담당자도 '알겠습니다'라고 대답하며 자료를 받았다.

마지막엔 '계약 여부를 저 혼자서 결정할 수는 없겠지만……, 당신처럼 성실한 분과 대화를 나눌 수 있어서 정말 영광이었습니다'라며 선배를 노골적으로 칭찬했다.

말투를 보면 빈말은 아닐 것이다.

"감사합니다. 묘지 일은 당연히 성실해야 하니까요."

선배의 태도는 마지막까지 완벽했다. 옆에 있는 내가 마이너스 요인이 된 것은 아닐까 불안해질 정도였다.

그날 영업을 무사히 마치고 우리는 네크로그란트 흑마법사로 돌아왔다.

"이야~ 영업은 피곤하네요. 심적으로나 다리나……."

오늘은 꽤 먼 거리를 걸었을 것이다…….

"후후훗. 프란츠 씨에게는 처음 만나는 사람들뿐이었을 테니까요. 많이 지쳤을 거예요. 아는 사람만 있는 회사 안에서 일하는 편이 더 편하다는 사람도 많지 않을까요?"

영업직의 이직률이 높은 이유도 알 것 같았다. 모르는 사람과 대화를 나눈다는 것은 역시 스트레스로 다가온다.

케르케르 사장님은 내 모습을 보고 '좋은 경험이 되었나요?' 하고 생글거리고 있다.

"좋은 경험이긴 했지만 그…… 제 마음속에 아직 답을 내릴 수 없는 부분이 있어요. 그 부분을 어떻게든 하겠습니다."

엔타야 선배가 '제가 이 회사에서 성공할 수 있었던 이유가 무엇인지 숙제로 내줬거든요'하고 사장에게 설명했다.

"아, 그렇군요! 그거 좋은 문제네요."

케르케르 사장님은 금방 답을 눈치챈 반응이군.

"그럼, 오늘도 시간이 허락하면 〈시골집〉에 들를게요. 잘 부탁드려요."

"네, 저도 폐점 때쯤 갈게요."

호와호와는 이대로 내버려 둘 수 없다.

자는 시간이 또 늦어지면 큰일이니 잠깐 선잠이라도 자고 갈까.

◇

그리고 그날도 호와호와를 위한 수업이 열렸다.

역시 호와호와는 접객의 기초 자체를 모르는 상태였다.

알지 못하니 실례가 되는 언행을 하게 된다. 그러니 모르는 부분을 알게 하는 것부터 시작할 수밖에.

엔타야 선배도 끈덕지고 꾸준하게 호와호와를 가르쳤다.

절대로 화내지 않는다. 꾸짖지 않는다. 몇 번을 틀리더라도 상냥하게 가르친다.

"호와호와, 점점 알겠다. 아마, 할 수 있어."

호와호와의 말을 그대로 전부 받아들일 수는 없겠지만 최소한 성장을 느끼고 있는 것은 틀림없다.

세룰리아가 손님 역할을 맡아 주문을 한다.

"이거랑, 이거. 그리고 술도 주세요."

"알겠습니다, 어흥. 기다려 주세요, 어흥."

말씨도 정중해지고 언행도 이전보다 좋아졌다.

"참고로 이 술이라면 이쪽 안주도 잘 어울립니다, 어흥."

심지어 추천 메뉴를 가르쳐 주기까지! 이것을 진보라고 부르지 않으면 뭐라고 부르랴!

"음음. 다 됐네요. 이대로라면 이제 호와호와 씨가 접객을 실패하는 일은 없을 것 같아요."

엔타야 선배가 즐겁게 고개를 끄덕이고 있다. 〈시골집〉이 레벨 업을 한 것이나 마찬가지이니 나로서도 정말로 기쁘다.

"이 가게는 밑동이 튼튼하니까 접객만 괜찮은 수준으로 끌어올리면 그것만으로도 괜찮을 거예요."

어쩐지 엔타야 선배의 말이 마음에 걸렸다.

밑동이라니, 무슨 뜻이지?

문맥상 접객이 밑동에 해당하지 않는다는 것은 확실했다.

그렇다면 밑동에 해당하는 건 뭐지? 요리의 맛인가?

"이걸로 기초는 생겼으니까 여기서부터는 응용편이에요. 내용이 조금 복잡해지겠지만 연습해 보자구요. 걱정하지 않아도 이 가게는 밑동이 튼튼하니까 의연하게 대응하면 괜찮을 겁니다."

거기서부터 시작된 엔타야 선배의 접객술 응용편은 나조차 깜짝 놀랄 내용이었다.

"이런 것까지 해야 하나요……?"

호와호와를 향한 지도를 나와 세룰리아도 흥미 깊게 듣고 있다. 메어리는 당연하다는 얼굴을 하고 있었지만.

"가게 측에도 룰이라는 것이 있으니까요. 물론, 그럴 권리도 있고요. 그럼, 다음번엔 잘할 수 있을지 가게에서 마시면서 테스트할게요."

◇

휴일 전날 밤. 우리 가족은 〈시골집〉에 손님으로 방문했다.

엔타야 선배는 벌써 혼자서 홀짝홀짝 술을 마시고 있었다. 이 사람, 혼술을 정말 좋아하는구나.

호와호와의 접객은 당초와 비교하면 몰라볼 정도로 좋아져 있었다.

"네, 어흥. 알겠습니다, 어흥."

"오래 기다리셨습니다, 어흥."

"어흥어흥."

맨 마지막의 '어흥어흥'은 그것뿐이라서 무슨 말인지 모르겠지만, 문맥상 '알겠습니다'라는 의미일 테다. 말뿐만이 아니라 태도가 극적으로 달라졌던 것이다.

호와호와에게서 손님에게 정중히 대응해야겠다는 의식이 똑똑히 느껴졌다.

손님들도 그것을 이해하고 있으니 좋은 인상을 받는다.

적어도 호와호와가 트러블의 원인이 되는 일은 더 이상 없을 거 같다.

이 가게 마스코트라고 말해도 좋을 것이다. 사실 '저 애, 싹싹하니 귀엽네'라는 말까지 들릴 정도였다.

마음이라는 건 자연히 상대에게 전해지는 거구나.

말이나 태도는 그 마음을 표현하기 위한 신호인 것이다.

"맨 처음에는 잘 될까 싶었는데 역시 어떻게든 되는 법이네."

"엔타야라는 분에게 감사해야겠네, 프란츠."

"당연히 감사하고 있어."

"역시 영업 중에 힘든 일을 많이 겪으셔서 그런지 된 사람이라는 느낌이 들어요."

세룰리아가 하는 게 무슨 말인지 알겠다. 굳이 입 밖으로 불평하지는 않았지만 엔타야 선배도 과거에 여러 가지 일들이 있었을 것이다.

선배는 혼자서 술을 마시며 분위기에 젖어 있다. 스승으로서 뿌듯함을 느끼고 있는 걸까.

하지만 이곳은 술을 파는 가게다. 당연히 고주망태도 등장하기 마련이다.

"왕도의 해바라기~, 여름에 흐드러지네~♪ 예~이♪"

술에 취해 큰 소리로 노래를 부르는 손님이 나타났다.

목소리가 참 크다. 게다가 일어서서 춤까지 추니 큰 민폐다.

결국 화장실에 가려던 손님과 부딪히고 말았다.

귀찮다고 생각했는지 다른 손님도 혀를 끌끌 찼다. 으음, 이런 고주망태 손님이 있으면 가게 분위기가 나빠지겠지…….

호와호와가 비틀거리며 노래를 부르는 손님 앞으로 갔다.

"우~예♪ 아가씨, 무슨 일이야?"

호와호와는 냉정한 말투로 이렇게 말했다.

"다른 손님에게 민폐다, 어흥. 죄송하지만 돌아가 주셔야겠다, 어흥."

손님의 얼굴이 시뻘겋게 변했다.

"뭣! 손님은 왕이라고~! 딸꾹……."

"맞다, 어흥. 왕인 다른 손님들에게 폐가 되니까 돌아가 줬으면 좋겠다, 어흥. 다른 손님들의 술과 음식이 맛없어진다, 어흥. 주점에서 그것만은 절대 용서할 수 없다, 어흥."

호와호와가 침착한 표정으로 말했다. 쑥스러워하는 모습도 전혀 없었다.

그 조건이야말로 술집에서는 무조건 지켜져야 하는 일선

이기 때문이다.

주점은 술과 음식을 즐기는 장소다. 그것을 방해하는 사람은 떠나야 한다.

그것이야말로 엔타야 선배가 응용편에서 가르쳐 준 것이었다.

──진상 손님에게는 돌아가라고 똑똑히 말해라.

호와호와가 배운 접객술은 손님이 마음 편히 있을 수 있게 하기 위한 기술이다.

그렇다면 다른 손님에게 폐를 끼치는 진상 손님은 쫓아내야 이치에 맞는 것이다.

그런 짓을 했다간 손님이 뚝 끊기는 게 아닐까. 맨 처음 그 이야기를 꺼냈을 때, 마코리베 씨는 난색을 표했다. 금방 고객을 쫓아내는 무서운 가게라고 여기지는 않을까, 라고 생각한 것이다.

엔타야 선배는 '걱정하지 않으셔도 돼요'라며 답했다.

이 가게는 술과 요리가 맛있는 가게다. 술집으로써 가장 중요한 부분이 충족되어 있으니 그 정도로는 아무 일도 없을 것이다.

아니 오히려 제대로 된 손님들이 안심하고 즐길 수 있는 장소로 만들면 훨씬 이익이 클 거라고 말이다.

이것이 엔타야 선배가 말했던 '밑동'이었다.

제아무리 접객이 완벽한 가게라도 음식과 술이 맛없다면 그곳은 주점으로써의 의미가 없다.

그 '접객술'을 호와호와가 실천한 것이다.

하지만 상대는 만취한 상태다. 제대로 들을 리가 만무하다.

"너 지근 히비거는거냐~!"

술에 취해 다 꼬인 발음으로 호와호와의 멱살을 잡으려 했다.

이거 큰일인데! 어서 도와주지 않으면!

하지만 내가 나서기 전에 이미 그 주정뱅이는 엔타야 선배에게 붙잡혀 있었다.

"지금, 폭력을 행사하려고 하신 거죠? 그치요? 범죄니까 경찰서까지 가 주셔야겠어요~ ♪"

"야, 너, 넌 뭐야, 뭐냐고!"

"뭐긴요, 뱀파이어인데요. 왜소한 인간 분? 전혀 왕으로 보이지는 않네요?"

뱀파이어라는 말만 듣고도 흥이 올랐던 취객의 표정이 어두워졌다.

"뱀파이어라면…… 사람의 피를 빨아 자신의 권속으로 바꾼다는 그…….."

"그건 전설이에요. 아니, 혹시 그런 게 가능해도 당신 같은 소인배를 부하로 삼지는 않아요. 그랬다간 제 품격까지 떨어지지 않겠어요?"

엔타야 선배가 주정뱅이를 난폭하게 다루는 일은 없었다.

하지만 새어 나오는 위압감이 그녀가 막강한 힘을 가지고 있음을 여실히 드러내고 있었다.

선배에게 붙잡힌 주정뱅이의 새빨간 얼굴이 점점 하얗게 질렸다.

"네, 돌아가 주세요. 가게도 손님도 절도를 지키며 지내자고요~"

엔타야 선배는 그 취객을 데리고 그대로 가게를 빠져나갔다——고 생각했는데 나가기 직전에 뒤를 돌아보았다.

"다시 올 테니까, 계산은 그때 할게요. 무전취식은 아니니까 걱정 마세요."

"뱀파이어에게 취한 인간을 다루는 것 따위는 정말 손쉬운 일인가 보네요. 이렇다 할 것도 없는데요."

서큐버스에게는 그리 놀라운 광경도 아닌지 세룰리아는 침착한 모습이었다.

"그런 것 같네. 그나저나 호와호와가 다치지 않아서 다행이야."

호와호와는 그 자리에서 펀치 훈련을 하고 있다.

"호와호와도 몸을 단련해 두고 싶다, 어흥어흥. 아니면 쟁반으로 가드하는 방법을 배울 거다, 어흥."

확실히 그건 생각해 두는 편이 좋을지도 모르겠다.

잠시 후 엔타야 선배가 아무렇지도 않게 돌아왔다.

"경찰서에 데려가서 무사히 해결했습니다. 술이 깨니까 사과도 하더라구요."

엔타야 선배가 스무스하게 사건을 정리한 것 같다.

"후우, 한 건 해결했으니 도부론 독한 걸로 하나 주시겠어요? 제 취기도 상당히 가셨거든요."

엔타야 선배는 호와호와가 가져온 도부론을 기세 좋게 꿀꺽꿀꺽 마셨다.

이거 상당히 독한 술인데 괜찮으려나…….

"이야, 피보다 맛있네요."

"방금 그건 뱀파이어 개그인가요……?"

"그런 거죠. 요지는 피만큼의 영양을 식사로 충당하면 되는 거니까요. 영양 상태가 좋으면 태양 아래에서도 움직일 수 있어요. 아, 간 구이도 주세요."

뱀파이어가 낮에 돌아다닐 수 없다는 전설은 영양 문제였던 건가!

취객 사건으로 한때는 어떻게 되는 거 아닐까 생각했지만, 가게 안은 벌써 활기를 되찾았다.

결국 문제 있는 손님을 빠른 단계에서 쳐낸 것이 정답이었던 것이다.

나는 맛있게 술을 마시는 엔타야 선배를 바라보며 이런 생각을 했다.

온 신경을 써야 하는 영업이라는 일을 하고 있으면서도 선배는 조금도 힘든 내색을 하지 않는다.

지금도 그렇다. 그야말로 인생 최고의 순간을 즐기고 있다는 듯한 표정이었다.

그렇다고 해서 그녀가 원래부터 사람과 만나기를 좋아하

는 성격은 아니었던 것 같다. 엔타야 선배는 영업직을 하면서도 회사를 몇 번이고 전전해왔다.

한 곳에 차분히 머물고 있는, 지금의 네크로그란트 흑마법사가 예외인 것이다.

선배와 눈이 마주쳤다.

"제가 내드린 숙제의 답, 아시겠나요?"

엔타야 선배가 우리 테이블로 다가와 내 옆자리에 앉더니 말했다.

"그 숙제, '선배가 어째서 네크로그란트 흑마법사에서 성공했는가'였죠?"

"네, 맞아요. 뭐, 그래도 방금 사건으로 거의 답을 말해드린 거나 마찬가지지만요."

그렇다면 아마 이게 정답이겠지.

틀린다고 목숨을 뺏기는 것도 아니니까 솔직히 대답하자.

"그 이유는── 네크로그란트 흑마법사가 팔고 있는 게 정말로 훌륭한 것이기 때문, 아닌가요?"

선배가 즐겁다는 듯 고개를 작게 끄덕였다. 아예 틀린 것은 아니었나 보다.

"너무 추상적이라서 반칙인 것 같은데요. 좀 더 자세히 설명해 주실래요?"

나는 호와호와가 진상 손님에게 돌아가 달라고 말하던 것을 떠올리며 대답했다.

"네크로그란트 흑마법사에서 취급하는 상품, 그러니까

약이나 항아리처럼 형태를 가진 물건뿐만이 아니라 팔 수 있는 서비스 전반의 상품을 선배가 마음속 깊이 뛰어나다고 느꼈기 때문입니다.”

이번에는 선배가 깊게 고개를 끄덕였다.

모처럼이니 이야기를 좀 더 하기로 했다.

“저는 영업을 해 본 적이 없으니까 그저 감에 지나지 않지만, 영업을 하면서 가장 힘든 것은 상품을 추천하는 자신이 시시하다거나 재미없다고 생각하는 것을 팔 때가 아닐까요? 그건 다른 사람을 속이는 것 같잖아요.”

“입사 일 년 차 치고는 잘 알고 있잖아! 합격!”

선배가 나를 두 팔로 꽉 끌어안았다. 어라, 이거 역시 취한 거 아닌가……

“잠깐! 그거 성희롱이야. 어이가 없네.”

“자 자, 메어리 씨. 그냥 좀 봐주자고요. 주인님이 선배 직원과 험악한 사이가 되는 것보다는 훨씬 좋잖아요.”

세룰리아가 메어리를 달래 줘서 다행이다.

술냄새가 날 것이라고 생각했는데 선배에게서는 의외로 좋은 향기가 났다.

뭐라고 해야 할까, 여인의 향기…….

“맞아요. 이직을 되풀이하다 들어갔던 회사에는 좋은 상품이 거의 없었어요. 품질에 문제가 있거나 시대를 따라가지 못하는 물건이거나. 그러니까 전임자가 더 이상은 무리라고 판단해서 그만두고, 그 자리로 제가 들어가게 되고…… 결국 같은 문제를 안게 되는 거죠."

영업 사원 역시 인간이다.

자신이 좋지 않다고 생각하는 물건을 훌륭하다고 칭찬하며 판매하는 것은 스트레스로 다가온다.

하루 정도라면 괜찮을 것이다.

하지만 내일도 모레도, 일 년이고 이 년이고 그런 생활이 계속되면 틀림없이 포기하게 될 것이다.

"영업 기술은 오랜 기간 일을 하다 보니 몸에 밴 거예요. 교묘한 말로 상대를 현혹시켜 별로 필요하지도 않은 물건을 팔아넘기는 기술도 손에 넣었답니다. 하지만—— 그런 것을 잘하게 되더라도 마음은 채워지지 않았어요."

엔타야 선배는 예전 일을 반성하듯 깊게 한숨을 쉬었다.

그것은 일종의 참회처럼 느껴졌다.

"쓰레기를 보물이라고 착각하게 만들 수 있는 직원. 회사에겐 그런 인재가 필요하겠지만, 정작 본인에게는 괴로운 일이에요. 멀쩡한 윤리의식을 가진 사람이라면 바보가 된답니다."

"케르케르 사장님이 생각한 것은 전부 제안할 가치가 있는 것이었다는 얘기네요."

"프란츠 씨도 이 회사에 들어왔으니 알고 있겠죠?"

좋은 것을 좋은 것이라고 소개해서 판매한다.

그저 그것만으로도 영업 사원은 구원받는 것이다.

그런 얘기를 나누고 있는데 호와호와와 마코리베 씨가 나란히 찾아왔다.

"엔타야 씨, 영주님, 여러분. 아까는 감사했습니다. 그리고 가게를 칭찬해 주셔서 감사합니다. 큰 힘이 되었습니다."

"앞으로도 열심히 할게, 어흥어흥."

엔타야 선배는 이 가게의 퀄리티가 높다고 보증했다.

높은 퀄리티가 이 가게에게 가장 중요한 부분이다. 물론 접객도 중요한 요소지만 그것과 비교하면 접객은 작은 문제다.

"이래봬도 술집 순례 전문가니까요. 마음 탁 놓으셔도 괜찮…… 우욱…… 너무 많이 마셨나……."

갑자기 선배의 몸이 풀썩 기울었다.

"선배, 주소 말씀해주실 수 있어요? 모셔다 드릴게요."

"이 근처에 빌린 집이 있어요……. 십 분도 안 걸려요……."

그 정도로 가깝다면 충분히 데려다 줄 수 있겠어. 이대로 가게에 두고 가면 가게에도 민폐다.

"주인님, 혼자서 괜찮으시겠어요?"

"고마워, 세룰리아. 이번에는 영주로서 신세를 졌으니 제대로 데려다주고 올게."

엔타야 선배의 집은 정말 가까웠다.

유흥가에서 나와 조금 걸으니 풍경이 바뀌며 세련된 건물이 늘어선 거리가 나왔다. 부유층의 전셋집이나 미니 오피스가 모여있는 지역이다. 선배의 집도 혼자서 살기에는 상당히 넓고 쾌적한 건물이었다.

"자, 도착했어요. 침대까지 데려다 드리는 편이 나을까요?"

"응, 그렇게 해 줄 수 있을까요……."

침대가 있는 방으로 들어가자, 선배는 총총 뛰어 침대로 날아들었다.

"후~, 집에 왔다, 도착~"

어라? 별로 안 취하지 않았어? 움직임이 너무 가벼운 것 같은데…….

"미안해요. 사실 내숭 좀 떨었거든요."

선배가 혀를 내밀고 웃었다. 아니, 내숭을 떨었다니 도대체 어떤 의도로――

혹시 서큐버스적인 뜻인가……? 여자 방에 단둘이 들어와 버리다니.

"저기 프란츠 씨, 부탁이 있는데요."

역시 그런 건가.

선배의 얼굴엔 홍조가 떠올라 있었다. 부끄러운 얘기를 꺼내려는 게 확실해 보였다.

"그…… 저는 기쁘지만…… 결혼은 아직 생각하지 않고 있으니 최소한 그 부분을 이해해 주셨으면――"

"피를 빨게 해 주셨으면 좋겠는데, 괜찮을까요……?"

뭐? 피?

"그, 오랫동안 인간의 피를 빨지 못했거든요. 프란츠 씨를 봤더니, 이렇게, 몸이 달아올라서……."

아, 이 사람 역시 뱀파이어였어…….

"인간의 피는 맛있거든요. 그렇게 많은 양도 아니니, 몸 상태가 나빠지는 일은 없을 거예요. 그러니까…… 부탁할게요."

선배가 침대에 걸터앉으며 부탁했다. 으음, 거절하기 힘든데……. 알고 그러는 건가…….

"피를 빨려서 생기는 증상 같은 건 아무것도 없는 거죠?"

"없어요, 없답니다. 흡혈 상대를 자유롭게 조종하는 이상한 힘 같은 건 전혀 없어요. 그런 게 가능했다면 세계는 뱀파이어에게 지배당했을걸요."

하아……. 그 정도면, 괜찮으려나.

"알겠습니다. 빨아 주세요……."

"야호! 정말이죠? 무르기 없어요!"

선배의 눈이 반짝반짝 빛났다. 보석이라도 사 준다는 얘기를 들은 것 같은 모습이다. 그렇게나 피가 마시고 싶었던 걸까.

"저도 엄청 신세를 졌으니 갚는 거예요. 그런데, 흡혈은 어디로 하나요?"

"목덜미로 마시는 건 위험하니까 왼팔로 부탁드릴게요. 그러면, 옷을 벗고 침대에 앉아 주시겠어요?"

어쩐지 환자가 된 것 같네.

살다보니 뱀파이어에게 피를 빨리는 일도 있는 건가.

"참, 빈혈을 막기 위해서 미리 한 컵 분량의 물을 마셔 두셔야 해요."

"그런 부분은 확실히 하고 계시네요……."

"아 그리고, 소독용 거즈로 팔을 닦을게요."

팔이 시원해졌다.

"그럼 시작할게요. 상태가 나빠지는 것 같으면 말씀해 주세요!"

까득.

따끔거리는 통증이 있었지만 이내 사그라들었다.

피를 빨리는 동안, 당연한 얘기지만 선배는 아무 말도 하지 않는다.

무언의 시간이 계속되었다.

아무래도 침착함을 유지할 수가 없다……. 내 입장에서 보자면 여자 방에, 그것도 바로 가까이 방 주인인 여성이 있는 거니까 긴장되는 게 당연하다. 이 상황에서 아무것도 느끼지 못한다면 오히려 그게 이상한 일이다.

"흡혈이란 거, 의외로 심심하고 오래 걸리는 일이네요……. 의료행위 같다고 할까……."

침묵이 길어지니 뭔가 얘기라도 해야 할 것 같았다.

"아, 기호품이니까 천천히 조금씩 마시는 건가요? 그나저나 피가 빠져나가는 느낌은 거의 없네요."

역시 아무런 대답도 없다. 피를 빨고 있으니 당연한 건가.

뭔가 말이라도 해 줬으면 좋겠는데 말이지……. 포기하고 방이라도 둘러볼까.

그야말로 여자방이라는 느낌이 드는 깔끔한 방이다.

뭔가 점점 기분이 좋아지는 것 같다.

꿈을 꾸는 듯한 느낌. 수면제라도 투여받는 것 같은 감각이다. 뭐, 흡혈 상대가 통증이나 불쾌한 감각을 느낀다면 그만큼 저항할 테고, 그러면 흡혈에 어려움이 생길 테니 쾌적한 흡혈 환경을 만들 수 있게 모종의 조치가 되어 있는 거겠지.

그리고 얼마 뒤, 드디어 흡혈이 끝났다.

"감사합니다! 물었던 곳엔 일단 거즈를 붙여둘게요!"

"네? 끝났나요? 전혀 눈치 못 챘는데……."

어느새 선배의 입이 내 팔에서 떨어져 있었다. 전혀 몰랐다. 역시 마취 효과가 있는 걸까.

아무튼, 선배에게 물린 곳은 착실히 처치받았다.

"이야, 프란츠 씨, 정말 맛있는 피를 가지고 계시네요. 그야말로 일등급 혈액이에요! 뱀파이어들한테 인기 만점일 걸요!"

"그것 참 기뻐해야 할지 어떨지 미묘한 정보네요!"

"뱀파이어에게 맛있는 피를 가진 사람은 대부분의 마족들에게 사랑받기 쉬운 체질이거든요. 페로몬 같은 게 나온다고 할까, 인간 중에서도 마족에 가깝다고 할까."

"마족에 가까워요? 아니, 전 평범한 인간인데요. 부모님도 두 분 모두 극히 평범한 인간이시고."

"어쩌면 몇 백 년 전 선조 중에 마족이었던 분이 있을지도 모르죠."

선배의 말을 듣고 내 머리에 떠오른 것은 시스터 콤플렉스였던 선조였다.

그 사람이 마족과의 사이에서 아이를 만들었다던가……?

그럴 리가 없지. 시스터 콤플렉스인걸. 마족과 야한 짓을 하려는 생각 같은 건 딱히 없었을 거야.

"참고로 마족의 피가 섞여 있으면 흑마법에 유리한 점이 많다고들 해요."

그렇다는 건——

그 선조보다도 훨씬 더 오래전 조상에게 마족의 피가 섞여 있었을 가능성도 있지 않을까?

마족의 피가 흐르고 있었기 때문에 위대한 마족이며 메어리의 오빠인 〈어둠보다 검은 명계의 비둘기〉를 소환할 수 있었다는 가능성도 있다. 그렇다면 내가 메어리를 소환할 수 있었던 것도 같은 이론으로 설명할 수 있다.

하지만 이천 년 전이나 삼천 년 전 일 같은 것을 내가 알 수 있는 것도 아니니 착오일 수도 있다. 진상은 여전히 안갯속이다.

그리고 그런 것보다 더 빨리 어떻게든 해야 하는 변화가 생겼다.

"어라라, 프란츠 씨도 흥분해버린 건가요?"

엔타야 선배의 시선이 내 하반신 쪽으로 향했다.

바지 위로도 보이는 건가요…….

흥분보다는 긴장 쪽이 더 강했겠지만, 그럼에도 독특한 시간이었기 때문에 내 몸에 영향이 나타난 것 같다.

"감사 인사라고 하긴 뭐하지만 그쪽도 빨아드릴까요?"

"아아, 그러면 딱 좋을 것—— 아니 무슨 말씀을 하시는 거예요!"

말도 안 되는 제안을 받고 나는 당황했다.

"더러운 상태일 테니까, 괜찮아요……."

"그런 거라면 괜찮아요. 소독용 거즈도 있으니까요. 물론 이를 세우지는 않을 테니까 안심하세요. 빠는 분야는 전반적으로 잘하거든요."

그건 서큐버스의 영역 아닌가요…….

이렇게까지 말씀하시는데 거절하는 것도 예의가 아니지 않을까…….

"그러면…… 부, 부탁드릴 수 있을까요……?"

"네-에. 그럼 바지를 벗어 주세요♪"

그렇게 저는 피와는 다른 것을 선배에게 정성껏 빨렸습니다.

아니, 몽땅 빨렸다고 하는 편이 좋을지도…….

"으으…… 역시 이상한 맛이네요……. 이것도 좀 더 맛있었으면 좋았을 텐데."

모든 일이 끝나고 선배가 그렇게 말했다.

"뭐, 본래는 자손을 만들기 위한 것이니까 맛있다고 느껴봤자 아무 의미 없을 테니 어쩔 수 없는 거 아닐까요……."

"아,"

선배가 뭔가 깨달은 듯한 목소리를 냈다. 이 상황에서 도대체 뭘 깨달은 거지?

"프란츠 씨의 얼굴 정말로 늠름해졌어요. 맨 처음 만났을 때보다 몇 배나 지적으로 보여요! 마치 미래를 속속들이 알고 있는 눈이라고 해야 할까요!"

들기 좋은 말이긴 한데, 어째서 내가 늠름해진 거지……?

"그런가, 이게 바로 현자 모드라는 것이로군요."

직접 말로 들으니까 어쩐지 부끄러워지는데…….

"아! 프란츠 씨는 계속 앉아만 있었으니 운동한 뒤처럼 땀을 흘리거나 머리가 흐트러지지도 않았고 말이죠. 그저 순수하게 욕망에서 해방된 상태일 뿐이니까요."

"일일이 말하지 않으셔도 돼요!"

그 뒤로 집에 돌아갔지만——

"주인님, 술이 깬 정도가 아니라 정말 멋진 얼굴을 하고 계시네요."

"프란츠, 큰 뜻을 품은 영웅 같은 표정인데. 무슨 일 있었어?"

두 사람에게 도저히 견딜 수 없는 이야기를 들었습니다.

"분명 선배에게 용기가 생길 만한 이야기를 들으신 거겠죠? 좋은 경험을 하셨네요!"

"응, 좋은 경험이었어……."

내 마음속 죄책감이 커지는 것을 느꼈다……. 이제 그만 칭찬해, 세룰리아…….

돈을 내지 않고
실적을 내려한다면
뭔가가 뒤틀릴 거예요

제 7 화

흑마법 업계 파업

회사에 출근하니 내 사물함에 처음 보는 종이가 들어 있었다.

"업무에 관련된 거면 사장님이 직접 줬을 텐데, 뭐지……?"

참고로 네크로그란트 흑마법사 안에 나 혼자 쓰는 내 책상은 없다. 당연히 왕따를 당하고 있는 건 아니고, 애초에 이 회사가 개인용 책상이 없는 회사라서 그렇다. 업무의 대부분이 사무가 아니라 현장 업무인 것이 그 이유 중 하나이다.

하지만 개인 사물함은 존재한다. 여기에 쓸데없는 짐 같은 것을 넣어두거나 한다. 우편함 역할도 겸하고 있기 때문에 종이로 된 서류는 밖에서 사물함 안으로 넣을 수 있게 되어있다.

그렇기 때문에 사흘에 한 번은 반드시 사물함을 확인해야 한다.

사실은 매일 확인해야겠지만 케르케르 사장은 그런 부분에서 느슨한 데가 있어 '사흘에 한 번 정도만 하면 괜찮아요. 정말로 급한 건이면 제가 직접 연락할 테니까요'라고 얘기했다.

나는 거의 매일 확인하고 있긴 한데……. 그런 것을 방치해두지 못하는 성격이다.

아무튼 종이에는 뭐랄까, 굵고 거친 문자가 쓰여 있어서 업무용 서류라는 분위기는 아니었다.

〈총파업 안내, 흑마법 업계 근로자 여러분. 모두 함께 일어섭시다〉

"뭐야, 이게……?"

종이를 들여다보니 묘한 내용이 적혀 있다.

"어라, 주인님 사물함에도 들어있었나요?"

세룰리아도 똑같은 종이를 들고 서 있었다. 참고로 여자 용 로커룸은 옆방이다. 간단하게 옷 정도는 갈아입을 수 있 도록 구역이 나뉘어 있다. 남자는 나뿐이라 편하다.

"응. 도대체 누가 넣은 거지……. 그리고, 파업이라니. 건 실하지 않네."

"저도 아직 읽어보진 않았어요. 어디, 확인해봐요."

종이엔 글이 잔뜩 쓰여 있어 끝까지 읽는 데에 몇 시간이 나 걸렸지만, 요약하면 이런 내용이다.

- 흑마법 업계 근로자의 대다수는 업무 강도에 비해 저임 금으로 혹사당하고 있다.
- 거기서 우리 〈흑마법 청년단〉은 업계 단체에 3회에 걸 쳐 임금 인상을 요구했다.
- 하지만 업계 단체는 그 요구를 무시했다.
- 최종 수단으로 전체 흑마법 근로자에 의한 대규모 파업 을 결행한다.
- 기일은 2월 15일. 마계와 인간계가 가장 가까워지는 날 이기 때문이다.
- 부디 당신도 근로자 동료들과 함께 파업에 참가해 주었 으면 한다!

"……이런 게 흑마법 업계에도 있었구나."

파업이라니, 요즘엔 거의 듣지 못했던 단어네. 부모님 세대 때는 꽤 있었던 것 같지만 우리 세대 사람이라면 이야기로밖에 못 들은 단어다.

"그것보다, 노동 단체라는 게 있었군요. 〈흑마법 청년단〉이라는 곳에서 이런 권유를 받은 것도 처음이지 않나요?"

"그러네. 이런 권유가 전혀 없었다는 것도 무시당한 것 같아서 조금 충격인데……."

"그거, 어떻게 생각해 봐도 이 회사가 고임금이라서 그런 거 아니야?"

어느샌가 메어리도 종이를 들고 우리 옆에 서 있었다.

"삼 주만에 박스를 열었더니 이런 게 들어있었어."

"아니, 좀 더 자주 확인하라고……."

이런 데서 성격이 나오는구나. 메어리는 그야말로 대충대충이다.

"생각해 봐, 이런 건 제대로 보상받지 못한다고 생각하는 사람들이 하는 거잖아? 처음부터 월급을 사십만이나 주는 이 회사 사람들에게 임금 인상을 더 요구할 마음은 없을 테고, 노동 단체에도 들어와 주지 않을 것 같으니 권유조차 안 했던 거지."

"그것도 그런가……. 이 회사는 이미 대우가 엄청나게 좋으니까 말이지……."

여기에서 더 처우 개선을 요구하면 천벌을 받을 거라고

생각한다.

흑마법사인데 천벌이라고 하는 것도 좀 이상한가. 천벌이라기보다는 저주에 걸릴 거다.

"저도 이 회사는 훌륭하다고 생각해요."

마족인 세룰리아도 만족할 정도니까 불만을 품은 사람이 있다는 것은 상상조차 하기 힘들다.

"뭐, 난 파업엔 참가하지 않을 생각이야. 사장님한테 미안하잖아."

이게 내 본심이다. 내게 있어 케르케르 사장님은 평범한 고용주가 아니다.

나를 인간적으로 성장시켜준 스승 같은 존재이며 동시에 수많은 만남을 가져다준 은인이기도 하다.

그리고…… 육체적인 관계도 몇 번 있었고…….

이제 와서 케르케르 사장님을 곤란하게 만드는 일은 하고 싶지 않다.

이런 운동을 하는 것이 귀찮다거나 정치적인 행동을 하고 싶지 않다던가 하는 얘기 이전에, 사장에게서 미소를 빼앗고 싶지 않은 것이다.

"강제 참여도 아니니까, 이 파업 호소문은 안 본 것으로 하자."

세룰리아와 메어리도 고개를 끄덕였다.

"그러면, 사장님이 보기 전에 세 장 다 모아서 쓰레기통에 버리고 올게."

그리고 방을 나선 순간 사장을 만났다.

안 좋은 타이밍에 마주쳤다고 생각했는데, 그런 것보다도 사장의 모습이 이상했다.

'투쟁! 분쇄! 단결!'이라고 쓰인 천을 두른 철모를 쓰고 있잖아!

솔직히 말하자면 강아지 귀 때문에 제대로 씌워져 있지도 않다. 머리 위에 철모가 올려져 있다고 봐야 한다.

그리고, 입 부근에도 삼각건을 두르고 있다. 흑마법 의식이라도 하는 건가? 아니, 절대로 아닐텐데…….

"앗! 프란츠 씨, 좋은 아침이에요!"

"사장님……, 그게 무슨 차림이에요?"

"보시는 대로 파업용 의상이에요. 이렇게 하고 파업에 참여하려고요."

내가 말하기 전에 뒤에 있던 메어리가 먼저 목소리를 높였다.

"그거, 경영자가 하는 거 아니잖아! 왜 사장이 그런 걸 하는 거야!"

흠잡을 곳 하나 없는 정론이다. 나도 그렇게 생각해…….

"하지만 파업 종이에 사장은 참가하면 안 된다고 쓰여 있지 않았잖아요? 참가자를 차별하는 주의·주장은 이 〈흑마법 청년단〉이라는 단체의 사상과도 상충하지 않을 거라구요. 그러니까 제가 나가도 되지 않을까요? 그리고 제가 허가하지 않았으면 이 회사에 그 전단지를 못 돌렸겠죠."

오히려 사장님이 이 회사의 최대 찬성자로군…….

"무슨 얘기인지는 알겠지만, 사장님…… 이거 경영자 쪽을 적으로 돌리는 거라구요……?"

참고로 사장님의 뒤쪽에는 그녀의 사역마인 게르게르가 '개는 개라도 권력의 개가 아니다멍'이라고 적힌 띠를 머리에 두르고 있다. 제발 저 꼴을 하고 밖에 돌아다니지 않았으면 좋겠다.

"애초에 업계 단체에 요구한다니, 그거 흑마법 협회 말하는 거 맞죠? 연수나 운동회에서 신세를 졌지만 근로자의 적이라는 이미지는 전혀 없었는데요."

〈분형(焚刑)의 엔젤 레드〉 씨라는 털복숭이 회장이 운영하는 조직이다. 정말로 임팩트 있는 모습이었기 때문에 잊을수가 없다.

"아 참, 그렇구나. 업계의 그런 쪽에 관한 이야기를 안 했네요……. 프란츠 씨가 모르는 것도 당연하네요……."

사장님은 뭔가 생각하는 것이 있는 모양이었다.

"여러분께 말씀해 드릴 테니까 회의실로 오시겠어요?"

"그리고 저, 그 철모 무거워 보이는데 벗으시면 어떨까요?"

"이런 걸 쓰면 분위기가 나는데 말이죠. 뼈의 벽을 소환해서 바리케이드 봉쇄를 하던 시절이 그립네요~"

이거, 이상적으로 공감하고 있는 게 아니라 즐기고 있구만……. 가장(仮裝)이랑 같은 감각인가…….

회의실에도 역시 '투쟁! 분쇄! 단결!'이라고 적힌 천이 걸려 있었다…….

"자, 일단 여러분이 오해하고 있는 부분을 설명하겠습니다."

사장님이 말했다. 어느 쪽이냐고 물으면 이 방이 뭔가 틀린 것 같은데요.

"프란츠 씨, 이 회사에 들어와서 흑마법 업계가 천국이라고 생각하셨나요?"

"생각했습니다!"

급료도 좋고, 노동 환경도 좋고, 선배들도 전부 아름답다.

이런 환경에서 불만을 표한다면 쇠약 마법으로 살해당할 것이다.

"제 입으로 말하는 것도 좀 그렇지만…… 그건 제 경영 노력에 의한 것입니다…….."

자신의 입으로 말하기 부끄러운 건지, 사장님이 얼굴을 붉혔다. 사장님은 충분히 뽐낼 권리가 있을 정도로 활약했으니 좀 더 떳떳해져도 괜찮은데.

"아직 대부분의 흑마법 회사는 낮은 임금에 비해 더러운 일이 많은 것이 현실입니다. 이전보다 위험한 일이 대폭 줄어들었다는 것만으로도 커다란 성과이지만요…….."

"네?! 그런가요?!"

입사한 뒤로 업계의 어두운 부분을 본 적 없어 전혀 눈치채지 못했다.

"네. 물론 흑마법 업계에서도 이대로는 미래가 없다, 일하는 사람이 줄어들 뿐이라는 점을 이해하고 개혁하고는 있습니다. 그중에서도 저희 회사가 가장 그 개혁에 성공한 곳 중 한 곳이라는 거죠."

"그러니까, 저희는 축복받은 회사에 들어왔기 때문에 업계의 현재 상황에 대해 눈치채지 못했다는 거로군요."

세룰리아의 말에 사장님이 수긍했다.

"그렇다고 해도 아직 이해가 안 가는데."

메어리는 정말로 머리 회전이 빠르다. 이상한 부분이라도 발견한 걸까.

"그 흑마법 협회라는 업계 단체는 근로자와 대립하고 있는 느낌이 아니었잖아. 근로자와 싸우는 중이라면 그렇게 친근하게 운동회 같은 걸 하지 않을 거 아니야?"

"흑마법 협회는 업계를 개혁하려는 의식이 있는 회사들이 모인 조직이고, 사실 업계 최대 단체는 중앙 흑마법 위원회라는 다른 조직이에요……."

"그랬던 건가요!"

이제까지 몰랐던 새로운 사실이 밝혀졌다.

"그렇다면 저희는 흑마법 업계의 빛 부분만 보고 있었다는 거네요!"

흑마법 업계의 빛이라니 모순된 표현이지만 어떤 의미인지는 이해할 수 있겠지.

"그렇죠. 그렇죠. 참고로 중앙 흑마법 위원회는 국가의 낙하산 간부를 많이 받아들이고 있는 곳이랍니다……."

그야말로 노동 단체와 대립할 것 같은 곳이군……. 완전히 사용자 측인가…….

"〈흑마법 청년단〉은 정당한 보상을 받지 못하는 흑마법 업계 사원들이 모여 만든 단체로, 오랜 시간 중앙 흑마법 위원회에 노동 조건의 개선이며 임금 인상을 요구하고 있습니다. 하지만 좀처럼 상황이 좋아지질 않아서 총파업을 하려는 거예요."

"그래서 연이 거의 없는 이 회사에까지 전단을 돌린 거였구나. 좋은 조건으로 일하고 있는 흑마법 업계 사람들도 도우라는 뜻인가. 그렇지 않으면 총파업이 되지 않을 테니 말이지."

메어리의 마음속 수수께끼는 그걸로 풀린 것 같다. 나도 대강은 이해했다.

"저희는 제대로 된 보수를 받고 있으니 〈흑마법 청년단〉도 저희가 입회하지 않을 거라고 생각해 가입 권유도 하지 않았지만, 그래도 이번만은 도와 달라고 요청했다는 뜻이네요."

세룰리아의 말에 사장님이 다시 한번 고개를 끄덕였다.

자, 이해는 끝났다.

문제는 이제부터 어떻게 할지다.

"그래서, 저는 네크로그란트 흑마법사 전체가 파업을 할까~ 하는데."

케르케르 사장님이 태연하게 사장답지 않은 이야기를 꺼냈다.

"그거, 일하지 않는 동안에도 급료가 나오는 건가요……?"

"당연하죠. 그러지 않으면 말이 안 되는데."

그렇다면 직원에게는 이익밖에 없는데.

"흑마법 일이 멈추면 사회에 얼마나 큰일이 벌어지는지, 저는 그것을 알게 되는 것이 중요하다고 생각해요. 그리고 그때 흑마법 협회에 소속되어 있는 회사가 아무렇지 않게 일을 받아버리면 저임금과 중노동에 허덕이는 사람들을 방해하는 일이 될 거예요."

그런 견해도 있을 수 있구나……. 이미 좋은 조건에서 일하고 있는 회사가 파업을 무시하면 그쪽으로 일이 옮겨가고 파업은 아무 소용도 없어지는 것이다.

"소녀는 그렇게 해서 나쁜 조건의 회사가 무너지고 도태되는 것도 한 가지 개선 방법이라고 생각해. 일시적으로 실직하는 흑마법사가 늘어나는 것은 사실이니 아픔도 따르겠지만."

"맞아요. 메어리 씨 같은 의견도 있었지만 이번에는 흑마법 일의 중요성 자체를 세상에 알리는 것을 중요하게 생각하고 있답니다."

그렇다면 파업으로 결정인가.

"저희가 반대할 이유는 없으니 파업이라고 해야 할까, 2월 15일부터 일을 쉬도록 하겠습니다."

"네, 그렇게 부탁드릴게요."

사장이 웃으며 말했다. 파업을 하고 싶어 하는 경영자라니 그 말 자체가 모순이라고 생각하지만.

"기왕이니 흑마법 업계가 전부 멈추면 사회가 어떻게 될지 확인하며 지내보는 것도 좋겠죠. 아마 비교적 짧은 시간에 업계 단체인 중앙 흑마법 위원회가 타협안을 제시해 올 거예요."

케르케르 사장은 사태가 대강 어떻게 흘러갈지 알고 있는 것 같다.

"조건을 좋게 해 줄 수밖에 없다는 것은 중앙 흑마법 위원회도 알고 있을 겁니다. 이대로 사라져 버려도 괜찮은 일이 아니니까요. 하지만 조건이 향상되는 페이스가 느리니 불만이 나오는 거죠. 그러니 해결은 될 겁니다."

"흑마법 일이라는 건 제가 하고 있는 임프를 이용한 늪 관리나 농지 경작처럼 수수한 일이 많은데, 그런 일을 멈춘다고 곤란해지긴 할까요……?"

자학적인 발언일지도 모르겠지만 며칠 정도는 멈춘다고 해도 참을 수 있을 것 같은 기분이 든다.

"분명히 말하겠지만 사장님은 깨끗하고(clean)·쾌적하고 (comfortable)·개방적인(completely open) 일터라는 새로운 3C 직장을 적극적으로 추진해 왔다멍. 그것을 위해 사장님은 정말로 많이 노력했다멍."

사장님을 대신해 게르게르가 그녀를 칭찬했다.

그렇다. 케르케르 사장님은 우리가 모르는 시대에 모르는 곳에서 엄청난 노력을 했을 것이다.

"뭐, 좋은 일이나 돈이 되는 일을 모아 온 것은 사실이에요. 그리고 역겹고(Disgusting)·더럽고(Dirty)·위험한(Dangerous) 3D 작업들은 어차피 큰 흑마법 회사에 좌우되고 있어서 새로운 일을 얻기도 힘들었거든요. 벌이도 적으니 별로 맛도 없고요."

"혁신적인 일을 해서 돈을 버는 것은 후발 주자의 기본자세니까요."

원인은 여러 가지 있겠지만, 나는 앞으로도 사장을 존경할 것이다.

"그러니까 2월 15일은 편히 쉬도록 하세요. 아마 신문에도 커다랗게 실릴 거예요."

◇

사장의 말대로 회사에 도착한 신문을 확인해 보니 2월 15일이 가까워지면서 파업 보도가 늘어나고 있었다.

신문에는 파업이 실행될 공산이 높아졌다고 적혀 있다.

무책임할지도 모르지만, 여기까지 왔으니 파업이 어떤 영향을 미칠지 보고 싶었다.

그리고 2월 15일──의 전날인 14일.

이날은 밸런타인인가 하는 위대한 백마법사를 기리는 날로, 백마법사들은 파티나 회식을 즐기는 날이다.

구직 활동으로 허덕거리던 마지막 일 년을 제외하고는, 나도 학창시절엔 기숙사에서 파티를 했었다. 그렇다고 할까, 리자가 파티를 열어 주었다.

그 덕분인지 14일 밤에 왕도를 걷고 있으면 평소보다 커플이나 취한 사람의 비율이 높은 느낌이다. 그런 얘기를 했더니 냉정한 메어리에게 태클을 받았다.

"백마법사의 수 같은 건 왕도 인구로 따지면 얼마 되지도 않잖아. 그렇게 눈에 띄지 않을 텐데."

"그게 말이지, 요즘은 백마법사뿐만이 아니라 일반 시민들도 축하하는 날이 됐거든. 국경일로 지정될 정도는 아니지만."

떠들썩한 날이 늘어나는 것은 일반 시민들에게도 고마운 일이기 때문에, 유래에 어지간히 문제가 있는 경우만 아니면 아무렇지 않게 받아들이곤 한다.

"그 밸런타인이라는 분은 어떤 마법사였나요? 저는 마족이라 자세히 모르니까 알려 주세요."

나도 마법 학교에서 배우기 전까지는 전혀 몰랐을 정도니까, 뭐.

그러면, 밤의 왕도를 걸으며 설명해 볼까. 역사학자가 아니니 어설픈 부분도 있겠지만 그런 부분은 애교로 봐주고.

"벌써 까마득한 옛날 일인데, 마계와 이 세계가 융합해서 하나가 될 뻔한 일이 한 번 있었대. 듣자 하니, 초일류 마법사들이 모여서 꾸민 일이었다나."

어떤 규모로, 어떤 특수한 마법을 사용하면 그렇게 되는지는 모르지만, 뭐 전설의 영역에 들어가는 일이니 어쩔 수 없다.

"아아, 오빠 정도 되는 클래스의 마족이 스무 명 정도 모이고 인간 쪽에서도 그 정도 수준의 녀석들이 모인다면 일으키지 못하는 일은 없을지도 몰라."

"메어리가 말하니까 전설이 갑자기 현실성을 띠네……."

"혹시 이 세계가 마계와 연결된다면 인간은 멸족했거나

거의 다른 존재로 변질되었을 거야. 하지만 그렇게 되지 않았지. 밸런타인이라는 백마법사가 결계를 쳐서 마계가 너무 가까이 다가오지 못하도록 막았던 거야── 자신의 목숨을 희생해서."

이 전설은 나름대로 슬픈 이야기인 것이다.

"그분은 돌아가셨겠죠."

역사 속 인물의 죽음에까지 마음을 쓰다니, 역시 세룰리아는 상냥하다.

"평범한 백마법 중에 제물이나 희생자를 필요로 하는 마법은 없어. 하지만 아주 높은 수준의 숨겨진 마법 중에는 그런 마법이 있다나 봐. 그는 그것을 이용해서 마계와 이 세계가 완전히 합쳐지는 것을 막은 것 같아."

뭐, 당연한 얘기지만 이미 사라진 마법이 되었으니 자세한 내용을 알 수는 없지만.

"그리고 밸런타인이 스스로 제물이 된 다음날, 마계는 인간 세계에 가장 가까이 접근했지만 하나가 될 수는 없었어. 그리고 다시 마계와 인간계의 거리가 멀어졌고, 그렇게 지금에 이르게 된 거야."

나는 이야기를 이어가며 두 사람의 분위기를 살펴봤다. 메어리가 아무 말도 하지 않고 있다는 것은 이야기를 제대로 듣고 있다는 뜻이다.

"그 이후로 백마법사들은 밸런타인이 죽은 날을 축복하고, 흑마법사들은 2월 15일을 마계가 가장 가까이 다가온

날로 기념하고 있다——는 것 같지만, 흑마법의 날은 나도 취직하고 나서 알았어…….”

적어도 일반인은 흑마법의 날을 전혀 모르겠지.

“그리고 내일이 그 2월 15일이라는 거구나. 도대체 어떻게 될까.”

“뭐, 내일은 왕도를 돌아다니면서 상황을 지켜보자고.”

일은 하지 않으니까, 이것도 소극적인 파업이다.

◇

2월 15일. 지극히 평범하게 아침해가 떴고, 나는 눈을 떴다.

백마법 연습을 위해 바깥에 나가 보았지만, 딱히 달라진 것은 없었다.

하늘이 새까맣게 변하는 일도 전혀 없다.

“오늘도 날씨가 좋네요.”

세룰리아가 빨래를 말리며 말했다. 세룰리아와의 생활에 그다지 흑마법 같은 구석은 없지……. 아름다운 새댁과 함께 생활하는 느낌이라…….

“이 시간부터 일하는 흑마법사는 없으니까, 그야 아무 일도 없겠지.”

아침인데도 붉은 달이 떠 있는 모습 정도가 평소와 다른 점일 것이다.

"파업 중인 분들은 어딘에 모여계시는 걸까요? 흑마법사가 한 곳에 모이는 일은 상당히 드문데."

"그렇지. 적어도 왕도 중심부에서는 별로 못 본 것 같아."

파업 기사가 신문에 실려 있지만, 더 적극적으로 요구 사항을 외치며 행진이라도 하지 않는 한 일반인에게는 알려지지 않는 것 아닐까.

메어리는 휴일을 만끽하느라 일어날 생각을 안해 내가 억지로 깨웠다.

모처럼 맞은 휴일이니 아침 식사는 왕도에 나가서 먹기로 했다.

오늘은 가사 노동도 하지 않을 예정이다.

아무 일도 일어나지 않더라도 왕도에 나가면 많은 가게가 있으니 얼마든지 시간을 죽일 수 있을 것이다.

"저, 사실 아침 메뉴가 있는 카페 중에 가보고 싶었던 가게가 있어요. 이참에 거기로 가지 않으실래요?"

세룰리아의 바람에 응해 그 카페테라스로 향했다.

전체적으로 세련되고 고급스러운 가게였다.

메뉴를 둘러보니 조식 세트가 은화 한 닢씩이나 해서 깜짝 놀랐다.

"우와, 역시 이런 가게는 정말 비싸구나……. 학식이라면 세 끼는 먹을 수 있는 가격인데……."

"프란츠, 구두쇠처럼 굴지 마."

좋은 집 영애인 메어리는 주눅드는 것 없이 제집처럼 편한 모습이다. 집안 배경 덕분에 내가 가장 이 가게에 어울리지 못하고 있었다.

상류 계급 부자입니다 하는 티가 굉장히 많이 나는 여성 두 명이 선객으로 와서 아침 잡담을 나누고 있다.

"오늘이 파업날이라던데."

"흑마법 업계는 고생이 많을 것 같은 이미지잖아. 드디어 인내의 끈이 끊어진 거겠지."

오, 일반인 사이에도 화제에 오를 정도로는 퍼져 있구나.

"그런데, 흑마법사는 어떤 일을 하는 걸까?"

"제물을 바쳐서 마족에게 빈다거나?"

그 목소리에서 약간 모멸의 의도가 느껴졌다.

"흑마법은 겉으로 드러나지 않으니까 뭘 하고 있는지 잘 모르겠어. 직업으로 존재한다는 건 사회에 도움이 된다는 뜻일 텐데."

"파업도 몰래 하는 거 아니야?"

그야 시장에도 상점가에도 한눈에 흑마법이라는 것을 알 수 있는 가게 같은 건 없다. 사회와 어떻게 연결되어 있는지 나조차 아직 잘 모르고 있을 정도니까.

네크로그란트 흑마법사는 흑마법 업계에서도 상당히 이상한 위치에 있기 때문에, 나도 업계의 현 상황을 정확하게 파악하지 못했다. 아직 입사 첫해라서 눈앞에 주어진 일을 해내는데 급급했던 탓도 있겠지.

조식 세트는 색색의 채소샐러드가 예쁘게 담겨져 있는 데다 과일 스무디까지 딸려 있어서 색감부터 흑마법과 반대쪽에 있는 것 같았다.

"와! 정말 호화로워요! 이걸 그리면 인기가 많을 거예요!"

어쩐지 요즘은 여자들 사이에서 맛있어 보이는 요리를 일러스트로 샤샤샥 그려서 친구에게 보여주는 것이 유행하고 있는 모양이다. 다들 그림을 잘 그리고 싶어서라기보다 나는 이렇게 맛있는 음식을 먹고 있다는 것을 나타내기 위해 그리는 것 같다.

"이 정도 데코레이션이라면 비싼 가격도 이해되네. 맛있어 보여."

"메어리, 모처럼 시켰으니까 좀 더 기뻐해 봐……."

비싼 아침 식사니까 덤덤하게 대응하면 뭔가 손해 보는 느낌이 든다.

자 그럼 우아한 아침을 먹어 볼까, 하고 샐러드를 먹기 시작한 순간――

파업 얘기를 하던 여성들 쪽에서 비명이 들려왔다.

"방금 눈이 굉장히 많이 달린 몬스터가 저기 서 있었어!"

"뭐? 뭔가 착각한 거 아니야? 어제 먹은 술이 덜 깨서 그럴 거야!"

몬스터를 봤다고 주장한 여성은 상당히 흥분해 있었다.

어지간히 무서운 것을 본 모양인지 얼굴이 새파랗게 질려 있다.

"흐응. 마계에는 저런 게 널려있는데 말이지. 여기서 보게 되면 깜짝 놀라는 걸까?"

메어리는 소동을 무시한 채 계속 식사했다.

뭐, 실제로 습격당하는 것도 아니니 굳이 신경 쓸 필요는 없나.

식사를 마치고 왕도를 걷고 있으려니, 이번에는 무언가에 쫓겨 황급히 도망치는 사람들과 만날 수 있었다.

"언데드다! 언데드 군단이다!" "무덤이 이상하게 변했어!" "도대체 무슨 일이 있었던 거지!"

그 목소리에 도망치는 사람들이 점점 늘어났다.

패닉이 빠르게 확산되고 있었다.

"주인님, 대체 무슨 일일까요?"

"글쎄, 나도 잘 모르겠어. 무슨 일이 일어난 건 확실한데……."

"군중들에게 휩쓸리면 위험하니까 다른 길로 가자."

메어리의 제안에 따라 군중들에게서 멀어질 수 있도록 다른 거리를 걸었다.

그러던 중 하수구에서 나온 오물 범벅의 무언가가 우리 반대쪽 길로 향하는 모습이 보였다.

"어이, 저게 뭐지……?"

"하급 몬스터야."

메어리가 담담하게 설명해 주었다. 도둑고양이라도 본 것 같은 반응이다.

"하수도 같은 곳에는 쓰레기가 많이 흘러들어 가잖아. 도시 내 하수도라면 마법 아이템의 폐기물도 섞여 있을 테니, 가끔 저런 게 나오기도 해."

"흔한 거야? 왕도에 살면서 한 번도 본 적 없는데."

저런 것이 하수구에서 계속 나온다면 평화로운 일상은 성립되지 않을 것이다. 여기서 살고 싶다는 생각이 들지 않겠지.

"그렇다면 저런 괴물이 나오지 않도록 누군가가 오물 집적소나 하수도에서 일하고 있었다는 거잖아?"

메어리의 말은 어딘가 어물쩍 넘어가는 것 같은 느낌이 있었지만, 이미 진상을 얘기하고 있는 거나 마찬가지였다.

"그런 일을 하고 있는 것이 흑마법사라는 얘기야?"

'역겹고(Discusting)·더럽고(Dirty)·위험한(Dangerous)'이라는 뜻의 3D가 머릿속에 떠올랐다.

하수구 같은 곳에서 저런 것이 태어나지 않도록 하는 일—— 아무도 하고 싶어 하지 않는 일이다.

"소녀도 인간들의 도시에 대해 자세히 알진 못하지만, 그런 거 아니야? 마법 아이템 불법 투기가 있어서 저런 게 태어나는 거라고. 왕도 같은 곳은 여러 가지 물건들이 쓰레기로 버려지니까. 하급 몬스터는 그런 곳에서 발생하기도 하거든."

그리고 바로 근처에서 비슷한 사태를 목격하게 되었다.

닭뼈나 돼지뼈를 모아서 합성한 것 같은 몬스터가 마을을 활보하고 있었다.

그야말로 쓰레기장의 음식물 쓰레기에서 생겨났다고 생

각되는 녀석이다.

　인근 주민들이 비명을 지르고 있다. 빗자루를 꽉 움켜쥐
도 있는 사람도 있었지만 맞서 싸울 용기는 없는지 거리를
두고 와들와들 떨며 몬스터의 동향을 지켜보고 있다.

　"메어리 씨, 저 몬스터의 이름을 알고 계시나요? 저는 배
움이 얕아서 모르겠어요⋯⋯."

　"세룰리아, 저거한테 이름 같은 건 없어. 우연히 태어나버
린 이상한 몬스터야. 그러니까 생태도 알 수가 없지. 저런 것
만 전문적으로 없애는 프로라면 알고 있을지도 모르지만."

　"하지만 어째서 쓰레기장에서 저런 게 나오는 거지⋯⋯?"

　기분 나쁜 예감이 머릿속을 스쳤다.

　"설마, 파업 중인 흑마법사가 만들어낸 건 아니겠지⋯⋯?"

　그렇다면 파업의 효과는 엄청나겠지만 흑마법사에 대한
인상은 최악이 될 것이다.

　──메어리가 조용히 쓰레기장 쪽으로 다가갔다.

　뼈다귀 몬스터가 있었지만 그냥 무시했다. 전혀 무섭지
않은 모양이다.

　그러고는 쓰레기 더미에서 깨진 병 하나를 주워 들고 돌
아왔다.

　"일단 흑마법사의 누명은 벗겨질 것 같아."

　깨진 병에는 이런 라벨이 붙어 있었다.

　〈백마법 골렘 원료 업무용〉

　이것도 마법 아이템인가⋯⋯.

뒤쪽에 쓰인 주의문을 보니 ── 특수한 몬스터가 태어날 위험이 있으니 특수 폐기물로 행정처에 연락해서 허가를 얻은 후에 버리라고 쓰여 있다.

"어떤 회사가 마법 아이템을 불법 투기했고, 그 결과 음식 쓰레기에 있던 뼈에서 저 뼈다귀 몬스터가 태어났다는 거네."

"계속 감시하고 있었던 건 아니지만 그럴 가능성이 가장 높겠지. 그야 세상 어디에나 불법 투기를 하는 녀석은 있기 마련이야. 착한 사람만 사는 마을 같은 건 존재하지 않을 테니 말이야."

그렇다면 이 뼈다귀 몬스터는 무조건 태어나게 된다는 뜻이다.

말하자면 공해다.

하지만 나는 이런 것과 마주치는 일 없이 왕도에서 살아 왔다.

그게 단순한 행운이었을 뿐일까?

아니, 그럴 리 없지.

"흑마법사는 이런 놈들이 나오지 않도록 둘러보고 발생을 저지하는 일을 하고 있었던 거구나."

"아마 그렇겠지. 일상에선 보이지 않지만 그런 숨은 공로자 같은 직업도 있는 거 아닐까."

그렇다면 언데드 군단이 나왔다던 소동 역시…….

"저 있잖아, 나 묘지 구역 쪽으로 가 보고 싶은데."

우리는 왕도 부근에서도 최대 규모를 자랑하는 공동묘지로 향했다.

목적지가 가까워질수록 소란이 더욱 커지고 있는 것을 여실히 느낄 수 있었다.

아마 내 예상이 거의 맞을 것이다.

묘지에 도착하기 전부터 파업의 영향이 눈에 띄었다.

셀 수 없을 정도의 많은 언데드가 거리를 어슬렁거리며 배회하고 있다.

어느새 피난하는 사람들의 모습도 보이지 않았다.

"모처럼 왔으니 묘지까지 가 볼까."

메어리가 언데드 무리 속으로 아무렇지 않게 파고들었다.

"정말로……? 가자고 했던 건 나지만…….''

"움직임이 느리니까 두려워할 필요 없어. 무서우면 소녀 뒤에 붙어서 따라와."

여자에게 보호받는 건 창피하지만, 메어리는 엄청나게 강하니까 예외다. 순순히 그 제안에 따르기로 했다.

그리고 공동묘지 중심부에 있는 관리동 앞에는――

검은 로브 차림의 집단이 서른 명 정도 모여 있었다.

눈앞에는 '회사는 흑마법사의 임금을 인상하라! 흑마법 청년단 일동'이라고 적힌 현수막이 걸려 있다.

그리고 개별적으로 '더러워도 중요한 일' '흑마법사가 없는 왕도에서 살 수 있겠습니까?' '우리를 발견해 주세요' 같은 플래카드를 들고 있는 사람도 있었다.

하지만 소리를 지르는 사람은 한 명도 없었다. 다들 가만히 입을 다물고 있다.

　오히려 침묵을 지킴으로써 더 강력한 항의 효과를 내기 위한 것처럼 보였다.

　"이것이 흑마법사 총파업을 일으킨 결과인가……."

　"뭐, 아무 때나 이렇게까지 극적인 효과가 나오지는 않아. 저들은 제대로 좋은 날을 고른 거야. 협상이란 건 그런 거야."

　좋은 날이라니 그게 뭐야, 라고 물으려는데 머릿속에 답이 떠올랐다.

　"2월 15일, 마계가 가장 가까워지는 날인가……."

　"전설의 신빙성은 잘 모르겠지만 일 년 중에 마계의 영향이 인간계에 가장 강하게 나타나는 날이 2월 15일이라는 건 사실이잖아?"

　나는 천천히 고개를 끄덕였다.

　눈으로는 계속 흑마법사들이 있는 쪽을 바라봤다.

　그 표정에는 분노도 증오도 없었다. 그저 계속 참고 견디듯 가만히 서서 자신들의 마음을 전하려 하고 있었다.

　"없어도 괜찮은 일 같은 건 어디에도 없는 거네요."

　세룰리아가 만감이 교차하는 것 같은 말투로 중얼거렸다.

　"부디 이분들의 임금이 인상되길."

　이대로 물러나도 괜찮겠지만, 동업자로서 인사 정도는 해야 하지 않을까라는 생각이 들었다.

　"파업 수고하십니다."

나는 검은 로브를 뒤집어쓴 사람들이 있는 곳까지 다가가 고개를 숙였다.

"이해해 주셔서 감사합니다."

대표로 보이는 중앙의 남자도 고개를 숙였다.

"사실 저도 흑마법 업계에서 일하고 있거든요. 네크로그란트 흑마법사라고 하는 곳인데요."

"아, 거긴가."

역시 사장의 회사가 유명한 모양인지 많은 사람들이 반응을 보였다.

솔직히 말하자면 회사 이름을 말해도 괜찮을지 망설였다.

우리는 업계에서도 확실한 보상을 받는 편에 속해있다.

너희만 좋은 취급을 받는 거 아니냐고 질투 어린 눈빛으로 쳐다볼지도 모른다.

하지만 그렇기 때문에 생생한 반응을 볼 수 있다고 생각해서 얘기를 꺼냈던 것이다.

대표에게서는 울컥하는 모습이 전혀 보이지 않았다. 오히려 싱글벙글 웃고 있었다.

"입장은 다르지만 함께 힘냅시다. 오늘 이곳에 계신다는 것은 저희에게 협력해 주신다는 뜻이겠지요. 다시 한번 감사드립니다."

아무래도 대표는 도량이 넓은 사람인 것 같다.

"저는 이제까지 흑마법 업계가 이렇게 힘들다는 사실을 눈치채지 못했습니다. 조금 죄송한 마음도 드네요."

"아뇨 아뇨. 오히려 당신들이 흑마법 업계의 미래가 밝다는 것을 보여주고 있으니까 저희도 힘을 낼 수 있는 부분이 있습니다. 저쪽 회사는 저런데 우리는 어째서 이렇게 대우가 나쁜 건지에 대해서 말할 수 있으니까요."

아, 그렇게 받아들일 수도 있구나.

"지금까지 네크로그란트 흑마법사의 케르케르 사장에게는 신세를 지고 있습니다. 다들 그만큼 이해해 주는 사장이라면 좋을 텐데요."

사장님, 여기서도 활약했던 거군요! 활동 범위가 너무 넓잖아!

"저희는 주로 묘지에서 언데드화를 방지하는 일을 하고 있습니다. 묘지 관리 업무 중에서도 특수한 것이지요. 왕도의 땅에는 과거에 있었던 전쟁 때문에 땅 속에 여러 가지 마법 아이템이 잠들어 있습니다. 그리고 그런 것들이 언데드를 만들어내기도 하지요."

옆에서 다른 사람이 '당연히 악의를 가지고 언데드를 사용해 왕도를 혼란에 빠뜨리려는 사람이 나타날 가능성도 있습니다. 그런 사람을 막으려면 군대만으로는 역부족입니다'라고 설명을 덧붙였다.

흑마법사가 하는 일은 기본적으로 눈에 띄지 않는다.

아니, 오히려 눈에 띄어서는 안 되는 일이다.

그들이 돋보인다면 그것은 왕도에 어떤 위기가 닥친 상태라는 것이다.

"과거 흑마법사는 제물을 이용한 저주나 사악한 일을 맡고 있었지만, 그런 일들은 눈에 띄게 줄었습니다. 애초부터 범죄 행위니까 벌을 받을 테니까요."

"그런 뒷세계 직업으로는 당당히 조합을 만들 수 없겠네요……."

"그렇습니다. 저주의 처벌이 법률로 엄격하게 규제되었을 때에는 흑마법사가 사라질 것이라고 얘기하던 전문가들도 있었지만, 흑마법사가 맡을 수 있는 일 자체는 얼마든지 있단 말이죠. 오히려 도시화가 진행되면서 더 늘어났다고 말할 수 있을 겁니다."

불법 투기된 마법 아이템인가…….

당연히 왕도에는 마법사도 많이 살고 있다. 공방도 무수히 많다.

그중 극히 일부라도 약품이나 아티팩트를 함부로 취급한다면 그것이 바로 위기를 만드는 토대가 된다.

"뭐, 결국 인간이 욕심에 홀려 살아가는 동안 흑마법사의 일이 사라지지 않을 거예요. 그건 안심하고 있습니다. 인간이 태어나고 죽는 이상 의사가 사라지지 않는 것과 마찬가지로요."

"공부가 되었습니다. 감사합니다."

문득 누군가 쳐다보는 것을 느꼈다.

메어리도 세룰리아도 아닌, 또 다른 누군가였다.

바니타자르가 팔짱을 끼고 나를 바라보고 있었던 것이다!

언데드를 이용해 블랙 기업 중에서도 가장 새까만 블랙 기업을 경영하고 있던 녀석이다. 지금은 마음을 고쳐먹은 것 같지만.

"왕도가 시끄러워질 거 같아서 와봤어. 꽤 화려하게 난리 치고 있던데."

바니타자르는 큭큭대며 웃고 있었지만, 거기에서 예전 같은 악의는 느껴지지 않았다.

"요즘 통 당신이 오질 않으니까 오늘은 이쪽에서 온 거야."

바니타자르의 시선이 야릇하다. 이거 또 몸을 노리고 있군⋯⋯.

"모처럼이니까 차라도 마시지 않을래? 파업 중이니까 시간도 넉넉할 거 아냐?"

나와 세룰리아, 메어리 세 사람은 바니타자르에게 이끌려 가게로 들어갔다.

메어리는 귀찮다는 듯이 바니타자르를 노려보고 있지만 상대는 개의치 않은 것 같았다.

"너희 회사의 언데드 사원은 오늘 뭐 해? 파업 중?"

"귀찮아질 테니까 처음부터 쉬기로 했어. 조업을 하루 쉰다고 해서 망할 만큼 절박하지 않으니까."

그런 점을 보면 바니타자르도 경영자로서의 기지가 있다.

"오늘 여기 온 것은 관광――이라고 말하고 싶지만, 입장상 업계 단체인 중앙 흑마법 위원회에 적절한 조언을 하는 역할로 온 거야.”

거기까지 말하고 바니타자르가 자조적으로 웃었다.

“심각한 환경에서 일을 시켜서 대혼란을 초래한 선구자니까.”

분명……, 바니타자르는 언데드를 이용해 엄청난 노예 노동을 시켰다. 결과적으로는 그것을 중단시키기 위해 우리가 뛰어들게 되었다. 이 경우에는 착취당하던 것이 흑마법사가 아니라 언데드였지만.

“흑마법사가 얼마나 이 시대에 필요한지, 흑마법사가 없으면 왕도를 유지할 수 없는지 천천히 풀어서 설명해 줄 생각이야. 밤부터 회의가 있어.”

“꼭 좀 부탁드립니다!”

나는 바니타자르에게 간청했다.

“흑마법사의 현재 상황을 알게 된지 얼마 되진 않았지만, 조금이라도 동업자의 환경이 개선될 수 있으면 좋겠어! 흑마법사가 꼭 필요한, 존경받아 마땅한 직업이라는 것이 세상에 알려지면, 흑마법사를 꿈꾸는 마법사가 늘어날지도 모르잖아.”

그리고 흑마법사가 줄어들면 정말로 이 왕국도 위기에 처하게 된다.

하루만에 그것을 실감했다.

평범한 하루의 배경에는 그것을 있는 힘껏 지키는 사람들이 있다.

"응, 그럴 생각이야. 케르케르 사장── 케르에게도 부탁받았으니까."

역시 바니타자르는 완전히 착한 사람이 되었다고 생각한다.

"그러니까, 그 대가로 오랜만에 당신 몸을 좀 빌리고 싶은데."

바니타자르가 히죽히죽 웃으며 말했다.

"……그건 어떤 의미인가요?"

"당신이 그 서큐버스나 위대한 마족과 자주 하는 일을 하기 위해서 빌리고 싶다는 뜻이지."

역시 그렇구나!

"소녀는 그, 그렇게 많이는 하, 하지 않는다고!"

메어리가 얼굴을 빨갛게 물들이며 부정했지만, 그거 아무 소용없는 거 같은데.

"아무래도 상관없어. 그래서, 어떻게 할 거야? 빌려도 돼? 안 돼?"

완전 나를 가지고 놀고 있군…….

이쪽에 거부권 따위는 없는 거나 마찬가지였다.

"아, 알았어……. 프란츠를 빌려 줄게……. 하지만 밤에 열리는 흑마법 회의에는 제대로 나가야 해……. 바니타자르라면 근로자 측의 손을 들어줄 것 같기도 하고, 조정 역으로 나쁘지 않은 입장이니까."

어째서 메어리가 허가를 내리는 건지 신경 쓰였지만, 그것도 분명 세세한 범주에 들어가긴 할 것이다.

"그건 맡겨 둬. 흑마법 업계의 평판이 나빠지면 나한테도 피해가 생겨 곤란하다고."

기본적으로 이해는 일치하고 있다는 거네.

"그러면 바니타자르, 나도 이견은…… 없어. 시간이 될 때까지 너를 즐겁게 해 줄게……."

말을 마치자마자 금세 팔을 잡혔다.

"자, 그럼 내가 묵고 있는 호텔까지 가도록 할까. 갖고 싶은 게 있으면 말해. 사 줄게. 좋은 신발이나 지팡이 같은 거 필요하지 않아?"

완전히 여자 사장의 애첩 노릇이군…….

"아니, 지금은 딱히……."

"그래? 갖고 싶은 게 있으면 사양 말고 말해줘♪ 별장 같은 건 어때?"

이렇게 우리는 알콩달콩 묘지를 벗어났다.

묘지에서 이런 짓이라니, 천벌 받을 인간이군…….

하지만 묘지를 나와서 거리로 나오자 바니타자르의 분위기가 바뀌었다.

"미안. 해야 할 일이 조금 늘었어."

마치 임전 태세처럼 진지한 얼굴이다.

"일? 급한 일이라도 들어온 건가요?"

"금방 끝나는 일이야. 위험한 일에 휘말리게 될 일은 없을 테니 안심해도 괜찮아."

바니타자르가 정원수 뒤에 숨더니 마법진을 그리고 영창

하기 시작했다.

이것은 정신 지배를 일으키는 자마법이다.

"어? 뭘 할 생각이야?"

설마 자마법으로 언데드를 세뇌시킬 때처럼 나를 세뇌시키려는 건 아니겠지……. 이 사람은 무슨 짓을 저지를지 몰라 무섭다…….

하지만 바니타자르의 의식은 명백히 다른 쪽에 집중되어 있었다.

영창이 끝나자 마법의 희미한 빛이 교차로 모퉁이에 선 남자 하나에게 날아가 부딪혔다.

묘지 근처의 인적 드문 곳이라 신경 쓰는 사람은 없었다.

그 빛을 받은 사람이 천천히 우리 쪽으로 다가왔다.

어딘가 멍한 표정을 짓고 있는 이유는 자마법에 홀렸기 때문이다.

"잠깐만! 이건 범죄라니까! 전혀 갱생하지 않았잖아!"

"범죄자는 이 남자일걸."

바니타자르가 농담을 하고 있는 것처럼 보이진 않았다. 그리고 남자를 향해 이렇게 물었다.

"대답해. 너는 누구에게서 의뢰를 받았지?"

남자는 초점 없는 눈빛으로 더듬거리며 이렇게 말했다.

"예, 중앙 흑마법 위원회……의 간부……에게서…….

엄청난 내용이 남자의 입 밖으로 튀어나왔다.

이거, 바니타자르도 회의에 참석한다는 업계 단체의 이름이잖아…….

"쓸데 없는 의심을 산 거 같은데, 내가 사용한 마법만 설명해 둘게. 정신 지배 계통 마법 중에서도 〈자백 유도〉라는 거야."

바니타자르가 다시금 남자를 바라보며 질문했다.

"너는 갱에 소속된 청소부인가?"

"아닙니다, 프리……랜서 청소부인…… 흑마법사 입니다."

"의뢰인의 목적은 알고 있나?"

"흑마법 청년단……의 유력자……를 없애서 협상 때 위협하는…… 것 입니다. 정치력이 있는 자가 노동자…… 위에 군림하면 경영자 측에 오랜…… 기간 불리해질 것이기 때문에."

말도 안 되는 방법이 실행되기 직전이었군…….

"경영자 측에는 그야말로 흑마법다운 검은 이력을 가진 녀석도 있으니까. 수단과 방법을 가리지 않는 거지. 위쪽은 아직 클린과는 거리가 머네."

그 뒤로, 바니타자르는 연루된 중앙 흑마법 위원회의 간부가 누군지 물었지만 청소부는 아무 대답도 없었다. 거기까진 모르는 모양이었다.

"알았어. 너는 내일 아침까지 이 근처에서 멍하게 있어. 식사는 적당히 가게에 들어가서 하고."

"예, 알겠습니다."

바니타자르는 마지막으로 청소부를 무력화했다.

"업계의 더러운 면을 보이고 말았네. 진정한 의미의 더러운 면을."

바니타자르가 조금 자조적으로 말했다.

"학생 때까지는 흑마법 업계가 말도 안 되는 곳이라는 얘기를 들었을 거 아냐?"

"네. 산 제물 같은 것을 마구 바치는 곳이라고 들었어요⋯⋯."

네크로그란트 흑마법사에 들어오고 나서야 그런 건 편견이라고 깨달았다. 마법 학교 학생도 그런 편견에 사로잡혀 사는데, 일반인이라면 더욱 심하지 않을까.

"업계 사람 중에는 그런 시대를 살았던, 문자 그대로 말도 안 되는 놈들도 남아 있어. 그런 놈들은 범죄 행위도 서슴지 않지. 이번 파업은 일이 커졌으니 뭔가 저지를 거라고 생각했지."

바니타자르는 공동묘지 근처에서 모여 있는 흑마법사에게 무슨 일이 생길 거라고 내다보고 있었던 것이다.

"자마법은 상대의 정신에 영향을 미치는 마법이라 상대가 술자를 강하게 의식하면 걸기 힘들거든. 그래서 연인이 지나가는 거라고 방심하게 만들고 싶었어."

"그러면 나랑 호텔에 가자고 했던 것도 그것 때문에——"

"아니, 그건 그거고 이건 이거지."

호텔에는 가는 모양이다⋯⋯.

"청소부는 보통 동시에 몇 명이나 고용하지는 않아. 뒤를 밟히기 쉽고 개런티가 떨어지니까 청소부 쪽에서도 싫어하거든. 최소한 이 남자는 고용된 다른 사람이 있다는 것을 몰랐으니 아마 괜찮겠지. 자 그럼 가자."

바니타자르가 다시금 내게 팔짱을 꼈다.

동요하고 있었는데, 바니타자르의 온기가 느껴지자 긴장
이 살짝 풀렸다.

◇

그러고는 호텔방에 들어가서 입에 담기 부끄러운 짓을 많
이 했습니다.

바니타자르가 요구하는 게 엄청나게 변태적이고 마니악
한 것이라…….

지장이 없는 범위 안에서만 말하자면, 알몸이 된 바니타
자르의 목에 목줄을 걸고 끈을 달아 방 안을 산책시켰다. 흑
마법적이라고 하면 흑마법적이지만 너무 심한 거 아닌가 싶
기도 하다.

"가끔 끈을 잡아당기면서 이 멍청한 개 같은 말을 해 주지
않을래?"

"이, 이 멍청한 개……. 저기, 이런 게 재밌나요……?"

"후후, 평소에 성실하게 사장 일을 하고 있으면 말이지,
스트레스가 쌓인다고. 그러니까 철저하게 배덕한 일을 하
지 않으면 진정이 되질 않는다니까."

이걸로 쌓인 불만을 표출하고 훌륭한 사장이 될 수 있다
면 괜찮겠지 뭐.

"사실 이런 식으로 밤거리를 산책하고 싶지만, 들키면 체
포당할 테니까. 호텔 방에서 하는 걸로 참고 있는 거야."

"아직은 이성이 남아 있는 것 같아서 안심했습니다……."

나도 이런 일로 체포당하고 싶지는 않다……. 차라리 무전취식 같은 걸로 체포당하는 게 낫지…….

"하지만 인간 누구라도 변태적인 욕망을 가지고 있는 법이니까. 예를 들면, 당신도 케르를 이런 식으로 홀딱 벗긴 다음에 목줄을 채우고 산책시키고 싶다고 생각하지 않아?"

머릿속에 알몸의 케르케르 사장님에게 목걸이를 채워 산책시키는 그림이 그려졌다…….

"우와아아아! 사장님, 용서해 주세요! 아니에요, 아니라고요! 저는 그렇게 나쁜 사람이 아니에요!"

나는 고개를 붕붕 저었다. 이런 건 절대로 인정받을 수 없어!

"부정하지 않아도 괜찮아. 오히려, 인간인데도 지배 욕망이 전혀 없는 쪽이 더 기분 나쁜 걸. 야생 동물이라도 그런 건 극히 평범하게 가지고 있으니까 말이야."

바니타자르가 어른스러운 표정으로 말했다.

맨몸으로 바닥을 기어 다니고 있어서 설득력은 좀 떨어지지만…….

"굳이 따지자면 그런 지배 욕망을 너무 억눌렀다가 폭발이라도 하면 더 위험하지. 그렇게 되면 괴물이 되어버리니까. 그래서 흑마법 업계의 높은 분들 중에는——"

——그런 괴물이 많이 있지, 바니타자르가 말했다.

"과거의 흑마법 업계는 지금과 비교도 되지 않을 정도로 무서운 세계였거든. 그런 시대에서 높은 지위에 오른 녀석

들의 가치관은 엄청나게 무서운 거야. 사람을 죽이는 것에 전혀 망설임이 없지. 당시에는 생명이라는 가치가 지금보다 훨씬 쌌거든."

"그러고 보니 역사책에도 그런 기술(記述)이 있었죠⋯⋯."

"중앙 흑마법 위원회에는 그런 녀석들이 남아 있어. 그러니까 노동 단체 입장에서 보면 중앙 흑마법 위원회가 악의 조직이겠지만 위험한 놈들이 폭발하지 않도록 억제하고 있는 측면도 있는 거야. 마음에 들지 않는 사람을 백 명 단위로 산 제물로 바치거나 하지 못하도록 말이지."

듣는 것만으로도 등골이 오싹해졌다.

네크로그란트 흑마법사에 있어서 전혀 눈치채지 못했지만, 흑마법은 흑마법이었다. 그 근원이 새카맣고 소름 끼치는 세계인 것이다.

"그러니까 당신도 중앙 흑마법 위원회 간부들을 직접 쳐부수려는 생각은 하지 않는 편이 좋아. 제아무리 당신이라도 목숨은 하나밖에 없잖아. 다른 애들 목숨까지 위험해질 수 있어. 미안하지만 이 세상은 나쁜 놈들을 쓰러뜨린다고 모든 문제가 해결되는 단순한 세상이 아니니까."

"저도 사회인이니까 그 정도는 알고 있어요⋯⋯."

문제를 해결하고자 중앙 흑마법 위원회를 소멸시키면 무시무시한 마법사가 야생에 풀려나는 꼴이 되는 것이다.

"케르가 당신에게 중앙 흑마법 위원회에 대해서 자세히 얘기하지 않은 이유도 그런 점 때문일 거야. 당신은 정의롭고 성실하니까 오히려 위험해질 수도 있거든."

"그러고 보니……."

만약 갱을 용서할 수 없다고 해서 모든 갱들에게 싸움을 걸고 다닌다면 어떨까.

절대 가만두지 않겠지.

그와 비슷한 일이다.

"미안, 너무 겁을 줬을지도 모르겠네. 조직이 있다는 것은 대화가 가능하다는 거야. 이 업계도 예전에 비해 많이 좋아으니까 크게 걱정하지 마."

바니타자르가 일어서더니 스스로 목줄을 풀었다.

이 사람도 지금은 케르케르 사장처럼 업계를 위해 노력하려 하고 있는 것이다.

"다음은 이 붓으로 내 몸에 낙서를 해 줄 수 있을까."

"지금 무슨 얘길 하시는지 알고는 계신 건가요?"

"회의가 있으니까 옷을 입으면 안 보이는 곳에 부탁해."

"…………."

"우선 이 근처에 '마음대로 사용해 주세요'라고 써 줄래?"

어째서 이런 녀석이 상급 마법사인 걸까…….

◇

다음날 신문에는 흑마법사 총파업으로 왕도가 대혼란에 빠졌다는 사실이 실렸다.

신문의 논조는 역시 흑마법은 사회에 필요한 직업이라는 것을 재확인했다는 내용으로, 기본적으로 흑마법사를 존중하는 것이었다. 그것만으로도 총파업의 효과가 있었다고 말할 수 있을 것이다.

그리고 밤사이 열린 회의에서는 임금 인상이 수리되었다고 한다. 결국 총파업 자체는 하루 만에 끝났다. 예상대로 노동 단체가 승리한 모양새였다.

"이 세상에 불필요한 직업 같은 건 없다는 것이로군."

메어리가 진지한 표정으로 신문을 읽으며 그렇게 말했다.

"그렇네. 나도 이번 건으로 많은 것을 배웠어."

"정말로 그런 것 같네요."

세룰리아가 눈을 반짝반짝 빛내며 나를 바라봤다.

"주인님의 서큐버스적인 행위의 레벨이 지금까지 보다 훨씬 올랐다는 것을 아우라로 느낄 수 있어요! 분명 바니타자르 씨에게서 많은 것을 배우신 거죠!"

"아니야! 많은 것을 배웠다는 건 그런 뜻이 아니야!"

엄청나게 이상한 경험을 했지만! 그건 또 다른 얘기니까!

"우와……. 프란츠, 최악이야……."

메어리가 경멸 어린 눈빛으로 이쪽을 바라보았다.

어째서 내가 경멸당하는 건데! 이해할 수가 없어!

그만큼 세룰리아에게서 존경의 눈빛을 받았지만, 그건 또 그것대로 복잡한 심경이었다.

어느 날 아침, 사장실에 불려 가니 이상한 광경이 펼쳐져 있었다.

"사장님이 두 명……?"

언제나의 자리에 앉은 사장님 바로 옆에 와삭와삭 쿠키를 베어 먹고 있는 사장님이 있었다. 평소에는 저곳에 의자 같은 것은 두지 않으니까 '두 명째' 사장용으로 가져다 놓은 것이겠지.

"아니에요, 사장은 저 혼자뿐이에요. 분열한 것도 아니고, 도플갱어도 아니랍니다."

평소 자리에 앉아 있는 케르케르 사장님이 씁쓸히 웃었다.

아니지, 이야기에 따르면 사장님은 이쪽 한 명뿐인 것이다.

"옆에 있는 이 아이는 친척 아이로, 켈카라고 해요. 왕도 관광을 하러 마계에서 왔어요."

쿠키를 먹으며 켈카가 고개를 끄덕였다.

그러고 보니 사장보다 훨씬 작다. 귀도 조금 더 뾰족한 것 같다.

아 그리고 표정도 천진난만했다. 모르는 사람에게 웃는 얼굴로 인사하는 일 없이 쿠키에만 집중하고 있다.

어린 시절의 사장을 보고 있는 것 같았다.

"이모랑 요 삼십 년 동안 만나지 못해서 만나러 왔어."

역시 마계의 주민이구나…….

전에 만났던 게 내가 태어나기 전인가…….

"이 애는 인간계를 잘 몰라 혼자 둘 수 없거든요. 처리할 업무는 있으니 사장실에 데려와 보려고 했는데…… 갑자기 당일치기 출장이 생겨서…….”

사장님이 내 얼굴을 바라보며 말끝을 흐렸다.

"프란츠 씨, 오늘 하루만 이 애를 봐주시겠어요? 물론 업무 취급이니까요."

그렇군, 그렇게 된 거였어…….

"세룰리아 씨에게 부탁해도 되겠지만, 세룰리아 씨보다는 프란츠 씨가 훨씬 더 왕도에 오래 살았잖아요? 늪 관리는 세룰리아 씨 혼자서도 할 수 있기도 하고…….”

하긴, 오늘 업무는 임프를 소환해서 자살 늪 관리를 하는 것이었다. 파피스타냐 선배가 유유자적 시간을 보낼 만큼 편한 일이다. 세룰리아 혼자서도 충분할 것이다.

"알겠습니다. 켈카만 괜찮다면 상관없어요."

그러자 켈카가 고개를 끄덕였다. 승낙 표시인가.

결국 나는 켈카의 희망 사항에 따라 왕도로 그녀를 데리고 나왔다.

익숙지 않은 왕도에서 미아가 되면 곤란하기 때문에 나는 그녀와 손을 잡고 있다.

'앗, 고양이다. 마계 고양이보다 훨씬 느긋하게 늘어져 있네' '앗, 저쪽에서 이상한 장식품을 팔고 있어' '이 돌계단 무늬, 특이해'

켈카는 사소한 것에도 흥미를 보이며 손가락으로 가리키곤 했다.

그 대상이 가게일 경우에는 일부러 들어가서 이것저것 질문도 했다.

질문하는 것이 나였다면 장난치려면 썩 꺼지라고 했겠지만, 다들 어린아이가 묻는 것에는 친절하고 정중하게 대답해 주었다.

한 쿠키 가게의 남자 점주는 '아가씨, 이거 가지고 가. 규격 외라서 팔 수 없는 쿠키야'라며 모양이 이상한 쿠키를 그냥 주기까지 했다.

"고마워."

감사 인사는 제대로 하지만 표정은 조금 무뚝뚝한 켈카였다. 뭐, 어린 아이가 낯을 가리지 않는 것만으로도 대단한 편이다. 실제 나이는 나보다 많지만.

켈카가 쿠키 포장지를 소중하게 꽉 쥐었다.

사장실에서도 먹고 있었던 걸 보면 단 것을 정말 좋아하는 모양이다.

"죄송합니다. 다른 제품이라도 하나 살게요."

"괜찮아 괜찮아. 형님이 아니라 이 아이에게 준 거니까. 이런 어린 아이에게 돈을 요구할 수는 없지."

쿠키 가게 사장, 남자답구나.

쿠키를 와작와작 먹고 있는 켈카를 보며 나는 생각했다.

──어린애란 이익이 짭짤하구나.

이 세상에는 어린아이라는 이유만으로 용서받는 것들이 무수히 많다. 아니, 어른이 되면 용서받을 수 없게 된다고 말하는 편이 맞을지도 모르겠다.

　하지만 그것은 어린아이가 아무것도 모르기 때문만은 아닐 것이다.

　켈카의 꼬리가 붕붕 움직이고 있다.

　그것만으로도 귀여워! 엄청나게 귀엽다!

　이렇게 귀여운 존재에게는 세상도 사회도 물러지는 게 아닐까.

　내 아이도 켈카처럼 귀여운 느낌이려나. 아니, 내 자식이나 내겐 귀엽게 보이겠지. 으음, 아직 열아홉이지만 빨리 아이를 만드는 것도 좋을지 몰라…….

　아니지, 침착해 침착해.

　지금은 어디까지나 켈카 돌보기라는 업무를 수행하는 중이다.

　업무와 관계없는 생각을 해서는 안 돼……. 그리고, 가족 계획은 신중하게 세워야지…….

　"앗, 저것도 신경 쓰여."

　켈카가 내 손을 잡아끌었다.

　아직 어린애지만 케르베로스라서 힘이 꽤 세다.

　"프란츠, 가자. 얼른 얼른."

　"네 네. 그렇게 서두르지 않아도 도망가지 않으니까!"

　사장이 업무 취급을 하겠다고 한 이유를 알았다.

애보기라는 것은 상당한 중노동이다. 다음 행동을 읽을 수 없으니 심적으로도 지치고!

이 세상 모든 부모님들, 수고가 많으십니다…….

──하지만 피로가 쌓인 쪽은 내가 아니라 켈카였다.

레스토랑에서 점심을 먹은 후, 갑자기 켈카의 행동력이 뚝 떨어졌다.

"졸려……. 켈카, 졸려어……."

하품 할 기운도 없다는 듯이 그녀의 눈이 꿈뻑꿈뻑 감겼다.

그러고 보니 보육 시설에는 낮잠 시간이 있지. 지금이 그 시간인가.

으음, 카페 같은 곳이라도 들어갈까? 하지만 이 근처에 있는 카페는 전부 시끄럽단 말이지. 그리고 침대도 없고.

아, 이 근처가 우리집이지.

나는 켈카를 안아 들었다.

"켈카, 집까지 데려갈 테니까 잠깐만 기다려."

"응, 알았어……. 크으~응……."

조금 강아지 같은 목소리가 나오는구나.

나는 그녀를 안고 집으로 향했다.

집에 도착했을 때에는 나도 완전히 지치고 말았다…….

이러니저러니 해도 어린이는 무겁다.

이 세상 모든 부모님들, 수고가 많으십니다…….

"크~~응, 크으~~~응, 졸려……."

"네, 네, 이제 자도 돼. 잘 자렴."

나는 내 침대에 켈카를 눕히고 나서—— 지친 몸을 달랠 겸 잠깐 낮잠을 자기로 했다.

그리고 잠시 뒤, 얼굴이 간지러워 눈을 떴다.

상황 파악까지 조금 시간이 걸렸다.

네발로 걸어 다니는 켈카가 내 뺨을 날름날름 핥고 있었다!

"잠깐만! 켈카! 이런 짓 하면 안 돼……."

"크으~~~웅, 프란츠 고마워."

설마 방금 그게 켈카 나름의 애정표현인 걸까?

케르베로스라는 건 개니까 말이지.

그러니 어린 시절에는 훨씬 강아지 같은 행동을 해도 이상할 게 없다.

하지만 이쪽은 곤란하다. 강아지 귀가 달린 어린 아이가 침대 위에서 남자 얼굴을 핥다니. 법에 저촉되는 것은 아닐까…….

그리고 법적으로 세이프라도 아이에게 뭔가 나쁜 짓을 시킨 것 같은 기분이 든다. 켈카가 멋대로 하고 있는 것뿐이지만, 그렇다고 해서 이대로 가만히 내버려두면 안 되는 거겠지.

"켈카, 다른 사람 얼굴을 핥는 건 좋지 않——"

떼어내려고 하자, 이번에는 내 품에 안겼다.

생각보다 힘이 너무 세서 떼어낼 수가 없다.

"프란츠, 고마워. 크으~~~~~~웅."

그런가, 어린아이라도 이 애는 케르베로스다……. 인간의 힘으로는 떼어낼 수 없겠지…….

켈카는 그대로 내 얼굴을 계속해서 핥았다…….

애보기라는 건 정말 힘들구나.

그 후 또다시 지친 켈카는 저녁쯤 잠들어버렸고, 그 사이 사장이 찾아왔다.

사장에겐 자초지종을 설명했다.

"——이상입니다. 하나도 숨김없이 보고 드립니다……."

"수고 많으셨어요. 그렇군요……. 핥는 버릇이 아직 남아 있었나요……."

어쨌든 내가 변태라고 책망받는 일은 없었다. 오히려 피해자 취급을 받고 있다.

"프란츠 씨, 그렇게 힘드셨다면 추가 수당도 드릴 수 있는데?"

사장이 나를 빤히 바라보며 말했다. 그 시선에 쑥스러워진 나는 금방 고개를 돌렸다.

"아뇨, 괜찮습니다!"

쑥스러워진 이유는…… 사장의 얼굴을 보고 켈카가 나를 핥던 모습을 떠올렸기 때문이다.

"프란츠 씨, 얼굴이 빨간데 괜찮으신가요?"

"괜찮습니다! 정말로 괜찮습니다!"

사장실 문이 열렸다.

켈카가 하품을 하며 방 안으로 들어왔다.

"프란츠, 나중에 또 왕도 놀러 가자."
어느 쪽이냐고 한다면 무뚝뚝한 켈카가 생긋 웃었다.
엄청나게 귀여워!
역시 나도 빨리 아이를 만들어야 할까 봐…….

◆끝◆

젊은이들의 흑마법 기피가 심각합니다만, 취직해보니 대우도 좋고 사장도 사역마도 귀여워서 최고입니다!

후기

여러분 오랜만입니다! 〈젊은이의 흑마법 기피〉 4권입니다!

책이 나오는 것은 6월입니다만 작중에서는 아직 겨울이니 시원함을 느끼면서 읽어주시면 감사하겠습니다.

자 그럼, 겨울, 하면 추억에 남는 일이 여러 가지 있습니다. 참고로 밸런타인은 결코 아니니 안심해 주세요.

제가 샐러리맨 시절에 근무하던 곳은 호쿠리쿠의 후쿠이 현이었습니다.

언제나 겨울이면 눈 때문에 정말 엄청난 일들이 일어나곤 한답니다.

한 번은 눈이 40센티미터나 쌓여서 공공 교통기관에서 후쿠이 현으로 들어갈 교통수단을 전부 막아버린 일도 있었죠. 덕분에 도쿄 출장에서 돌아오는 길에 후쿠이로 들어갈 수가 없어 결국 출근을 못 했던 일도 있습니다. 현 안으로 들여보내 주지 않는다니, 농담 같은 이야기지만 그런 일이 평범하게 일어난다는 것이 무시무시한 부분입니다.

너무 당연해서 평소에는 의식하지 않던 것이 날씨나 재해, 혹은 사고 등으로 멈추면 그 순간 문제가 터져 나오는 것입니다. 상황은 다르지만 4권은 그런 이야기를 조금 더해 보았습니다.

어디까지나 장르는 코미디지만 앞으로도 일이나 사회에 관한 내용을 아주 살짝 넣을 수 있으면 좋겠다고 생각하고 있습니다.

이미 알고 계시는 분들이 많겠지만, 만화 어플 '만화UP!' 과 '니코니코정화', '간간ONLINE'에서 이즈미 코키 선생님이 그려 주시는 코미컬라이즈가 호평 연재 중입니다! 혹시 아직 읽지 않으신 분은 꼭 봐주세요!

원작자의 선전이니 누구라도 호평을 쓰겠지만, 이것은 빈말이 아니라 진짜입니다. 솔직히, 이렇게까지 수준 높은 코미컬라이즈를 해 주시는 일은 정말 드문 일이라고 생각합니다.

주인공 프란츠의 심경이 이래도 될까 싶을 정도로 확실하게 표현되어 있어서 편집자 분께서는 심지어 '네임 체크 때 감동해서 조금 울어버렸습니다'라는 말씀을 하셨을 정도입니다. 저도 독자의 한 명으로서 순수하게 즐기고 있습니다.

그리고 야한 신 쪽 퀄리티도…… 그…… 저기…… 엄청납니다…….

연령 제한 없이 읽을 수 있는 인터넷 소설이라는 매체에서 연재했기 때문에 구체적인 묘사 없이 슬쩍 흘려버린 부분이 많았습니다만, 만화가 되면 그런 부분들을 자세하게 그릴 수 있어서…… 정말…… 대단합니다…….

그런 코미컬라이즈 1권이 6월 22일에 발매됩니다! 책으로는 좀 더 구체적으로 표현되었습니다! 부디 구매해 주세요!

마지막으로 감사의 말을. 실버 드래곤(47AgDragon) 선생님, 이번에도 귀엽고 색기 넘치는 일러스트 감사드립니다! 캐릭터가 점점 늘어나고 있습니다만, 프란츠가 여자들과 즐겁고 떠들썩한 사회인 라이프를 보낼 수 있게 하기 위해서라도 앞으로도 잘 부탁드립니다!

그리고 '소설가가 되자'의 인터넷 연재분과 코미컬라이즈 연재를 포함해 언제나 응원해 주시는 독자 여러분에게도 크나큰 감사를!

샐러리맨 시절에 느꼈던 고민이나 문제를 풀어낸 이 작품으로 독자 여러분을 즐겁게 해 드릴 수 있다면 이보다 멋진 재활용은 없을 거라고 생각합니다.

프란츠도 사회인으로서 조금씩 성장하고 있습니다.

앞으로도 프란츠를 지켜봐 주시면 정말 감사하겠습니다.

최저기온 영하 8도에서는 아무리 그래도 버틸 수 없어서
결국 난방을 켠 모리타 키세츠

WAKAMONO NO KUROMAHOU BANARE GA SHINKOKU DESUGA,
SHUSHOKU SHITE MITARA TAIGUU II SHI, SHACHO MO TSUKAIMA MO
KAWAIKUTE SAIKO DESU! Vol.4

젊은이들의 흑마법 기피가 심각합니다만, 취직해보니 대우도 좋고 사장도 사역마도 귀여워서 최고입니다! 4

2019년 8월 24일 1판 1쇄 인쇄
2019년 9월 1일 1판 1쇄 발행

저 　 　 자	모리타 키세츠
일 러 스 트	47AgDragon
옮 긴 이	팀에스비
발 행 인	유재옥
담당편집자	이성호
편 집 1 팀	정영길 김민지 조찬희 이성호
편 집 2 팀	김다솜
편 집 3 팀	박상섭 김효연 임미나
디 자 인	강혜린 박은정
라이츠담당	박선희 오유진
디 지 털	최민성 박지혜
발 행 처	㈜소미미디어
제 작 처	코리아피앤피
등 　 　 록	제2015-000008호
주 　 　 소	서울시 마포구 토정로 222, 403호 (신수동, 한국출판콘텐츠센터)
판 　 　 매	㈜소미미디어
마 케 팅	한민지 한주원
물 　 　 류	허석용 최태욱
전 　 　 화	편집부 (070)4164-3962, 3963 기획실 (02)567-3388
	판매 및 마케팅 (02)567-3388, Fax (02)322-7665

ISBN 979-11-6389-839-9 04830
　　　979-11-6190-568-6 (세트)